03/03/2015

LIALA

LIALA

La casa delle lodole

SONZOGNO

ISBN 88-454-1757-3

Via Mecenate, 91 - Milano

IV edizione "Supplemento Tascabili" luglio 2004

Thea, sull'ultimo accordo, staccò le mani dalla tastiera: tolse lo spartito dal leggìo, chiuse il pianoforte, si levò. La bella persona, finissima, rimase per un istante accanto allo strumento; poi la giovane si volse, attraversò l'ampia sala, uscì sul gran terrazzo completamente incappucciato dai grappoli gridellini del glicine.

Lelia, che cuciva seduta sopra una poltroncina di vimini, alzò il bel faccino roseo e domandò alla sorella:

— Finito?

— Finito.

— Peccato! — sospirò la bimba. — Era tanto bello sentirti cantare!

— Ma non debbo stancarmi, piccola, lo sai.

Si curvò, amorosa, sulla sorellina, osservò ciò che teneva fra le mani:

— Che cosa cuci, Lelia?

— Non vedi la coda? — osservò, un poco sdegnata, la bambina.

— Quale coda?

— Ma quella del vestito! Sto cucendo un abito da sera per « Fior di Pesco ».

— Oh! — esclamò Thea, fingendo un grande stupore. — Una bambola giapponese in abito da sera europeo! Si troverà molto a disagio « Fior di Pesco » senza il suo chimono!

Lelia rise: fissò gli occhioni azzurri in quelli altrettanto azzurri della sorella e rispose:

— E tu, quando indosserai il chimono per cantare *Butterfly*, ti troverai a disagio?

— Spero di no — rise Thea.

Si allontanò dalla sorellina, s'avvicinò alla balaustrata. Il mare, poco lontano, si stendeva in completa pace. La visibilità era perfetta e le corazzate, ormeggiate nel golfo, si staccavano nitidamente dall'acqua, profilando la loro potente sagoma sull'orizzonte.

— Tu sai, Lelia, a che ora rientrerà Renato? — chiese Thea, volgendo le spalle al mare e parlando alla sorella.

— Dovrei saperlo, perchè Renato ha telefonato, mentre tu eri fuori. Se aspetti un minuto, vado a chiederlo a Donata.

Depose le sue sete, i suoi nastri, le sue trine sopra un basso tavolino che le stava davanti; si alzò, s'avviò. Thea la guardò mentre si allontanava e i suoi occhi azzurri rivelarono una intensa commozione. Thea si commoveva sempre davanti alla grazia infantile e dolcissima della sorella, che aveva ormai quindici anni ed era ingenua e bambina come una creatura di cinque. Scuotendo le sue treccione lunghe e bionde, come se fosse un cavallino bardato, Lelia tornò, canterellando:

— Donata dice che Renato verrà all'ora di cena e non solo...

— Chi verrà, con lui? — chiese Thea, rabbuiandosi.

— Io ho l'ordine di stare zitta: ma se non mi tradisci, ti dico che con nostro fratello Renato verrà, stasera, a cena, il tenente Luciano Cori.

Thea si rasserenò d'improvviso, come se, al nome di Luciano Cori, un'apprensione e un tormento fossero scomparsi dal suo cuore.

— Sei sicura, piccola, che con Renato venga Luciano Cori?

— Certo! E se vuoi essere certissima, guarda gli occhi di Donata. Sono felici.

Donata, come se fosse chiamata, apparve sull'ampia porta-finestra. Ella, al contrario delle sorelle, era bruna. Ed era così diversa da esse che si sarebbe invano cercato, in lei, una linea, un tratto, che ricordasse la comunità del sangue.

— Che fate, bimbe? — domandò Donata.

E la sua voce armoniosa, alta, ma senza incrinature, risonò sotto la gran vôlta del glicine in fiore.

— Io ho finito la coda di « Fior di Pesco » —

annunciò Lelia. — E Thea ha finito poco fa di morire. Da ieri a oggi, è morta tre volte. Chi sa perchè tutte le storie delle opere finiscono con la morte di Thea?

Donata s'avvicinò a Thea, le passò un braccio attorno alle spalle.

— Ti ho sentita — disse. — Credo che nessuna parte ti stia bene quanto quella di *Tosca*.

Un'ombra passò sul viso di Donata, quando aggiunse:

— La povera mamma prediligeva quest'opera. E lei, che aveva solo un filo di voce, canterellava sempre l'aria dei gioielli. Povera mamma nostra, se ti sentisse!

Anche Thea chinò il capo biondo. Poi, risollevandolo d'improvviso, bisbigliò:

— Lelia ci guarda. Comincia ora a dimenticare un poco. Non rattristiamola.

Prontamente Donata, si riprese e, con voce chiara e ridente, dichiarò:

— Ho incaricato Eva di provvedere agli antipasti, ai dolci e ai frutti di mare, e tu vedrai, Thea, che ella tornerà con la macchina piena di cipria, profumi, sete e senza un pacchetto di roba commestibile.

— Speriamo di no — interloquì Lelia. — A Renato e a Cori, piacciono assai gli antipasti...

Thea finse di guardare nella via, ma sbirciò Donata e, sorridendo furbescamente, mugolò:

— Piace qualche altra cosa, qui, a Cori!

Sulla pelle ambrata di Donata salì, improvvisamente, una vampa di rossore. Un rossore vivo, che le arrivò, con impeto, fino alla radice dei nerissimi capelli.

Thea vide quella fiammata, prese nelle sue una mano di Donata e disse:

— Cara, non devi arrossire così! Tu sei la maggiore di noi, tu, per la prima, devi andartene. È giusto, è umano, che sia così. Ed è anche bello, perchè tu sposi un ragazzo che merita tutta la tua stima, tutto il tuo amore.

Donata aveva ventitrè anni: era la maggiore delle sorelle, chè Thea ne aveva ventuno, Eva diciannove e Lelia quindici. Il fratello, Renato, tenente di vascello, aveva da poco raggiunto i venticinque anni.

Nella casa, dove padre e madre erano mancati quasi contemporaneamente, si aveva la sensazione che Renato dirigesse e stabilisse ogni cosa: ma in realtà, chi veramente dirigeva, stabiliva, comandava, era Donata. Donata, che, all'intelligenza vivissima, univa un senso pratico non comune. La giovane donna amministrava la cospicua rendita lasciata dai genitori, guidava le sorelle e, qualche volta, dava consigli anche a Renato. Di ciò che ella era, nella sua casa, Donata aveva piena e giusta coscienza: per questo, pur adorando Luciano Cori, che ancora non era il suo fidanzato ufficiale, ma che aspirava a esserlo al più presto, ella titubava, tentennava e si sentiva quasi colpevole di fronte alle sorelle. Ella guardava Thea, decisamente avviata alla carriera teatrale, verso la quale la trascinava la stupenda voce di soprano lirico: guardava Lelia, così piccola e fragile e bionda, e guardava soprattutto Eva, così femmina, così voluttuosa e civetta. Thea era saggia e ambiziosa. Avrebbe camminato bene anche sola: ma Eva, ma Lelia? E infine, anche Renato, malgrado i suoi galloni, malgrado il suo aspetto di uomo fiero, non era che un fanciullone.

— A che pensi, Donata? — chiese Thea, tirandole un ricciolo nero.

— A tante cose... — sospirò la sorella.

— Forse pensi alle ostriche che resteranno nel mare e al prosciutto che nessuno porterà a casa... — rise Lelia.

— All'antipasto, si rimedierà con una telefonata — disse Donata, quasi a sè stessa. — Ma vorrei almeno sapere dove Eva s'è cacciata. Ho telefonato alla modista, alla sarta, al parrucchiere. Nessuno l'ha vista.

Si guardarono in viso, le due sorelle. E nei loro occhi, passò uno smarrimento. Dove andava Eva? Che faceva per tanto tempo, fuori di casa?

Ma la vocetta trillante di Lelia le distolse dalla loro preoccupazione:

— Se mi giurate di stare zitte, di non tradirmi, io vi dico dove Eva si reca, due volte la settimana.

— Come puoi sapere, tu, ciò che non sappiamo noi? — domandò Donata.

— Io so... perchè Eva, con me, non ha segreti Sai che io sono la sua mezza mela...

Lelia ed Eva si somigliavano in modo straordinario. Thea, essendo bionda come le due sorelle minori, era tutt'altro tipo: ma le due ultime, sebbene avessero quattro anni di differenza fra loro, erano perfettamente uguali. Ed Eva soleva dire che Lelia e lei erano, una volta, una mela intera: poi, questa mela era stata divisa: Lelia era la parte più piccola, Eva la più grande, ma erano proprio dello stesso frutto. Di questo paragone, Lelia si vantava, e anche ora, dicendolo, aveva assunto un certo divertente sussiego che invogliò Donata a sapere di più.

— Allora, mezza mela scarsina scarsina, rivelaci il grande segreto.

Thea aveva una ruga dritta sulla fronte. Che cosa mai stava per rivelare, Lelia? Che cosa aveva confidato, Eva, alla sorella piccina? Il cuore della giovane donna batteva violentemente nell'attesa e poichè Lelia si faceva pregare e fingeva di essere intenta a cucire la coda di « Fior di Pesco », con voce quasi dura intervenne:

— Parla, dunque! Lo capisci, che siamo in pena!

Lelia sollevò le palpebre, guardò la sorella bionda e la sorella bruna, poi, alzando una manina, rispose:

— Guardate la macchina di Eva. È alla curva.

Buttò l'abituccio della bambola, scavalcò uno sgabello che incontrò sul proprio cammino e corse incontro alla sorella. La udirono scendere i gradini a salti, la videro sbucare nel giardino, uscire sulla strada. La macchina di Eva si udiva, ora, ma non si vedeva. E all'improvviso apparve e una mano si sporse, si agitò, in segno di saluto.

Prima che il giardiniere avesse avuto il tempo di farlo, Lelia aveva spalancato il cancello, e come Eva aveva rallentato, ella era balzata sul predellino della macchina e stava aggrappata così, con le treccione al vento, con gli abitini attaccati al corpo, con uno splendente sorriso sulla bella bocca di bambina.

Dall'alto del terrazzo al primo piano, Donata e Thea avevano seguito la corsa di Lelia. L'avevano vista spalancare con impeto il cancello, la vedevano, ora, abbracciare Eva, che, a sua volta, si attardava ad accarezzare la sorellina.

— Noi — disse all'improvviso Donata — siamo unite da un immenso affetto. Ma Eva e Lelia hanno qualche cosa in più, fra loro, che non solo le lega, ma le avvinghia.

— Forse perchè tanto si somigliano... — mormorò Thea.

Lelia, intanto, era salita sulla macchina, aveva ispezionato tutto, e aveva gridato, guardando in su, verso le sorelle appoggiate alla balaustrata:

— C'è tutto! Anche il salame che Renato dice di non mangiare perchè puzza d'aglio.

Thea e Donata sbottarono in una risata allegra.

— Scendo — rise Donata. — Altrimenti la piccola manderà a finire l'antipasto sulla ghiaia e le ostriche nelle aiuole.

E poichè Eva gridava: — Donata, Donata, vieni a vedere se c'è tutto... — ella affrettò il passo.

Thea, con le braccia appoggiate al marmo della balaustrata, guardava, assorta, nel giardino.

Ora vedeva Donata ed Eva intente a parlare, svolgendo i pacchi che via via passavano alla cuoca. Poi, vide Donata mettersi le mani nei capelli e udì Lelia ridere forte, esclamando:

— Ha dimenticato le primizie! E la cuoca dice che frutta non ce n'è per tutti!

Poichè la loro villetta era abbastanza lontana dalla città, Thea stimò opportuno sporgersi e consigliare:

— Fai un'altra corsa in città, Eva. Se si manda il giardiniere o si telefona, si farà tardi.

Eva sollevò il viso verso la sorella e rispose:

— Va bene, torno in città. Ma lasciatemi portare con me Lelia.

— Deve vestirsi — spiegò Donata. — Vai sola.

— Io vado così — intervenne Lelia. — Dalla macchina non scendo.

Sul volto di Eva, Donata vide passare un lampo di gioia. E così, luminosa e felice, la vide risalire in macchina, ripartire.

Donata rientrò nella casa, si fermò a pianterreno, dove c'erano la cucina, la sala da pranzo e un'altra sala che dava verso il monte e che alle giovani donne sembrava triste e cupa, quindi l'abitavano poco. In cucina, Donata diede tutti gli ordini, alla cuoca e alla cameriera. Poi, uscì nel giardino e, volgendo il capo in su, chiamò, con la sua voce alta e morbida a un tempo:

— Thea, vorresti aiutarmi a preparare la tavola?

— Scendo subito, Donata.

Nella stanza guardarobe, le due sorelle aprirono un grande armadio. Ne tolsero una ricca tovaglia bianca, ornata di finissimi tramezzi di pizzo. Andarono nella sala da pranzo, che si apriva sul giardino, e stesero la tovaglia sulla tavola dal ripiano di cristallo.

— Chi sa perchè Renato non può adattarsi alla tavola senza tovaglia... — rise Thea, collocando con garbo e buon gusto i piatti di vetro turchino.

— Credo dipenda dall'abitudine di bordo — rispose Donata. — Essi vedono ogni giorno la tovaglia bianca, ogni sera la tovaglia bianca: per questo, la tavola di cristallo dà loro un senso di incompleto, di impreparato... Anche Cori...

S'interruppe, arrossì ancora. E Thea, con dolcezza e comprensione:

— Dicevi? Anche Cori...

— Anche Cori — continuò Donata — qualche giorno fa mi assicurava che, quando avrà una casa sua, non vorrà mai vedere la tavola senza tovaglia. Una tovaglietta di pizzo, magari, ma tovaglietta.

— Ti sarà facile accontentarlo... — dichiarò seriamente Thea. — Quando un uomo chiede tanto poco, una donna si deve sentire fiera di ubbidirgli.

Donata si accorse che le sue lunghe mani brune tremavano. Per nascondere il suo disagio, mormorò:

— Vado a cogliere i fiori per la tavola.

— Rimani, Donata. I fiori, lo sai, li coglie Lelia. Se le togli questa gioia, sarà in collera con te per tutta la sera. Rimani e parla.

— Parla tu, Thea! Tu hai assai più cose di me da raccontare.

— Ne avrò, quando avrò debuttato. Ora, la sola persona che qua dentro abbia qualche cosa di importante da dire, sei tu. Perchè tu fra qualche mese sarai sposa e comincerai una vita nuova, felice, luminosa. Cori è un uomo che sono lieta di avere per cognato.

— Tu galoppi, Thea! Cori non ha ancora fatto la sua domanda ufficiale.

— La farà. E prestissimo — stabilì Thea.

— Che cosa te lo fa pensare?

— La sua venuta qui, stasera. Egli venne a cena con Renato ieri l'altro. Perchè tornerebbe, a così breve distanza, se non ci fosse una ragione ben seria? Probabilmente, Cori s'è, oggi stesso, spassionato con Renato. E il nostro fratellone, che sa quanto tu sia timida e sensibile, con la scusa d'un invito a cena ti porta il fidanzamento ufficiale.

— Tu credi? — fece Donata.

Thea guardò la sorella. Donata era alta e formosa. Era la più alta e la più tornita delle quattro: ed era la più timida, sebbene il suo fisico potesse farla supporre ardita e coraggiosa. Donata, bruna, altera, regale, severa, davanti all'amore diventava una bambolina senza coraggio; davanti a Luciano Cori, diventava una bimba, senza volontà e senza iniziativa.

— Perchè mi guardi, Thea?

— Perchè sei un amore, sorellona nera! Perchè penso alla felicità di Cori, a tutti i tesori di bontà, di intelligenza, di onestà, che tu gli saprai dare...

S'interruppe, sospirò, aggiunse:

— Quanto saremo sole, senza di te!

Gli occhi di Donata si riempirono di lacrime:

— Lo vedi — mormorò. — Lo vedi che io non posso andarmene? Che farete, voi bambine, quando sarete sole? Non sapete neppure dove siano le lenzuola, dove i danari, dove le chiavi... E se tu avrai presto una scrittura, che cosa faranno, quelle due bambole di nostre sorelle?

Thea aveva un tovagliolo tra le mani, lo piegava e ripiegava, assorta. Donata stendeva su un vassoio d'argento una tovaglietta di trina, e con le mani tentava di togliere inesistenti grinze.

— Mia cara Donata — dichiarò Thea, decidendosi a posare il tovagliolo. — A questo mondo, tutti siamo utili, nessuno necessario. Non devi quindi tormentarti. Anche se me ne andrò io, Eva resterà, almeno per ora. Ed Eva non è più una bambina. Alla sua età, tu dirigevi già da due anni la casa. Eva non è nè sciocca nè cattiva: saprà essere donna, quando ne vedrà la necessità.

— Non dubito della bontà di nostra sorella. Ma tu stessa sai quanto essa è diversa da noi. Potrà rinunciare ai suoi divertimenti, alla sua macchina, alle sue corse? Tu vedi quanto tempo essa rimane assente, solo che tu le dia una semplice commissione.

— Muterà! E infine, non è stasera che si deve stabilire l'andamento della casa, per quando tu sarai sposata. Stasera, si deve stabilire di essere liete, senza pensieri, senza ombre. E vatti a vestire. Qui, finisco io. Do qualche ordine per la disposizione dei posti a Margherita, poi ti raggiungo.

— Che abito mi metto, Thea?

— Sai quali sono i colori che Luciano Cori preferisce?

Donata rigirò una fruttiera, cambiò posto alla teiera d'argento, poi rispose:

— Un giorno mi disse, guardando il mare azzurro: « Avete mai visto, Donata, un colore più bello di questo? »

— E allora — interruppe ridendo Thea — indossa l'abito azzurro, quello che ti paluda come una stupenda statua greca.

— Ha le braccia e le spalle molto scoperte.

— Che fa? Spalle e braccia sono stupende. Se non le vede Cori, le tue bellezze, chi vuoi mai che le veda?

Stavolta, rise allegramente anche Donata. Che s'avviò, per salire nella sua camera; ma prima sostò in cucina, guardò nelle pentole, diede alcuni ordini e finalmente cominciò a salire la breve scala.

Quando fu sul ballatoio, ampio come un salotto e ornato di belle piante verdi, ritte attorno a una statua di marmo bianco, si sporse e chiamò:

— Thea!

— Che c'è?

— Telefona al negozio di primizie. Chiedi se le nostre sorelle sono già state lì o se si sono smarrite.

Thea telefonò. E dal negozio di primizie risposero che le signorine erano state effettivamente in negozio e ne erano subito ripartite.

« Perchè mai non sono ancora tornate a casa? » — si chiese Thea.

Uscì nel giardino, scrutò, tra le sbarre, la strada che scendeva con dolce declivio in città. Nulla. La macchina rossa e potente di Eva non appariva, nè alla curva, nè all'inizio della via.

Una stretta al cuore le diede un violento dolore, come se un urto improvviso l'avesse colpita al petto.

« Perchè s'è portata via Lelia? Che bisogno aveva di andare con la piccola? Che cosa ha fatto giurare a Lelia, di non dire? »

Un tralcio di rose le attraversò il cammino. Thea volle scostarlo, ma una spina le lacerò la pelle finissima della mano e una goccia di sangue comparve sul candore rosato della palma.

Thea portò la mano alla bocca, succhiò la goccia di sangue. Ma questo continuava ad affluire e allora la giovane donna si diresse al cancello del giardino, presso la fontana che zampillava.

Allungò un braccio, tese la mano all'acqua, e uno zampillo, che contro la luce pareva azzurro, si franse sulla palma protesa. Un vivo piacere invase la donna, che socchiuse gli occhi e restò così, con la mano sotto l'acqua, le spalle al cancello e la gentile persona inarcata verso quella fonte di frescura.

— Eva! — chiamò una voce sommessa. — Eva!

Di repente, Thea si volse. E l'uomo che la guardava di tra le sbarre impallidì.

— Scusate... mormorò.

Thea si avvicinò alle sbarre, fissò l'uomo negli occhi.

— Chi siete? — gli chiese, con voce dura, con viso severo.

— Che vi importa, il mio nome?

— E quale importanza ha, per voi, celarlo?

— Sono Fabio Dani, avvocato a Roma.

— Come avete potuto scambiare me per Eva?

— Avete la stessa figura, gli stessi capelli. Mi davate le spalle: mi illusi. Ora che vi osservo, capisco bene che tra lei e voi c'è molta differenza.

E queste ultime parole, l'uomo le pronunciò quasi con ira.

— Che volete, da Eva?

— Nulla. Mi basta vederla. Mi è sfuggita, oggi: speravo poterle parlare, dirle che parto...

Thea osservò l'uomo: era alto, snello, bruno: aveva qualche capello bianco alle tempie: aveva un bel viso tormentato e due grandi occhi neri. Vestiva con estrema eleganza, che diceva chiaramente il signore di razza.

— Da una mano vi sgorga sangue... — osservò l'uomo.

Thea sorrise, tamponò la piccola ferita con una foglia che strappò dal viluppo di vitalba che s'aggrappava alle colonne del cancello e rispose:

— Non è nulla. Una spina di rose. Che nulla ha da fare con quella che Eva mi ha messo nel cuore, da qualche tempo. Eva non è più la nostra sorellina. Che sapete, voi, di questo mutamento?

L'uomo fissò la fanciulla. Poi trasse il portafogli, lo aprì, vi frugò con mani tremanti e a Thea porse tessere, documenti.

— Accertatevi della mia personalità. Chiedete, indagate. Dopo, vi spiegherò.

Lasciò nelle mani della donna tutto ciò che le

aveva offerto e con un brusco: « Buona sera » si allontanò.

Thea aprì, con impeto, il cancello. Vide una macchina infilare la curva della discesa e sparire.

Allora, curvò il capo su le carte che teneva fra le mani: erano tessere, documenti personali. Tutti appartenevano al commendatore avvocato Fabio Dani, di Roma, ammogliato.

All'improvviso, Thea capì. Eva amava quell'uomo che non era libero! Affrettò il passo, salì nella sua camera, celò in un cassetto i documenti; poi, con viso tranquillo e ridente, entrò nella camera di Donata. Quasi contemporaneamente udirono il clacson della macchina di Eva suonare ripetutamente e in fretta: le due sorelle adorate tornavano, chiamavano il giardiniere, perchè aprisse il cancello.

« L'avrà incontrato? » — si domandò Thea.

Ma non ebbe tempo di pensare a troppe cose, perchè Lelia, entrando come una folata di vento, le saltò al collo e le disse:

— Stai zitta e non mi tradire: ma io so che stasera tu avrai un regalo. Un regalo che ti offre Eva.

— Che regalo è? — fece Thea, fingendo un interessamento che non aveva.

— Una visita...

Quell'ombra che qualche ora prima era scesa,

all'improvviso, sul volto di Thea, riapparve. E la sua voce tremava, quando domandò:

— Una visita? Chi ha invitato, Eva?

— Quello che vola! — trillò Lelia.

E scappò via, a salti, come una cavalletta.

Thea si passò una mano sulla fronte. Poi, piano piano, uscì dalla sua camera, entrò in quella di Donata.

Questa, ormai pronta, stava ritta davanti al tavolino e sfogliava il libro dei conti.

— Lo sai — disse appena vide entrare Thea — che questa cuoca è assai più economa dell'altra?

Thea guardava la sorella, così alta, plastica e bruna; così colma di dolcezza, così perfettamente bella, in quel momento in cui ella non pensava assolutamente alla propria calda bellezza. L'abito azzurro, a drappeggi, la fasciava e avvolgeva: le spalle, le braccia nude, si staccavano, da quella tinta tenue, in tutta la loro perfezione. E i magnifici capelli neri, ondulati, tagliati all'altezza delle spalle, facevano corona al viso pieno di luce. Donata era la sola delle sorelle che avesse i capelli tagliati. Thea, Eva e Lelia avevano lunghe trecce bionde; i loro capelli erano finissimi e lisci: quelli di Donata erano fortemente ondulati.

— Che ne dici, Thea? Concedo il richiesto aumento?

— Fai tu, cara. Ma smettila di parlare di queste faccende e scendi. Io vado a vestirmi e a vedere che mai si combina Lelia.

Donata rise:

— Lasciala vestire come vuole! È così bimba!

— Ma ha ormai quindici anni! Non può vestirsi eternamente con quegli abitini che le arrivano alle cosce e hanno lo sprone sotto le ascelle. Tu non vedi, Donata, come sta diventando donna, la nostra sorellina?

La bruna sorella si guardò nello specchio e sorrise, rispondendo:

— Io la vedo sempre piccola. E vedo pure che il rossetto alle labbra mi sta assai male.

Rapidamente si pulì la bocca, aggiunse:

— È inutile. Io dovrò essere, eternamente, una donna col viso pulito.

— Forse non hai scelto bene la tinta...

— Ah, non ho abilità, in questo. Ma non conta. Vatti a vestire, Thea. Eva sarà pronta, ormai.

Osservò la sorella, le si avvicinò, le prese una mano:

— Che c'è, Thea?

— Eva mi ha fatto un piccolo dispetto.

— Possibile? Ella cerca ogni occasione per farti lieta!

— Lo so: ma non riesce a convincersi che, prima dell'amore per un uomo, io ho il cuore pieno d'amore per la mia arte.

Donata sorrise alla sorella e, dolcemente, come se parlasse a se stessa, mormorò:

— Forse Eva pensa, come me, che la missione della donna sia quella di sposarsi, per essere moglie e mamma...

Nella mente, come folgore, passò un nome, un cognome, un aggettivo: « Fabio Dani, ammogliato ». Non poteva quindi, Eva, pensare a ciò che diceva Donata. Tuttavia, alla sorella, rispose:

— Forse... Ma io, ormai, ho deciso diversamente.

— Malgrado tutto e tutti, vero, Thea?

— Sì! Ho sostenuto lotte tremende con te e Renato; mi sono inimicato il parentado... ma è stabilito, ormai, che canterò.

Camminò per la camera: toccò un oggetto, ne spostò un altro. E all'improvviso, disse:

— Sarebbe forse stato meglio se io mi fossi innamorata d'un uomo non libero?

Donata, di scatto, guardò la sorella e proruppe:

— Thea! Che discorsi fai?

— Non ti allarmare! Io dico per dire. E forse, per giustificarmi. Nella vita, ci sono mille modi d'amare. Zia Betta, per esempio, la illustre e nobilissima zia Betta, adora un cane orbo. Nostro padre, Dio mi perdoni se oso dire questo, ci metteva allo stesso livello dei suoi meravigliosi cavalli, tremava di angoscia se noi avevamo la febbre, ma tremava pure d'angoscia se un puledro si azzoppava o faceva indigestione. Nostro fratello adora la sua nave, Lelia la sua bambola, tu... Luciano Cori e io il teatro. È così?

— È così: ma non hai stabilito chi o che cosa Eva ami.

Thea s'inquadrò nella porta-finestra che dava sul terrazzo della camera, aprì le braccia, posò le mani di qua e di là dell'intelaiatura. E guardando verso il golfo di La Spezia, così splendido e in pace, mormorò:

— Eva non ha ancora scelto.

Trillò, nel corridoio, una risata di Lelia. E la cara voce lieta chiamò:

— Sorellone, posso entrare?

Donata e Thea, contemporaneamente, risposero:

— Entra, cara!

E appena Lelia fu davanti a loro, le sorelle cominciarono a ridere. Lelia s'era infilata un abitino rosa, di foggia infantile. Ma aveva pensato molto opportuno buttarsi sulle spalle un breve scialle a fiori vivaci, a lunghe frange.

— Dove hai scovato quell'antichità? — fece Thea, ridendo.

— Non è mio... è della cuoca. Dice che nella casa dov'era, la signorina più giovane, quando riceveva visite, si metteva sempre, sulle spalle, uno scialle così... Io, poichè sono la signorina più giovane, ho creduto di essere molto elegante, imitando quella signorina che, dice la cuoca, aveva la corona marchionale anche sullo spazzolino da denti.

Con un visetto accorato, si ammirava nello specchio e non capiva perchè mai le sorelle non battessero le mani o non allargassero le braccia in segno di immensa ammirazione.

— Tu — rise Donata — hai dimenticato di chiedere alla cuoca quanti anni aveva quella signorina più giovane. Vaglielo a chiedere, Lelia! Poi torna su, che ti rifaccio le trecce.

Lelia partì di galoppo. E le sorelle, che ancora ridevano, l'udivano pochi secondi dopo gridare, dal giardino:

— Quarantasette! Ma forse erano di più!

— Vieni su, Lelia! — gridò Donata.

Quando riapparve, non aveva più lo scialle a lunghe frange e a sgargianti colori. Ma il visetto non portava nessuna traccia di broncio.

— Che cosa buffa — trillò — chiamare giovane una signorina di quarantasette anni! Quarantasette, cioè, dice la cuoca che li confessava: ma che, forse, erano dieci di più.

— Stai cheta, non riesco a farti le trecce — raccomandò, sorridendo, Donata.

Ma senza dar peso alla raccomandazione, Lelia

diede un guizzo e, volgendosi tutta per vedere la sorella in faccia, disse:

— Figurati! Quella aveva quarantasette anni ed era la più giovane: le altre, chi sa quanti secoli avevano... Dove vai, Thea?

— A vestirmi, piccola.

— Mettiti l'abito rosso — raccomandò la sorellina.

— Perchè l'abito rosso?

— Perchè ha la schiena nuda.

— Troppo nuda, per un pranzo in casa. Che dici, Donata, del vestito bianco?

— Ti sta tanto bene! — rispose la sorella.

— Sì, sì — trillò Lelia, felice. — Così, se quello che vola ti vuole sposare stasera, tu hai già il vestito bianco.

— Ma Lelia... — rimproverò Donata.

Thea, senza rispondere, era uscita.

— Lo vedi, monella? Hai fatto scappare Thea.

— Non tirare, Donata! Io non ho fatto scappare nessuno. Mettimi un nastro nuovo, grande grande. Così, quando le trecce saltano con me, gli uccellini crederanno che io abbia appeso, a ogni treccia, un uccellino azzurro.

— Tu credi che gli uccellini si lascino ingannare? Non sono tanto sciocchi!

Un picchio discreto alla porta interruppe il chiacchierìo della fanciulla. La cameriera entrò.

Teneva, fra le braccia, un grande fascio di rose bianche.

Donata lasciò cadere sulle spalle della sorellina le belle trecce d'oro e, come incantata, andò verso quei fiori. Cercò e trovò subito un biglietto.

— Chi lo manda? Chi li manda? — cantò Lelia. — Fammi leggere, Donata!

— Stai buona, Lelia: non ho ancora aperto...

— Sbrigati!

Mentre Lelia le saltellava attorno, come un cucciolo giocherellone, Donata aprì il biglietto e lesse: « A Donata — Luciano ».

E poichè in quell'istante, Thea, già pronta, rientrava, Donata, senza dire parola, ma sfavillando in tutto il viso, le porse il biglietto e accennò alle rose. Thea lesse, poi aprì le braccia e si strinse al cuore la sorella adorata.

Lelia, con una ruga dritta sulla fronte liscia e rosea, guardò la scena gentile; poi domandò:

— È successa una cosa bella o una cosa brutta?

Thea si staccò da Donata, s'avvicinò alla piccola sorella e, stringendosela tutta contro di sè, rispose:

— Una cosa bellissima sta per avvenire! Donata sposerà prestissimo Luciano Cori.

Lelia spalancò gli occhi, la bocca, le braccia e, quando potè parlare, ciangottò:

— Ora capisco, perchè Renato mi raccomandava di essere seria quando c'era il tenente Cori! Aveva paura che una cognata allegra come me lo facesse scappare spaventato!

E subito, afferrata Donata, la trascinò in una danza bizzarra, nella quale, per qualche istante, non si videro che le trecce bionde girare, le gambe nude saltare e qualche cosa di azzurro e bruno volteggiare.

— Basta, basta! Ho l'abito lungo, inciampo! — gridava Donata.

— Lelia! — chiamò Thea. — Mustafà ti sta leccando « Fior di Pesco »...

Esterrefatta, la bimba lasciò libera Donata, si precipitò all'uscita, sparì.

— Povera piccola! — rise Donata, riaggiustandosi l'abito e i capelli. — L'hai fatta spaventare. Ella è convinta che il nostro gatto siamese abbia un tremendo odio per la sua giapponesissima bambola e voglia mangiarle i colori a forza di leccatine.

— Si può entrare? — chiese, fuori dall'uscio, la voce di Eva.

— Si può, si può... — rispose Donata.

Thea, appoggiata con le spalle allo specchio, non aprì bocca.

Eva entrò: e subito, anche sul viso di Thea apparve una espressione gioiosa. Chè, vedendo Eva, bisognava essere felici, per la radiosa bellezza che la giovane offriva allo sguardo altrui. Eva era alta e sottile come Thea: ma il suo viso, pur incorniciato dalle trecce d'oro, come quello di Thea, aveva una dolcezza, una soavità, che invano si sarebbero cercate sul volto della sorella. Gli occhi di Thea, intensamente azzurri, avevano lampi metallici, talvolta così pieni di volontà da sembrare duri. Gli occhi di Eva, invece, non avevano che infinita dolcezza. I cigli scuri negli occhi di Thea davano forza allo sguardo; in quelli di Eva ombreggiava appena la morbidezza dello sguardo. Occhi fieri, pronti, acuti, quelli di Thea: occhi sognanti, miti, infantili, quelli di Eva. Quella sera, ella indossava un abito di velo color gridellino. La scollatura era casta e le belle braccia sottili uscivano da uno spumeggiante groviglio di velo. I piedi, piccolissimi, calzati di scarpe della stessa tinta dell'abito, erano celati dalla gonna e si rivelavano solo quando la giovane camminava. E poichè Eva camminava a passi brevi e veloci, i piedini apparivano e sparivano continuamente, quasi che la spuma dei veli li travolgesse.

— Che stupende rose! — esclamò Eva. — Sono tue, Donata?

— Sì — rispose Thea. — Le manda Luciano Cori.

— Allora... — cominciò Eva, avvicinandosi alla

sorella bruna. — Allora, posso... posso abbracciare la prima lodoletta che se ne va?

Donata si prese fra le braccia Eva, e poichè questa era più bassa di statura, ella posò, su quel capino d'oro, un bacio pieno di affetto.

— Piccola Eva cara! Non ti spiace, vero, se... se me ne vado? Non sarà troppo gravoso, per te, badare a tutto ciò che rimane?

— Sarò degna di te — rispose Eva. — Sii tranquilla e rendi presto felice Cori. Se una lodoletta se ne va, altre resteranno, nella casa, a ricordarla, ad aspettarla, per quando, sposa felice, vorrà, di tanto in tanto ricordarsi di tornare al nido.

— La casa delle lodole diventerà a poco a poco silenziosa — sospirò Thea. — Donata seguirà suo marito, io la mia carriera, Eva...

S'interruppe. Guardò la sorella. Ma Eva la fissava con i limpidi occhi e Thea proseguì:

— Eva avrà il suo nido, e anche Lelia prenderà il volo. E quella che Luciano Cori battezzò la « Casa delle lodole », diventerà una casa silenziosa, perchè le lodole se ne saranno andate, una di qua, una di là, a fare il nido.

Una malinconia improvvisa stava per avvolgere le tre sorelle, quando la voce di Lelia, chiara e alta, gridò:

— Luciano! Vieni! Ho già imparato a darti del tu. Ho fatto le prove con Mustafà...

La voce si allontanò; anche lo scalpiccio sulla ghiaia si tacque. Donata, Thea, Eva, uscirono sul terrazzo.

Una macchina era entrata nel giardino, s'era fermata presso il cancello, davanti alla casetta del giardino. Due ufficiali di marina, vestiti di bianco, tutt'e due alti e dritti, si avviavano verso la villa, e Lelia saltellava davanti a loro, precedendoli, e si volgeva a parlare, e or si aggrappava al braccio di Renato, or a quello di Cori. Così, leggera, agile e rosea, pareva un grande petalo di rosa che si spostasse qua e là, portato dal capriccio del vento.

Tenendosi Donata fra loro, Eva e Thea si diressero incontro ai due uomini.

Lelia aveva cessato di balzare dall'uno all'altro, s'era infilata tra i due e, un braccio di qua, uno di là, si teneva stretta ad essi.

All'improvviso, la fanciulletta diede un grido gioioso:

— Facciamo il corteo nuziale. Io sto con Renato, Eva sta con Thea e tu, Donata, stai con Luciano...

Senza esitare, afferrò il braccio della sorella, lo infilò in quello di Cori e, con voce squillante, annunciò:

— Ecco, signori! Arrivano gli sposi!

Donata, immobile, alzò in viso a Cori i suoi grandi e dolci occhi neri. Incontrò lo sguardo ardente di due begli occhi grigi. E una vòce cara, che da tanto tempo le faceva battere il cuore, le sussurrò:

— Ti amo tanto: e tu?

— Datevi un bacio! Datevi un bacio, come al cinematografo! — pregò Lelia.

Cori baciò in fronte la fidanzata. Lelia scosse il capo. Non era un bacio cinematografico, quello! Ma una mano le afferrò un braccino: era la mano di Renato:

— Vieni in casa, Lelia. Quando due si fidanzano, devono dirsi tante cose. E se le devono dire da soli.

Di malavoglia, volgendosi a ogni passo, Lelia seguì il fratello. E quando fu nella casa, gli sfuggì, salì correndo le scale, entrò nella sala, l'attraversò, sbucò sul terrazzo fiorito di glicine. Colse sveltamente un fascio di grappoli odorosi, si sporse dalla balaustrata, guardò giù. Prese esattamente la mira e quando vide Donata e Cori avviarsi per entrare nella villa, lasciò cadere i fiori, gridando:

— Evviva, evviva! Siate felici, perchè siete tanto belli!

* * *

A tavola, Renato e Lelia portarono la loro innata gaiezza. La fanciulla s'era seduta accanto al fratello e gli aveva detto:

— Non mi dare ostriche: lo sai che non mi piacciono. Dammi soltanto le valve, così parrà che io le abbia mangiate. Se Luciano sa che molte cose non mi piacciono, penserà che sia una cognata noiosa. E non mi dare neppure brodo...

— Come farò, Lelia, per il brodo? Non ha valve...

— Già — fece la bimba, assorta. — Come si potrà fare?

— Diremo che non lo vuoi, perchè fai la cura per dimagrare...

— Ma io non sono grassa! — protestò Lelia.

— Ora, non lo sei. Ma tu fai una cura preventiva. Chi ti dice che, a cento anni, tu non diventi grassa come la cuoca?

— Lo sai come si chiama? Fisarmonica...

— Possibile? — rise il giovane.

— Che ti sta raccontando, la mia piccola amica? — domandò Cori.

— Mi vuol far credere che la nostra nuova cuoca si chiama Fisarmonica...

Donata rise e precisò:

— Si chiama Veronica. Ma Lelia ha udito cantare una canzonetta che parla di Veronica e fisarmonica e fa un po' di confusione.

Tutti gli sguardi erano rivolti a Lelia. Bionda, finissima, con gli occhi pieni di scintille, di risate, di arguzie, ella fissava le pupille chiare or su l'uno or su l'altro. Il visetto roseo, il corpo sottile, dicevano intelligenza, ardore, irrequietezza. Lelia era il campanellino d'argento, mai zitto: Lelia era l'uccelletto leggiadro, mai fermo: Lelia era la fresca fonte dallo zampillo perpetuo. E su lei, amorosi, devoti, ammirati, si posavano gli sguardi delle sorelle, di Renato, di Cori.

— Perchè mi guardate tanto? — chiese, come presa da improvviso disagio. — Ho qualche cosa in disordine?

— No — la tranquillizzò Cori. — Tu sei tutta in ordine, tutta bella, tutta cara. Ed è per questo che noi ti guardiamo.

— Sono cara anche a te, Luciano?

— Immensamente.

— Allora, quando ci alzeremo da tavola, mi insegnerai a rubare il settebello?

— Non so esattamente come si faccia: ma faremo lega e ci arrangeremo. Ti va?

Dal suo posto, sulla punta delle dita, Lelia gli soffiò un bacio.

Quando si alzarono da tavola, il sole era tramontato e il golfo era tutto avvolto dalle ombre. A bordo della *Trento* e della *Trieste*, ancorate nel golfo, le luci splendevano, seguendo la sagoma delle imponenti corazzate Nel cielo non vi erano telle. E un ammasso cupo di nubi saliva da Lerici, andava verso la Palmaria.

— Andiamo sopra — pregò Lelia. — Si vede

tanto mare, si respira meglio e si sta tutti più vicini a « Fior di Pesco ».

« Fior di Pesco » era una grande e stupenda bambola che Renato aveva portato dal Giappone alla sorellina. « Fior di Pesco » indossava bellissimi chimono, aveva i capelli neri, gli occhi a mandorla, la pelle candida, i piedi piccoli. Ma quel che aveva di lei innamorato Lelia, era l'espressione del piccolo viso di porcellana. Un viso che aveva una mestizia vera, profonda, intensa. Un viso che, fotografato, sarebbe parso un vero viso di creatura infelice e bella. Lelia, quando aveva avuto fra le braccia « Fior di Pesco », aveva provato una stretta al cuore. E aveva pensato che laggiù, nella sua terra lontana, la bambola sua aveva lasciato il cuore. Per questo, adorava la piccola giapponese di stoffa e di porcellana, per questo la rendeva partecipe delle sue gioie e dei suoi piccoli affanni, per questo voleva, ora, salire al primo piano, dove « Fior di Pesco », avvolta in un chimono azzurro e oro, seduta in una poltroncina di raso verde, attendeva con gli obliqui occhi malinconici rivolti verso l'uscio.

Il caffè, i liquori, vennero serviti al primo piano, nella vasta sala che aveva tutta una gran vetrata aperta sul terrazzo fiorito.

Nel golfo cupo, le due navi brillavano: zone

di luce viva nella notte che si preparava buia e burrascosa.

« Fior di Pesco », quando era in piedi, arrivava al petto di Lelia. E la fanciulla era orgogliosa delle proporzioni della sua bambola e se la teneva dritta davanti e, curvandosi un poco, le parlava, così a viso a viso, come se fosse viva.

Ora, certa ormai che per quella sera non avrebbe potuto imparare a rubare il settebello, Lelia s'era accovacciata sul piccolo divano, s'era accomodata « Fior di Pesco » accanto, e le spiegava, con molta serietà, il modellino dell'abito da sera che le stava confezionando.

Thea, Eva e Renato chiacchieravano presso la vetrata: e Cori e Donata s'erano rifugiati in un angolo dove alcune poltroncine di broccato azzurro e grossi fasci di ginestre facevano un angolo raccolto e discreto.

Fuori, sul terrazzo fiorito come un giardino, i fiori cominciavano ad agitarsi, sotto brevi raffiche di vento. Qualche rosa, disfatta, cominciava a sfogliarsi e i grappoli del glicine lasciavano cadere farfallette azzurre e viola.

La voce timorosa di Lelia domandò:

— Tu credi, Renato, che verrà un temporale?

— Credo, Lelia. Ma non temere. Vieni qui, accanto a noi.

La bimba si prese in collo « Fior di Pesco », andò a sedere accanto al fratello. Gli si rannicchiò vicina e, incontrati gli occhi azzurri del giovane, disse, ammiccando verso Donata e Cori:

— Avranno paura del temporale?

— Anche se verranno fulmini, non li udranno. Non guardare a loro, Lelia.

— Allora, dimmi che cosa è avvenuto di bello, oggi, a bordo della tua *Trento.*

— Molte cose. Un marinaio ha pescato una perla grossa come un tegame, le ha appiccicato un manico di ferro e ora, a bordo, si cuociono le uova alla perla...

— Le hai mangiate anche tu?

— Perchè — interruppe Eva — le racconti tante fandonie? Lelia crede a tutto ciò che tu dici. Non è vero nulla, piccola. Renato è un grandissimo bambino che dice grandissime bugie.

— Lo so — fece la piccola, sottovoce. — Io non credo a nulla. Ma « Fior di Pesco » forse crede e si diverte. Racconta pure, Renato.

Posò la testolina contro la spalla del fratello. Tenne fra le sue una manina bianca della sua bambola, abbassò le palpebre. Poco dopo dormiva, sognando un corteo di bambole, in tutto simili a « Fior di Pesco ». E le bambole camminavano su petali di gelsomini, avevano il faccino triste e bisbigliavano, tutte insieme: « Fior di Pesco, Fior di Pesco, sorellina cara, torna fra noi, che t'aspettiamo ».

Un improvviso e violento scroscio di pioggia

si rovesciò sulla vetrata. Eva si alzò, chiuse la parte di vetrata rimasta aperta. Nell'improvvisa e rapida luce dei lampi, si vedevano gli alberi agitarsi furiosamente, come sotto lo sforzo d'una mano brutale e gigantesca che volesse sradicarli. Il terrazzo s'andava coprendo di petali intrisi e laggiù, nel golfo, le splendide luci delle corazzate si mitigavano, dietro il velo della pioggia.

Eva si alzò, andò presso i vetri. Guardò nella notte. E all'improvviso, Thea, che l'osservava, la vide trasalire. Senza esitare, Thea si alzò. S'avvicinò alla sorella, guardò dove ella guardava. Due fari di automobili, luci vive nella notte nera, si accendevano e spegnevano, ritmicamente.

— Che cosa guardi, Eva?

— Nulla.

Si scostò, Eva, tornò presso il fratello.

— Lelia dorme — disse sottovoce. — Bisogna portarla a letto.

Si curvò sulla sorellina, chiamò:

— Lelia...

La bimba non si mosse.

— La porto io nella sua camera — disse Renato. — Rimani qui, Thea. Eva, puoi venire con me?

Passando accanto ai due fidanzati, disse, sorridendo:

— La bambola viva dorme più sodo di quella vera. Permettete...

Uscì, seguito da Eva.

Thea, con le spalle rivolte ai fidanzati, stava contro la vetrata e teneva lo sguardo fisso laggiù, dove due fari, spegnendosi e accendendosi, mettevano or luce, or ombra, sulle svettanti cime di alcuni giovani cipressi. Il vaporetto delle ventuna attraccò alle Grazie. Thea lo vide sostare allo sbarcatoio, vide le luci riallontanarsi, lente, dirigersi a Lerici.

In quel momento, la cameriera annunciò che il capitano Ippolito Bon chiedeva d'essere ricevuto. Renato, che rientrava, andò incontro all'amico. E pochi istanti dopo, Ippolito Bon faceva il suo ingresso nella sala. Thea si staccò dalla vetrata e, a mani tese, gli andò incontro.

Ippolito Bon, eroico aviatore, era recentemente ritornato dalla Spagna. Amico dei tenenti di vascello Renato Valbruna e Luciano Cori, era stato ammesso nella casa, dove Luciano era già considerato più parente che amico. E gli era stato facile innamorarsi di Thea. La quale aveva subito dimostrato una viva ammirazione per il giovane, ma aveva chiaramente fatto capire che non intendeva sposarsi. E poichè ella era buona, disapprovava i continui inviti che il fratello ed Eva facevano al giovane. Perchè farlo soffrire? Perchè invogliarlo ad amare, sempre più, una donna che non sarebbe mai stata sua? Davanti a Thea, non c'era che un miraggio: quello del teatro. La stupenda voce l'autorizzava a credere nel più vivo successo e il suo cuore, profondamente buono, non aveva, tuttavia, palpiti d'amore. Per questo, ella si adombrava, quando Bon entrava nella sua casa.

Egli era un ragazzone di 27 anni. Era bruno di pelle e di capelli: aveva spalle quadre, statura molto alta e qualche cosa di robusto, di troppo forte, in lui, che l'avrebbe fatto sembrare massiccio e pesante se non avesse avuto, su quel corpo possente, un limpido viso di fanciullo. I suoi occhi scuri ridevano sempre, come la stupenda bocca. Le sue manone sarebbero parse pericolose, se non avessero avuto gesti quasi infantili. E lui stesso, che pareva la forza e la prepotenza fatte persona, era mansueto, docile, timido. Ora, davanti a Thea, egli non sapeva che fare nè che dire. Guardava, dall'alto della sua mole, la fragile creatura vestita di bianco e pareva attendesse da lei un ordine.

— Vi diamo subito una bella notizia, Bon — disse Thea, — Donata e Cori sono, da poco, fidanzati ufficialmente.

Ippolito Bon si congratulò con la giovane coppia, poi sedette accanto a Thea, di fronte a Renato.

Un disagio improvviso avvolse i tre. Thea taceva, Renato, dopo aver offerto liquori e sigarette all'amico, fumava ora in silenzio. Thea invocava Eva: ma la sorella non ritornava.

— Dovete scusare le nostre sorelle — cominciò — Lelia s'è addormentata ed Eva, che l'ha portata a letto, deve averla imitata.

— Vado a vedere che cosa è avvenuto — spiegò Renato, alzandosi.

Thea ebbe uno scatto, subito trattenuto, verso il fratello. E come si avvide che Ippolito la guardava intensamente, gli chiese:

— Perchè mi osservate tanto?

— Perchè siete così bella, così lieve, così bionda, che io, talvolta, penso a voi come si pensa a una creatura di sogno.

— Siete molto buono, con me...

Il giovane capitano sospirò, si diede una gran manata nei capelli neri e folti e mormorò:

— Ho quasi paura di voi.

— Oh... — fece Thea, commossa e sbalordita.

— Paura, sì! Perchè, voi lo sapete, io... io... non vengo qui, proprio no, per vedere Renato. Vengo, per vedere voi. Perchè vi... Pare strano, come sia difficile parlare quando si ama. Ho affrontato tanti rischi, ho visto tante volte la morte e davanti a voi sono timoroso, come se foste più pericolosa d'un...

S'interruppe. Capiva di non saper dire, di non

saper perorare la sua causa: si sentiva ridicolo, inadatto alla situazione. E gli pareva che le parole dolci, dette da lui così grande e grosso, fossero buffe.

Si strinse le mani, implorò:

— Capitemi, Thea! Dite voi ciò che non posso dire io. Voi avete capito, avete capito benissimo che...

— Che mi amate?

— Che vi adoro. Che non vivo più, da quando vi conosco. Che se mi addormento vi sogno, che se sono desto vi penso. Ho ventisette anni: a ventotto sarò certamente maggiore e avrò anche l'età permessa per il matrimonio. Volete. Thea, diventare la compagna della mia vita? Sono grosso, sono massiccio: ma vi giuro che sono ancora un bambino, dentro. Vi amerò con tutta la tenerezza d'un bimbo, con tutta la passione d'un uomo, con tutto me, credete, Thea!

La guardava: e gli occhi neri avevano un'espressione accorata e ridente insieme, e il bel viso di ragazzo bruno era tutto proteso nell'ansia della risposta.

Thea era commossa. E rispose, dolcemente:

— Voi sapete che io desidero cantare. Ho lottato, per questo sogno; ho finalmente vinto e so che avrò una stupenda carriera. Non è ambizione, quella che mi porta al teatro: è passione. Una passione che mi vieta di averne altre.

— Io sono disposto ad attendere, Thea. Può darsi che del teatro vi stanchiate presto. E allora, vi farà forse piacere sapere che un cuore devoto vi attende. Non toglietemi tutte le illusioni: lasciatemi pensare a un avvenire nostro. A voi, che noia può arrecare questo?

— Nessuna noia! Ma perchè volete essere legato a me, quando, tra le molte fanciulle che sono sulla terra, vi è forse quella che Dio vi ha destinato?

— Dio mi ha destinato voi. Io mi considero vostro...

Ancora s'interruppe, ancora riprese:

— Se non vi dispiaccio troppo, se non vi sono antipatico...

— Oh, no, questo no! — esclamò Thea, sincera. — Voi siete un caro, tanto caro figliolo, che avrei certo sposato, se, prima di voi, non fosse giunta, per me, l'altra grande passione.

Bon ebbe un altro sospiro. Continuò:

— Sono tenace, nei miei affetti. Aspetterò.

Thea posò la sua manina su quella mano bruna. E dolcemente, quasi parlasse a se stessa, disse:

— Vi ringrazio. E vi prometto che, alla prima delusione, cercherò conforto accanto a voi.

Renato rientrò, s'avvicinò ai due, disse:

— Thea, puoi venire? Temo che Lelia abbia un po' di febbre.

Thea si alzò di scatto, chiese permesso, raggiunse il fratello. Ma quando fu nel corridoio, Renato la fermò e le disse, con voce tremante:

— Eva è uscita.

— Uscita?

— Me lo disse poco fa il giardiniere. Tu sai dove può essere andata?

La giovane guardò il fratello: lo vide pallidissimo, con le mascelle contratte. Rispose:

— Non so, Renato: non so e non mi spiego questa fuga di Eva. Ma ti consiglio di andarla a cercare, subito.

— E agli ospiti, che cosa diciamo?

— Nulla. Dirò che tu rimani con Lelia...

All'improvviso, ella ricordò la frase che la bimba le aveva detto, poche ore prima:

« Io so dove Eva si reca due volte la settimana ».

Correndo, entrò nella camera della sorellina. S'avvicinò al letto, la scosse dolcemente. Lelia si mosse.

— Lelia, piccola, svegliati — implorò Thea.

La bimba mugolò, si volse sull'altro fianco, mormorò qualche cosa.

— Lelia cara, abbiamo bisogno di te. Mustafà si sta mangiando « Fior di Pesco ».

Lelia ebbe un guizzo: si mise a sedere sul letto, stropicciò gli occhi, li spalancò in viso alla sorella:

— Oh, Thea! — esclamò. — Sognavo che Mustafà si mangiava « Fior di Pesco ». E invece, la mia bella bambola, eccola lì!

— Sì, cara: « Fior di Pesco » nessuno te la tocca. Ma tu devi aiutare la tua Eva, ora. Essa è uscita, con questo tempo, con questo buio. Dove può essere andata?

— A quest'ora? — ripetè, sbalordita la bimba. — Ma a quest'ora, il negozio sarà chiuso.

— Quale negozio, Lelia?

— Quello dove si fanno i massaggi elettrici. Eva... ma tu non mi tradire... Eva si reca, due volte la settimana, in un negozio, dove si fanno i massaggi che vietano di diventare grassi.

— Chi ti ha detto questo, Lelia?

— Eva stessa! Un giorno la pregai di portarmi con lei e mi rispose che andava a fare i massaggi e non poteva certo tenermi vicina.

— Dov'è questo negozio?

— Non lo so.

— È qui, in città, oppure fuori, in altro luogo?

— Fuori... Eva ha detto che deve andare sempre in macchina, verso Genova.

Thea guardò Renato. Con gli occhi, i due fratelli si capirono.

Il giovane infilò la porta.

— Coricati, Lelia. Dormi...

— Ma Eva, perchè è uscita a quest'ora?

— Perchè deve aver dimenticato i braccialetti, in quel negozio, dove sarà stata anche oggi Se n'è accorta poco fa, certamente... E tu sai, Lelia, che, per ritrovare oggetti di valore, non si deve perdere tempo....

— Ma perchè non l'ha detto a Renato?

— Forse temeva d'essere sgridata. Sai che Renato disapprova certe cure, certi trattamenti, soprattutto quando, come nel caso di Eva, sono superflui.

— Già — mormorò la bimba, ripresa dal sonno. — Già, lo dissi anch'io, a Eva.. Buona notte, Thea. Scusami, sai: ma gli occhi non vogliono stare aperti. Saluta tutti. E quando Eva torna, dille che sono molto arrabbiata con lei.

— Glielo dirò...

Lasciò accesa solo la lampada notturna e piano piano, per avere il tempo di riprendersi, tornò nella sala.

Donata e Cori, che non s'erano accorti di nulla, vedendola rientrare, le sorrisero.

Ippolito chiese, sinceramente ansioso:

— Ha molta febbre, la piccola?

— Poche linee. Ma Renato è andato personalmente dal medico. Abbiamo telefonato, non siamo riusciti a scovarlo. Per essere certo di poterlo portare qui, è andato lui stesso alla ricerca.

— Se volete restare con Lelia, io posso andarmene.

— No, restate...

In quel momento, il pensiero di restar sola, col suo tormento, la turbava. E il suo turbamento era così vivo e palese che Ippolito Bon, interpretandolo diversamente, stimò opportuno restarsene zitto e tranquillo.

Con un sorriso fermo sulle belle labbra, con una ruga sulla fronte, con lo sguardo fisso alla vetrata, Thea pensava alla sorella. Dov'era? Perchè quell'improvvisa fuga? Certo, quei fari che s'accendevano e spegnevano erano un richiamo, al quale Eva aveva risposto. Thea soffriva, ma non disperava; sapeva che Eva non poteva essere lontana, perchè della sua uscita erano stati subito informati. Ma quali conseguenze poteva portare questa fuga?

Thea sentiva che qualche cosa stava per crollare, nella serena casa delle lodole: Thea intuiva che la felicità era finita e che qualche cosa, cui non poteva ancora dare un nome, avrebbe mutato la loro vita.

— Non pensate più, Thea — mormorò Ippolito. — La febbre, nei bimbi, se ne va, con la stessa facilità con cui è venuta.

Piacque, a Thea, quell'interessamento discreto. Sorrise al giovane, e si alzò. Non poteva più restare immobile, inoperosa, ad attendere.

— Ora — disse forzando una gaiezza che non sentiva — mando via tutti. Anche Cori. Non volevo turbare la tua gioia, Donata, ma devo dirti che Lelia ha un po' di febbre. Vuoi venire con me, un minuto solo?

Donata, balzata in piedi, s'era precipitata verso la camera di Lelia. Thea l'aveva seguita e, come poco prima Renato, ella aveva fermato la sorella, per dirle ciò che era avvenuto.

— Non ti agitare — aveva soggiunto Thea. — Torna di là, saluta Cori, digli che vuoi stare con la piccola. Io farò altrettanto con quel povero Ippolito. Ma sorridi, ti prego: meno si saprà, di questa faccenda, meglio sarà per tutti.

Cori e Bon attendevano, in piedi, le fanciulle. Quando esse riapparvero, si congedarono. Cori era troppo felice per potersi addolorare per un così sollecito congedo: Bon, troppo timoroso di perdere Thea, per dimostrare rincrescimento nell'ubbidienza.

E quando furono sole, Donata e Thea si guardarono in viso. Negli occhi limpidi e onesti delle due donne, vi era uno smarrimento così intenso, un dolore così grande che, reciprocamente guardandosi, non seppero far altro che prorompere in lacrime. La prima a parlare fu Thea:

— Non piangere, Donata. Tutto si appianerà; non piangere, in questa tua prima sera di gioia. Voglio che tu rida, capisci?

La voce era diventata imperiosa. Thea aveva terrore di quelle lacrime che le sembravano un presagio di sventura per la sorella.

— Ma non posso ridere! — balbettò Donata. — Tu stessa non puoi.

— Per me, è un'altra cosa.

— Eva è tua e mia sorella...

— Comincio a dubitarne — mormorò Thea.

— Non dire! — implorò Donata.

— E Renato che non torna!

— Vuoi — chiese timidamente Donata — venire con me, nella camera dei nostri genitori? Pregheremo davanti al loro ritratto: Eva tornerà.

Entrarono nella vasta camera. Era in perfetto ordine, e ogni cosa rivelava l'estrema cura della signora che l'aveva abitata fino a pochi anni prima. La mamma delle fanciulle, bionda e fine, il padre, bruno e forte, guardavano le loro figliole da grandi quadri a olio. Tenendosi per mano, strette l'una all'altra, le giovani fissarono gli sguardi ai volti dei loro diletti scomparsi. Nessuna preghiera fu pronunciata, ma tutte le preghiere erano in quegli occhi addolorati.

— Una macchina! — bisbigliò Thea, che aveva l'udito finissimo.

Donata s'illuminò tutta e trascinandosi la sorella, uscì, scese le scale, attraversò l'atrio della villa.

— Fermati! — gridò Thea. — Non uscire alla pioggia con quell'abito. Ti ammalerai.

Ma Donata correva, correva sotto la pioggia. Il suo abito chiaro era una macchia nella notte buia. La macchina era ferma davanti al cancello: Eva, avvolta nel mantello da sera che la copriva dal collo ai piedi, attendeva, tranquilla.

— Eva! — chiamò Donata, con un singhiozzo nella voce.

— Cara! — rispose la voce pacata della fanciulla.

— Vieni, vieni, Eva. Thea ti attende.

Quando furono nell'atrio, Donata guardò Eva e Renato. La prima aveva il suo solito viso dolce, tranquillo, roseo; ma Renato era livido. Nel volto bruciato dal sole e dall'aria, negli occhi azzurri, in tutti i tratti, c'era la tempesta. E perfino i chiari, lucidi capelli biondi, si rivelarono scomposti, quando egli si tolse il berretto.

Poichè indossava la divisa bianca, ormai tutta intrisa, ebbe un brivido di freddo, che non sfuggì a Donata.

— Vatti a cambiare, Renato — implorò la sorella.

— Sì, Donata.

Salì sveltamente le scale. Eva disse, tranquillamente:

— Possiamo salire anche noi.

S'avviò, le sorelle la seguirono. Entrarono insieme nella grande sala del primo piano. Senza affrettarsi, Eva si liberò del mantello. Il suo abito di velo pareva un fiore appassito. I veli aderivano al corpo: le pompose maniche ricadevano, cincischiate. Tutto quanto in quell'abito era stato aereo, soffice, arioso, pareva ora sciatto, trasandato, sciupato.

— Non era un abito da indossare sotto un mantello — osservò, freddamente, Eva.

Thea ebbe uno scatto felino. Ella era incapace di odiare, non conosceva la brutalità, la crudeltà, la cattiveria; ma le parole di Eva le fecero perdonare i gesti violenti, le parole nude, che talvolta aveva condannato.

— Tu puoi parlare di abiti — sibilò. — E non vedi la faccia stravolta di Donata, e non hai visto il viso di tuo fratello. Dove sei stata? Che cosa hai fatto?

— Che devo aver fatto, Thea? Ho percorso a piedi, sotto la pioggia, cento metri. Ho detto poche parole a una persona e subito sono stata raggiunta da Renato.

Un attimo di silenzio e poi la voce dura di Thea si alzò:

— E alle tue poche parole, che cosa ha risposto l'avvocato Fabio Dani?

I chiari occhi di Eva ebbero un attimo di smarrimento. E la sua voce era completamente mutata, quando chiese:

— Hai detto il suo nome, a Renato?

— Non ancora.

Eva s'avvicinò alla sorella, le posò una mano sulla mano e, fissandola negli occhi, mormorò:

— Non lo dire mai, quel nome, Thea.

— Lo dirò subito! — scattò Thea. — Subito! Perchè questa è una casa che non ha mai conosciuto intrighi, che non ne conoscerà mai, dovessi difendere la purezza di questa dimora, con i denti, con le mani, col mio sangue. Ricordalo, Eva!

— Non gridare, Thea — ordinò Renato, entrando. — È inutile che la servitù sappia oltre il necessario. Quel signore, molto coraggiosamente, è scappato quando, certo avvertito da Eva, mi ha visto avvicinare. Non ho avuto così il piacere di vederlo in viso quel farabutto! Non ti agitare, Eva. Quell'uomo è il più bel mascalzone della terra. Perchè, se fosse stato un gentiluomo, si sarebbe presentato, giustificato: avrebbe rivelato a me, tuo fratello, le sue intenzioni.

S'interruppe, cominciò a passeggiare, riprese:

— Intenzioni! Ma quali possono essere, le intenzioni d'un uomo che fugge? È forse fuggito Cori? Fugge Bon? Cori e Bon, uomini leali e onesti, sono venuti, onestamente, lealmente da me e mi hanno detto che volevano diventare miei cognati. Sono venuti, alla luce del sole, nella nostra casa, e prima di entrarvi chiedono il permesso a me. Ma un uomo che non so neppure come si chiama, che costringe una ragazza minorenne a uscire di sera, per vederlo, che uomo può essere? Per lo meno, un ladro d'amore, ammesso che non sia anche un labro di danaro.

— Renato... — balbettò Eva — non insultarlo più!

— Dimmi il suo nome, allora — sibilò Renato, avvicinandosi alla sorella. — Dimmelo subito...

— E quando lo saprai, che cosa potrai fare? Sfidarlo? Batterti con lui?

Thea, che stava per pronunciare il nome di Fabio Dani, si morse le labbra e tacque. Un duello! Un duello nel quale Renato, poteva anche avere la peggio! Il nome dell'uomo le martellò nel cervello: ed essa strinse le labbra, i denti, i pugni per non gridarlo, quel nome, per non urlarlo a Renato, a tutti.

— Non so se lo prenderò a pedate prima o dopo essermi battuto con lui — rispose Renato. — So che, ora, tu mi devi dire quel nome.

Eva scosse la testa bionda e, dolcemente, rispose:

— No. Mai.

Renato allora ebbe uno scatto, s'avvicinò alla sorella, alzò la mano. Prontamente Donata si buttò fra i due, afferrò la mano del fratello, la tenne fra le sue, la strinse, poi, devotamente, la portò alle labbra.

— Renato — mormorò — caro Renato! Tu non ci hai mai battute! Tu ci separavi quando eravamo piccine e volevamo, qualche volta, prenderci per i capelli. Le tue mani ci hanno sempre accarezzate. Eva parlerà. Ora, lasciala andare a dormire.

Il giovane ufficiale cadde sopra una poltrona. Si prese tra le palme il viso, con gesto disperato. Un tremito incessante s'era impadronito di lui e lo scuoteva tutto. Thea si curvò sul fratello, gli accarezzò i capelli biondi e fini, e vicina su lui, pietosa, amorosa, devota, mormorò:

— Non soffrire, Renato. Eva è solo insensata: non è cattiva. Diventerà saggia e ti dirà ogni cosa.

— Ah, no! — proruppe Renato, scattando in piedi. — Io non credo nella saggezza di certe pazze! Le donne come Eva disonorano una casa, un nome! E io difendo, con tutto me, e casa e nome. Eva ha diciannove anni. Se non confessa, se non dice ciò che sente, sa e pensa, io, fino alla sua maggiore età, la manderò in un collegio dove si insegna a vivere a tutte le ragazze come lei. Ti do una intera notte per meditare, Eva.

— Ti ringrazio, Renato — rispose la fanciulla.

E senza aggiungere altro, raccolse il suo mantello e uscì. Donata era seduta sul piccolo divano, dove poco prima Cori le aveva detto tutto il suo amore; ella piangeva. Thea le si avvicinò, la scosse:

— T'ho detto di non piangere — ordinò. — Levati, vai a dormire.

Donata, sbalordita dall'insolito tono di Thea, si alzò, andò nella sua camera. Thea rimase accanto al fratello. E tutt'e due, in silenzio, s'avvicinarono alla gran vetrata sferzata dalla pioggia. La notte nera li divideva dal mondo. Le luci lontane erano velate e una immensa solitudine si stendeva davanti a loro. Imagini tristi si succedevano nello spirito dei due fratelli, imagini rapide suggerite da quel fatto inatteso, doloroso, accaduto, improvvisamente, nella loro vita serena. E quando le imagini si diradarono, ambedue si trovarono di fronte a una ineffabile angoscia; quella che veniva dal pensiero di avere, per sempre, irrimediabilmente perduto la bella serenità che allietava la dolce casa delle lodole.

— Che pensi ancora? — domandò Thea, con la voce un poco alterata.

— E tu? — fece a sua volta Renato, fissandola.

Nessuno dei due rispose alla domanda. Tacquero e guardarono di nuovo attraverso i vetri.

Non pioveva più. Sulla gran vetrata, lunghi rivoletti d'acqua correvano silenziosi. Le luci delle corazzate brillavano e parevano assai vicine; dal giardino saliva un acuto odore di terra bagnata e gli alberi sottostanti continuavano a stormire.

— Vai a riposare, Thea.

— Anche tu, Renato.

— Sì — rispose il giovane, ma non si mosse. Thea vide che gli occhi del fratello erano fissi sulle belle navi illuminate. Capì che Renato pensava, con spavento, alla prossima partenza; gli si avvicinò ancora e, con voce ferma, disse:

— Sii tranquillo, Renato.

Egli aprì le braccia e si strinse, sul cuore, quella testolina d'oro.

***

L'indomani mattina, prima di andare a bordo, Renato chiamò, nella sua camera, Donata, Thea ed Eva.

— Ho pensato — disse subito — che rinchiudere Eva in un collegio farebbe nascere commenti e deduzioni. Eva, quindi, è affidata a voi. E dicendo che vi affido Eva, dico anche che vi affido il nome purissimo che nostro padre ci ha lasciato. Una Valbruna non può diventare l'amante d'un mascalzone qualunque Bisogna evitare questa vergogna, con tutte le nostre forze. Quindi, Eva sarà strettamente sorvegliata. Non uscirà mai sola, non userà più la macchina. Quando in una casa vive una donna che da un momento all'altro può comprometterne l'onore, si deve agire con tutti i mezzi, anche con gli estremi, per metterla in condizione di non sbagliare. Quando Eva avrà ventun anni, sarà libera di unirsi con chi vorrà. Allora, io le aprirò le porte e le dirò di raggiungere il suo damo... se pure quel galantuomo l'attenderà ancora. Tu, Donata, non dimenticare che Cori ha diritto di avere una donna il cui nome non abbia macchia alcuna: tu, Thea, che vai verso un avvenire che disapprovo, verso un ambiente già di per se stesso bacato e criticato, devi avere tutto l'interesse di andarvi a testa alta e senza una brutta storia da celare o da smentire. Lelia, che è bimba, non deve crescere all'ombra d'un nome insudiciato, e, infine, ci sono io, che per difendere il bel nome che porto sono pronto a tutto: anche a rischiare la vita.

Aveva detto questo con calma; e ora, davanti allo specchio, si accomodava, apparentemente calmo, la cravatta.

— A rivederci, Donata. A rivederci, Thea. Sapete dov'è Lelia?

— L'ho lasciata uscire con la cameriera, per comperare un pezzo di seta per « Fior di Pesco »... — rispose Donata.

— Datele un bacio per me, quando torna. E ditele che stasera la porterò a vedere « Biancaneve e i sette nani ». Sarà contenta.

— Lelia è sempre felice, quando può uscire con te — aggiunse Thea.

Renato sorrise. Baciò in fronte Donata e Thea, poi uscì.

Dal terrazzo, le sorelle lo salutarono ancora.

Eva, immobile in mezzo alla stanza, non si era mossa.

Pietosa, Donata le si avvicinò:

— Scendi a colazione con noi? — le chiese.

— Se non vi faccio ribrezzo...

— Non ci fai ribrezzo — rispose Thea. — Ci fai pietà. Vieni.

Eva s'avviò; le sorelle la seguirono.

Nella sala da pranzo più piccola, era preparato per tre. Le sorelle sedettero, in silenzio. E subito, Thea ricordò il chiacchierio gaio delle altre mattine. Volle rompere quel silenzio che già le pesava. disse:

— È stata assai mattiniera, Lelia! Quando si tratta di « Fior di Pesco », ella non sente più neppure il sonno.

Donata tentò una risatella, mentre aggiungeva:

— « Fior di Pesco », minaccia di diventare un personaggio di casa. Comincio ad amarla anche io, quella pupa bianca e seria. E tu, Eva?

Con sforzo, la fanciulla richiamò la sua mente, perduta chi sa dove; con sforzo, domandò:

— Di chi parlavi. Donata?

— Di « Fior di Pesco ».

— Ah... — fece Eva.

E non disse altro.

Sulla terra sazia di acqua, indugiava una serenità perfetta. Nel cielo, limpido e azzurro, le rondini, frecce nere dell'aria, saettavano senza posa. Su la mensa, tra le porcellane, si ergeva un vaso nel quale erano immerse alcune rose gialle. Donata le guardava, da qualche tempo, forse perchè non sapeva dove guardare. E a un tratto osservò:

— Sono le sole non sciupate dalla pioggia e dal vento di ieri.

Nel rettangolo della porta-finestra spalancata, apparve il grosso cane da pastore. Un cane bigio, vivace, intelligente. Aveva barba e baffi spioventi e su gli occhi gli cadevano lunghi peli.

— Oh! — esclamò Thea. — Don ci onora di una visita. Eccoti un biscotto, Don.

Ma il cane, movendo di tra i lunghi peli gli occhi vivaci e scuri, cercava, per la stanza, qualcuno.

— Cerca Lelia — disse Donata.

Al nome della fanciulla, il cane mugolò.

Donata si alzò, porse un biscotto all'animale, gli disse:

— Vai, Don: Lelia arriverà tra poco.

L'animale, col suo biscotto fra i denti, se ne andò.

Ed Eva, guardandolo dal rettangolo pallido della porta-finestra, disse, sottovoce:

— Siamo pari, io e Don. A lui, come a me, è vietato uscire dal cancello.

— Colpa tua — ribattè subito Thea. — Se ti fossi comportata diversamente, oggi, le sbarre del cancello non sarebbero ermeticamente chiuse per te.

— E del resto — si affrettò ad aggiungere Donata — non è detto che la tua vita debba trascorrere qui dentro. Uscirai con noi, tutte le volte che ti piacerà uscire.

— Ti ringrazio, Donata. Ma penso che preferirò restare in casa.

— Meglio la prigionìa — rise con amarezza Thea — che la compagnia delle sorelle. Sei molto generosa, Eva; e noi te ne siamo grate.

Eva guardò, con occhi smarriti, Thea e Donata. Sul volto della prima, vide un'espressione dura che non le aveva mai conosciuta; sul volto dell'altra, lesse un dolore così vivo e palese, che le strinse il cuore. Ebbe paura del volto di Thea, ebbe pena del volto di Donata. Curvò la testa, si prese, tra le piccole mani, il viso, vi calcò le palme.

— Oh, basta! — singhiozzò. — Io non potrò mai adattarmi alla vita che mi imponete. Perchè io non ho fatto nulla di male, posso giurarlo sulla memoria della nostra mamma.

— Il male è già stato compiuto, fin dall'inizio di questa brutta storia — precisò Thea. — Tu non dovevi mai, capisci, mai alzare gli occhi verso un uomo non libero. Che speri? Che esigi? Che pretendi? Vuoi che un uomo ammogliato, forse padre, abbandoni la sua famiglia, la sua casa, per te? Ed ammessa questa cosa mostruosa, che sarà di te, quando ti sarai unita a questo uomo? Come ti giudicherà la società? A quale categoria di donne apparterrai? E noi stesse, che cosa dovremo dire di nostra sorella? Ah, che gran male hai fatto, Eva! Tu hai distrutto, in un ora, tutta una famiglia serena. Lo senti, che qui dentro non c'è più la stessa aria pura di ieri? Lo capisci che nè io nè Donata potremo più considerarti la sorellina solo un poco più grande di Lelia? Io non ti voglio dire parole grosse o frasi fatte; ma voglio farti comprendere che hai sbagliato via.

— Troverà quella giusta — intervenne Donata. — Eva si ricrederà Ne sono certa.

— Non ti illudere — rispose, con voce ferma e pacata, Eva. — Il mio cuore ha scelto, e noi non siamo di quelle che cambiano troppo facilmente.

— Disgraziata! — sibilò, tremando di sdegno e di ira, Thea. — Che vorrai fare, dunque?

— Nulla. Attenderò. Due anni non sono troppo lunghi, infine, per chi sa aspettare.

— Aspettare che cosa? Che una moglie muoia

o che un marito scappi dalla sua casa? Che pretendi, tu, dalla vita? Che credi?

— Non credo nulla, Thea. Non guardarmi così: non farmi impazzire. Lo vedi? Io sono calma. Io sono qui, pronta ad ubbidire a te, a Donata, a Renato, a Lelia, a tutti. Non uscirò, non vedrò nessuno, non farò un gesto per raggiungere l'uomo che amo. Ma impedirmi di attendere, questo no, questo non lo potete pretendere.

— Ma perchè, perchè ti sei innamorata di lui? — chiese Donata, con voce piena di lacrime.

— E tu, perchè ti sei innamorata di Cori? E Thea, perchè s'è innamorata del canto, e Ippolito Bon, perchè s'è incantato davanti a Thea, la prima volta che l'incontrò?

— Io non mi chiedo il perchè delle cose normali e naturali — rispose Donata dopo un intervallo di silenzio. — Le cose giuste non hanno perchè. Ma tu sei andata al di là del tuo stesso amore e allora noi abbiamo il diritto di chiederti per quale ragione tu abbia scelto, fra tutto ciò che di bello e di buono ti si offriva, proprio il meno degno.

Eva rimase per qualche istante pensierosa, poi scosse il capo mestamente e mormorò:

— Non potete capire...

— Va bene — intervenne Thea. — Noi non possiamo capire certi misteri. Comunque, siamo d'accordo. Tu non uscirai mai sola; e davanti a Lelia, ti comporterai come se tu fossi ancora la Eva di ieri.

E abbassando gli occhi, arrossendo, soggiunse, piano:

— Sarà bene non parlare neppure di massaggi, alla piccola.

Al cancello chiuso, apparvero Lelia e la cameriera. La fanciulla scalpitava come un cavallino, in attesa di poter entrare e scuoteva la cancellata.

— Perchè avete chiuso a chiave? — andava gridando. — Non è notte!

E, allorchè potè entrare, venne su correndo, entrò nel tinello, strappò la carta d'un pacchetto, esclamò:

— Guardate che meraviglia!

Le sorelle videro una seta gialla e verde: una brutta seta, molto vistosa.

— Vi piace? È per il mantello della pupa. Che ne dici, Eva? Tu hai tanto buon gusto! Credi che questo colore starà bene a « Fior di Pesco »?

— È un po' vivace — rispose Eva, molto seriamente. — Ma per sera, potrà essere tollerato.

Sulla mensa ancora apparecchiata, tra bricchi, tazze, piatti, s'ergevano le fruttiere. Lelia mise la manina su una pesca ancora umida. Era magnifica, gialla da una parte, vermiglia dall'altra.

— Che pesca enorme! — esclamò. — Posso mangiarla?

Senza attendere il permesso, senza togliere la buccia, golosamente l'addentò. Il succo le colò dagli angoli della bocca.

— Mangi come un bambino di tre anni — rise Donata.

— Mordi! — rise Lelia.

E offrì alla sorella il frutto.

— Sono sazia, cara. Mangiala tutta, ma piano, senza metterti il sugo fin nei capelli.

— Oh! — esclamò Lelia. — Sotto i portici, ho incontrato un ragazzo che, vedendo i miei capelli, disse: « Possono servire per dar la scalata al verone... ». Che significa?

— Significa che quel ragazzo è un idiota — spiegò Thea.

Lelia diede un grosso morso alla sua pesca e rispose:

— La faccia, non l'aveva. Ma se tu dici così, sarà così.

Le quattro sorelle erano, ormai, tutte in piedi. Donata riponeva, piano e con ordine, i tovaglioli. La cameriera, entrata da poco, riassettava ogni cosa.

— Io salgo in guardaroba — spiegò Donata.

— Io ripasso qualche cosa, in attesa del maestro — aggiunse Thea.

— Io — chiese Eva — che faccio?

— Puoi aiutare Lelia a finire i compiti di tedesco. Nel pomeriggio, verrà la professoressa.

Lelia tirò su un gran sospiro, alzò il braccio, lanciò lontano il nocciolo, brontolò:

— Dopo un frutto così squisito, dover ingoiare tedesco...

— Andiamo, Lelia?

— Eccomi, Eva!

Già rasserenata, s'aggrappò al braccio della sorella e, saltando, così che le grosse e lunghe trecce saltavano ritmicamente con lei, s'avviò.

Quella mattina, Lelia ed Eva indossavano, ambedue, un vestito di lino azzurro. Avevano, tutt'e due, un baveretto di pizzo bianco attorno al collo: ed erano splendenti di biondezza e di gioventù.

— Come sono uguali! — mormorò Donata, guardandole, mentre si allontanavano.

— Speriamo di no! — fu la risposta pronta di Thea.

La sorella bruna non osò fiatare. Stette un poco in silenzio, poi, avvertì:

— Vado. Buon canto, Thea.

— Buon lavoro, Donata.

Le dolci lodole di casa Valbruna se ne andarono, una di qua, una di là. E poco dopo, nel silenzio ovattato dagli olivi, dai pini italici e dalle rose in fiore, si elevò, purissimo, il canto di Thea.

Donata, seduta presso il balconcino del guardaroba, ripassava delicatamente piccoli indumenti di pizzo e di seta: e il meraviglioso canto le metteva un sorriso beato sulle labbra. Lelia, accortasi che Eva non aveva nessuna voglia di aiutarla nel compito, s'era accucciata sul tappeto della sua cameretta e, tenendosi accanto « Fior di Pesco », ascoltava, incantata.

Eva, col capo biondo tra le mani, i gomiti poggiati sulla piccola tavola, immobile come se fosse impietrita, pensava. Da quando conosceva Fabio Dani, tante, troppe volte, Eva si era sorpresa in quell'atteggiamento prima tanto inconsueto in lei Fabio Dani: trentacinque anni e già molti capelli bianchi: trentacinque anni e la vita già distrutta. Un grande nome, un grande avvocato, un grande cuore e un'infinita miseria nella sua casa. Da un matrimonio, che una passione morbosa aveva precipitato, era nata l'infinita miseria di Dani. Egli aveva sposato, quando era ancora studente universitario, una giovane sartina. Colpo di testa, che l'aveva ben presto fatto pentire. La piccola sarta era diventata la signora Dani: era innamoratissima del marito, era buona e devota, era gaia e umile. Ma era lontana, troppo lontana dall'uomo che Dani era diventato. Per il giovane studente, Ginetta, la sartina, non poteva rappresentare che la gaiezza, la spensieratezza, il compimento normale d'un corso universitario. Ma per l'avvocato di grido che Dani era diventato, la sartina era troppo poco. Forse perchè Ginetta non aveva saputo seguire il passo affrettato del marito; e più questi camminava, più ella restava indietro; più Dani saliva, più ella scendeva. E un giorno, si erano visti lontani, così lontani, che non riuscivano più nè a vedersi, nè a capirsi. Invece di lottare per salire verso il suo uomo, Ginetta aveva ceduto al suo istinto di tranquilla borghese, ormai sicura dell'avvenire. E poichè nel passato aveva conosciuto la fatica aspra, la fame, il lavoro stremante, ora si adagiava in un placido ozio, paga d'una buona tavola, d'un comodo letto, d'un elegante guardaroba. E a trent'anni, non aveva più voglia di nulla. A teatro sbadigliava, il cinematografo le dava l'emicrania, le esposizioni di quadri la annoiavano mortalmente, le conferenze non le capiva e i concerti le disturbavano la digestione. Sua unica gioia era l'andare nella sua casa di fanciulla: vi arrivava carica di pacchi. Si metteva in ciabatte, si liberava d'ogni impiccio d'abito, si insaccava in una brutta e comoda vestaglia, si sdraiava sul divano che odorava di tabacco e si faceva raccontare dalla madre i pettegolezzi del vicinato. Figli non ne aveva e non ne desiderava. Non sentiva nessun bisogno d'affetto all'infuori di quello del marito. Fabio era il suo dio. Un dio al quale guardava con occhi imbambolati per il troppo cibo ingerito: un dio al quale sapeva di non poter giungere mai, ma che, tuttavia, qualche volta si abbassava fino a lei. Fabio Dani viveva quasi costantemente fuori di casa. Era passato da un amore all'altro, da un'avventura senza domani a un incontro senza dolcezze e senza malinconie; il giorno in cui, con amarezza, pensava di chiudere i bilanci del suo cuore, aveva incontrato Eva.

Eva era a bordo della sua veloce macchina rossa; egli, venuto a La Spezia per un processo famoso, studiava la sua causa passeggiando all'ombra dei pini di Salita dei Cappuccini. La via era deserta, il primo sole d'autunno tepido e dorato, il golfo, lontano, costellato di chiazze azzurre e rosse. Eva, ferma presso il parapetto della via, guardava la sua città, adagiata sotto di lei; Fabio Dani camminava assai lentamente, risalendo la via. Colpo di folgore? Emanazione fluidica? Fluido elettrico? Nè Eva nè Fabio seppero mai che cosa li unì, in quello stesso istante in cui i loro occhi si incontrarono. Eva, chiusa in un abito sportivo, seduta nella sua macchina aperta, con le trecce bionde girate attorno al capo, con gli occhi azzurri e limpidi, era lì, e pareva in attesa. Fabio, sottile e bruno, con grandi e pensosi occhi scuri, con un'impronta di malinconia nel viso giovane e pur già fortemente segnato di ombre, era andato incontro a lei, che pareva in attesa. Egli si era fermato accanto alla macchina e aveva detto semplicemente, come se da anni si conoscessero:

— Buon giorno!

E poco dopo, ambedue seduti sul parapetto, guardavano La Spezia che, nell'ultimo sole di quel giorno d'autunno, si ammantava di rosso, si velava di oro, si incipriava di azzurro.

Da quei primi giorni di autunno a quell'inizio di estate, erano passati parecchi mesi. E nulla, che non fosse puro, rispettoso e casto, era avvenuto tra Eva e Fabio. Egli, da Roma, veniva due volte la settimana a La Spezia. Attendeva Eva in una via lontana dalla città: e restavano sotto il sole o sotto la pioggia, sotto la neve o nel vento, per ore e ore, a guardarsi, a parlarsi, a sognare, a sperare. Eva sapeva che Ginetta era buona, devota, fedele, ignorante, ghiotta. Fabio sapeva che Thea cantava divinamente, che Donata sapeva confezionare marmellate squisite e amava Luciano Cori, che Lelia adorava una bambola di nome « Fior di Pesco », che Renato era tenente di vascello a bordo dell'incrociatore *Trento* e sperava d'aver presto il comando d'un caccia, o, meglio ancora, d'un sommergibile.

Ma da qualche settimana, Fabio era mutato. Egli aveva parlato a Eva di divorzio, di matrimonio... Ed Eva aveva saputo che Ginetta piangeva, soffriva. Ed ella non voleva che la buona, piccola sartina innamorata soffrisse: ella voleva che Fabio continuasse ad amarla così, senza turbare la pace della povera creatura fedele e lontana.

— Ma tu — le aveva urlato in viso, Fabio, il giorno prima — tu, che hai nel sangue? Come puoi pensare che io resista ancora così, per lungo tempo? Non vedi, come sono ridotto? Non lavoro più, non dormo, non vivo che per correre da te! Non voglio morire così, voglio avere la mia parte di gioia e la gioia non può venirmi che da te. Io non torno più a Roma: io rimango qui, sotto il tuo stesso cielo, il più vicino possibile alla tua casa.

Eva era fuggita: Fabio l'aveva ritrovata in un negozio, l'aveva trattenuta, le aveva ancora parlato. Era pazzo, ed ella temeva di venire travolta da quella follia. Con terrore, Eva guardava la gente che passava: temendo di scorgere visi noti, amici di Renato, conoscenti di famiglia. E quel giorno, quando a casa le avevano detto di andare ancora in città, per altri acquisti, ella si era fatta accompagnare da Lelia, certa che Fabio, vedendola in compagnia della piccola sorella, non l'avrebbe fermata. E invece, senza parlare, passandole accanto, Fabio le aveva buttato nella macchina un biglietto. Diceva:

« Stasera verrò a prenderti. Avvenga ciò che deve avvenire. Spegnerò e accenderò i fari della macchina. A quel segnale, raggiungimi, se non vorrai perdermi per sempre ».

Ed ella, follemente, era andata a implorare Fabio di attendere ancora un giorno, un solo giorno... E mentre Fabio le prometteva di attendere senza commettere pazzie, ella aveva visto giungere Renato: Renato vestito di bianco, a bordo della macchina scoperta.

« Se mi ami, non ti far vedere — aveva detto a Fabio. — Se non vuoi che io abbia dolori immensi, vattene... ».

E sotto la pioggia, Eva si era trovata fra le due macchine: quella che si allontanava, quella che giungeva. Poi... poi Thea aveva pronunciato il nome di Fabio. Da chi l'aveva saputo? Thea conosceva Fabio?

La mente si smarriva, le membra erano stanche e sulle palpebre le gravava un gran peso. Staccò le mani dal viso e, nello specchio che aveva di fronte, Eva si vide pallida, d'una pallidezza quasi mortale, profonda, cupa, che, sotto gli occhi, illividiva.

Quell'insolito pallore la fece pensare alla morte. Ma alla morte di chi? Di Fabio? Un urto violento le colpì il cuore. Alla sua? Una gran pace subentrò, improvvisa, nel cuore dolente.

Ma Lelia, mettendole sotto gli occhi un cencetto verde e giallo, domandò:

— Un mantello da sera dev'essere foderato?

Con voce che pareva venisse da lontano, Eva rispose:

— Qualche volta...

— Non capisco!

— A seconda del modello, Lelia.

— Vedi qua, il modello fatto per « Fior di Pesco ». Da questi due buchi, passano le braccia: qui si arriccia e aderisce alle spalle. È molto bello, ma vorrei non foderarlo. Che ne dici?

— Che sta molto bene così. Io ti regalerò un fermaglietto di brillantini fantasia, e la tua pupa avrà un mantello col quale potrà andare anche alla Corte del principe Cin-Cin-Ly.

— Tu l'hai visto, questo principe?

— Una volta. Ma stava cheto cheto, su una pagina d'un libro di fate.

— Taci, Eva! Ascolta! Thea canta la romanza di quell'opera dove tutti sono molto infelici.

— Questo accade facilmente, nelle opere.

— Ma perchè? Ti pare giusto, Eva, che Thea debba cantare « O grandi occhi lucenti di fede... » e poi sappia che questi grandi occhi sono chiusi per sempre? Come si chiama, questa opera?

— *Fedora.*

— È un'opera molto triste. Ma Donata dice che

sono tutte cose inventate e che non si deve credere a nulla. Infatti, Donata, Thea, io, te, siamo tutte felici e quando in casa c'è Renato, che è sempre allegro, siamo in cinque a essere felicissimi. Non è forse così, Eva?

— È così, piccola!

— Dammi il fermaglio.

— Te lo darò nel pomeriggio. Ora, vatti a lavare le mani; sarà presto mezzogiorno.

— Renato resterà a bordo, vero?

— Credo — rispose Eva, distratta.

— Tu — disse Lelia, con voce chiara e alta — oggi parli solo con la bocca. I tuoi occhi sono fermi. Mi sembri... oh, che cosa buffa!... mi sembri la regina dei burattini. Muove la bocca, la sua voce viene dall'alto e gli occhi sono sempre fissi in un punto.

Eva sorrise. Un sorriso che le tese le labbra e non scoprì i denti.

Lelia, dirigendosi alla stanza da bagno, cantava: « ... O schiette labbra, o riso ammaliator... ». E troncava il canto, per gridare:

— Eva! Che cosa vuol dire « ammaliator »?

Ma senza attendere risposta, la vocetta sottile e intonata riprendeva un nuovo canto:

« Tutte le feste al tempio... Bello e fatale... ».

— Eva! Che vuol dire « fatale »?

Eva non udì. Non rispose. E Lelia, certa di richiamarne l'attenzione, intonò una canzonetta che le era proibita e che diceva:

« Amore, amore un corno; di giorno non mangio e di notte non dormo... ».

Ma non udendosi richiamare, Lelia entrò nella camera e vide che Eva, col capo ripiegato sulle braccia posate sul tavolino, piangeva.

Nella mente della bimba, alcuni pensieri rapidissimi, senza legame, si accavallarono. Si avvicinò alla sorella, mise un suo braccio attorno alle spalle di lei, mormorò:

— Posso fare qualche cosa per te, Eva?

La giovane donna sollevò il viso, di scatto. Afferrò le mani della bimba, le strinse, mormorò:

— Sì, Lelia. Tu sola, puoi fare qualche cosa per me. Ma taci, sai!

Lelia si mise una mano sul petto, guardò la sorella e rispose:

— Fidati.

Nell'aria, risonò, argentino, il rombo d'un motore.

Lelia corse sul terrazzo, guardò in su, chiamò:

— Thea! Thea! Il tuo capitano ti saluta.

Poi rientrò, si mise davanti a « Fior di Pesco » e con vocetta chiara e severa, disse:

— Io penso, pupa, che tra poco, a essere in pace, saremo noi due sole...

E senza rendersi conto dell'immensa verità che

le sue innocenti labbra avevano pronunciato, Lelia riprese a canterellare, ma stavolta sottovoce, la canzonetta che le era stata proibita.

***

Uscito dal « Circolo Ufficiali » con alcuni colleghi, Renato camminava per via Malaspina e sembrava intento ad ascoltare i compagni che parlavano gaiamente e si burlavano, con molta finezza, di alcune piccole danzatrici giunte da poco nella città. Dal vicino collegio delle Suore di Maria Ausiliatrice, uscirono, in fila, giovani educande, accompagnate dalle suore.

Gli ufficiali smisero, subitamente, di ciarlare, per attraversare la via, attesero che la lunga fila di fanciulle fosse passata. Luciano Cori, che stava di fianco a Renato, osservò:

— C'è, tra quelle educande, una ragazza che somiglia stranamente a mia sorella. Quando conoscerai Virginia...

— Virginia? — fece Renato stupito. — Anche mia madre si chiamava così

— Lo so — fece Cori. — E sono lieto che un'altra Virginia, in certo qual modo, rientri nella vostra casa.

— Quando verranno i tuoi genitori, qui?

— Quando vorrete tu e Donata.

Renato, solo un giorno prima, avrebbe risposto che desiderava conoscere subito i genitori e la sorella di Cori; ma ora, egli si sentiva incapace di decidere subitamente qualunque cosa. Egli temeva che, all'improvviso, nella sua casa, dovesse avvenire un fatto che avrebbe sconvolto progetti, speranze, avvenire.

— Virginia — continuò Cori, forse ingannato dal silenzio dell'amico — non conosce La Spezia Ella s'è allontanata poche volte da Roma. E d'altra parte, è così giovane, che avrà tutto il tempo per viaggiare, vedere, vivere.

— Quanti anni ha? — domandò Renato, forzando un interessamento che non sentiva.

— Diciassette. Ma ha lo stesso temperamento di Lelia. Non ha, come la tua sorellina, una pupa giapponese cui dedicare molto affetto e molto tempo, ma corre ancora nel giardino, gioca col cane, vola sull'altalena e va al cinematografo solo quando è certa di poter ridere alle acrobatiche tombole di Topolino.

Parve a Renato di ricevere, con questa descrizione, un'onda improvvisa di freschezza nel cuore.

E sorridendo, quasi rasserenato, disse:

— Virginia e Lelia diventeranno grandi amiche, certamente!

— Lo penso anch'io.

Due donne molto dipinte passarono accanto agli ufficiali. Fissarono i loro sguardi senza pudore sul gruppo di maschi, sorrisero, rallentarono il passo.

— Che roba! — brontolò un giovane guardiamarina. — Nemmeno per « murate » le vorrei...

Ora, i giovani passarono per via Chiodo. E poichè sotto i portici c'era molta folla, camminarono lungo la strada. Davanti ai caffè, che avevano i tavolini all'aperto, sostavano molte macchine. Una lunga, nera, elegantissima, che portava la targa di « Roma », attirò l'attenzione di Renato. La macchina, chiusa e vuota, era lì, ferma: inconsapevolmente, Renato rallentò il passo, si immerse nella contemplazione della bella automobile. I colleghi, senza avvedersene, si staccarono un poco da lui, finchè uno, accorgendosi che Renato era rimasto solo, si volse e chiamò:

— Valbruna, che fai?

Lo scatto che un uomo, seduto a un tavolino, ebbe in quell'istante richiamò lo sguardo di Renato. E gli occhi azzurri di questo e gli occhi neri dell'ignoto si incontrarono, per un istante.

Renato affrettò il passo, raggiunse i colleghi, ma quando fu nuovamente nel gruppo, si volse: e potè vedere che l'uomo seduto al tavolino lo seguiva con lo sguardo.

Luciano Cori gli domandò:

— Vai a casa a piedi?

— Sì, voglio sgranchirmi un poco. Oggi, a bordo, ho camminato molto e tuttavia sento il bisogno di camminare ancora.

— Se permetti, ti accompagno fino alla prima curva.

Dalla prima curva, Luciano sapeva che si poteva vedere la villa. Renato sorrise, rispose:

— Vieni fino alla prima curva. Mi farai compagnia.

Salutarono gli amici, s'avviarono, di buon passo, verso la villa.

La salita, lunga ma dolce, si snodava tra giardini in fiore. Con pochi tornanti ampi, la bella strada portava in alto, e di lassù, il golfo si dominava in tutto il suo splendore.

— Che pensi? — chiese Cori.

— Oh! — rispose prontamente Renato. — A nulla di molto importante. Figurati, che in questo momento pensavo a quella macchina vista poco fa, davanti ai portici di via Chiodo.

— L'ho notata anch'io. Bella macchina...

Ma s'interruppe. Aveva visto Renato volgersi di scatto, sostare, teso nell'atto di chi presta orecchio a un suono, a un rumore.

— Che ascolti? — chiese Luciano Cori.

— Mi pareva... mi pareva che un'automobile salisse.

— Può darsi. Ne salgono tante!

Ora, gli olivi nascondevano il golfo alla vista. C'era un gran silenzio attorno e non s'udiva che la cadenza uguale d'un martello che batteva sul ferro. Un operaio riparava una cancellata.

— Tu — chiese improvvisamente Renato, riprendendo a camminare — credi nei presentimenti?

— Qualche volta... Ma tu hai presentito qualche cosa?

Renato tacque un istante e poi rispose:

— Sì.

— Tu hai una pena che non mi vuoi dire — mormorò Cori. — E fai male a tacere, con me. Ci conosciamo da anni, siamo da anni amici, saremo tra poco parenti. Io ti voglio bene come un fratello. Perchè non ti vuoi spassionare, Renato? Forse, potrei esserti utile.

Gli infilò un braccio sotto il braccio. Erano ambedue vestiti di bianco, erano ambedue alti, snelli, giovani. E sul loro viso bruciato dal sole e dal salino, vi era un diverso turbamento.

— Non mi vuoi dire nulla? — chiese Cori.

— Ti dirò. Ma non oggi.

E mutando tono, osservò:

— Siamo alla prima curva. Ecco lassù la casa dove c'è la tua Donata. Se credi, manda lassù un bacio: io non ti guardo...

Scherzosamente volse le spalle e poi chiese:

— Fatto?

— Fatto!

Ridendo, Renato tornò a guardare l'amico in viso. Gli tese la mano e gli disse:

— Naturalmente, porto a Donata i tuoi saluti.

— Grazie. Ma saluta anche le mie future cognate. E fai una carezza a Lelia. È così cara, quella bimba!

Si strinsero la mano, si separarono. Già Luciano Cori s'era allontanato di alcuni metri, quando Renato lo richiamò:

— Luciano, se ripassi da via Chiodo, osserva quella macchina...

— Va bene!

— E se puoi, prendi il numero della targa.

Allora Luciano, che aveva risposto camminando, si fermò e chiese:

— Il numero della targa? E perchè?

— Così... Te ne prego...

— Sarà fatto. A rivederci.

Alzò il braccio, affrettò il passo, sparì dietro la folta chioma d'un salice che si curvava fin sul parapetto della via.

Ora, tutta villa Valbruna si staccava sullo sfondo verde del monte che le sorgeva a ridosso. Un sospiro profondo salì dal cuore del giovane. Egli era uso tornare a casa con la felicità nel cuore e nello spirito: egli sapeva che nella sua casa vivevano sane, gaie e oneste creature che gli sarebbero corse tutte incontro, quando egli fosse apparso al di là delle sbarre del cancello.

Egli vedeva Lelia galoppare verso di lui, come un cavallino, seguita da Eva, che correva come una bambina. Vedeva poi Thea avanzare accanto a Donata, la quale camminava eretta, con un incedere morbido e maestoso a un tempo, che Renato ammirava sempre. Oh, cara, fiorita casa, dove era così dolce tornare, certi di trovare in essa sorrisi, felicità, sincerità, accordo! Oh, bella, gentile dimora di trillanti lodole, dove il pensiero correva durante la giornata operosa, le lunghe crociere, le soste in porti lontani e i viaggi in altri mari!

Un'angoscia mai provata gli mozzò il respiro.

— Oh, mio Dio, che tormento! — mormorò, inconsapevolmente. — Come può essere accaduto tutto questo?

Pochi metri ancora e sarebbe arrivato al cancello.

— Renato! — gridò la voce gioiosa di Lelia.

E se la vide correre incontro: bionda, vestita d'azzurro, ridente, felice.

— Aspetta, Renato! È chiuso a chiave... Viene il giardiniere. Non dà la chiave a nessuno.

Il giardiniere aprì, Renato entrò. Lelia gli saltò al collo e, sgambettando, rimase così, sollevata da terra, tutta stretta a Renato. Il fratello la baciò, la strinse quasi con frenesia. Gli piaceva sentire fra le sue braccia quel corpicino sano, giovane; gli piaceva sentire sul suo petto il battito di quel piccolo cuore affettuoso, ingenuo, sereno.

— Lasciami andare, mi soffochi!

Depose dolcemente la bimba a terra, ma se la tenne ancora vicina, mentre camminava, abbracciandola alle spalle.

— Ma sai che bella novità? Il giardiniere dice che ha visto dei brutti ceffi, intorno, e non dà la chiave a nessuno perchè, dice, noi dimenticheremmo di chiudere...

— Il giardiniere ha ragione. I brutti ceffi, credo di averli visti anch'io.

— Davvero? — fece Lelia, facendosi improvvisamente seria.

— Davvero. Bisogna quindi essere cauti, star ben chiusi in casa e fare attenzione affinchè il cancello non rimanga mai aperto. Capito, Lelia?

— Altrochè! — rispose la bimba, molto convinta.

Donata, che avanzava nel viale, alzò le braccia, le agitò, salutando. E quando l'ebbe vicina, il giovane la baciò e la salutò:

— Buona sera, bella regina! Vi porto i saluti del vostro giovane re!

La bruna sorella arrossì, ma sorrise, felice.

— E Thea? — chiese Renato.

— È su, con Eva — disse subito Lelia. — Litigavano...

— Litigavano? — chiesero, insieme, Renato e Donata.

— Ma sì! — rispose la bimba, saltando, aggrappata al braccio del fratello. — Oggi, quelle due, sembrano « nuove ». Thea dice una cosa ed Eva ne dice un'altra. Eva dice che Roma è una bella città e Thea ribatte che Napoli è più bella.

— Chi dice che Roma è una bella città? — domandò Renato, quasi bruscamente.

— Eva! — fu la semplice risposta.

Una lunga macchina nera, con la targa di Roma, apparve davanti agli occhi di Renato: e due occhi neri, scrutatori e attenti, incrociarono il suo sguardo.

Seguìto da Lelia, il giovane ufficiale salì nella sua camera. Thea, annunciandosi con un gorgheggiato: « Si può? », entrò nella camera.

— Buona sera, Renato. Sei pallido, accaldato e hai una faccia da temporale — osservò subito la fanciulla. — Stai poco bene?

— Sto bene, cara.

Lelia preparava, sul letto, una giacca di seta per il fratello.

— Ti metto il profumo nell'acqua del lavamano? — chiese la bimba.

— Ma no, Lelia! Che ti viene in mente?

— Allora, che cosa faccio, io?

— Ti lavi le manine, ti accomodi le trecce,

cambi abito e vieni a tavola — rispose Donata. Poi aggiunse: — Ti sbrighi anche, e dici a Eva di fare altrettanto.

— Va bene. Ma a vedere « Biancaneve », si va?

— Domani — rispose Renato.

— Con te?

— Forse...

Lelia torse la bocca, ma subito sorrise e, sorridendo, uscì.

Renato guardò Thea, che, in piedi, appoggiata al cassettone, pareva in attesa di qualche cosa.

— Che vuoi, Thea?

— Nulla. Devo andarmene? Ti annoio?

— Ma no, cara! Se lo spettacolo d'un uomo che si toglie la cravatta non ti disturba, puoi rimanere.

Senza parlare, Renato passò nella sua stanza da bagno. Thea udì il fratello aprire la doccia, muoversi, camminare. Solitamente, queste cose che Renato compiva celermente erano sempre accompagnate da un lieto canterellare del giovane. Un canterellare che divertiva Thea, perchè Renato stonava maledettamente. Ma quella sera, nessun canto accompagnò lo scroscio allegro dell'acqua. E in silenzio, Renato rientrò nella camera. Aveva indossato, su calzoni chiari, una giacca da casa in seta turchina. I bei capelli biondi, i chiari occhi, il severo e schietto viso, emergevano precisi da questa tinta calda e viva. Spazzolandosi i capelli, Renato disse:

— Ho fatto inquietare Cori, stasera. Il povero figliolo m'ha accompagnato fino alla prima curva. Forse, voleva arrivare fin qui, per prendersi un po' del « suo » sole negli occhi. E io, che pensavo ad altro, alla prima curva l'ho congedato. Tu credi che il nostro futuro cognato mi perdonerà questa distrazione?

Thea rise gaiamente. E quelle sue risa avvolsero il giovane in una viva onda di freschezza.

— Come ridi bene, Thea! Sembri lieta...

— Lo sono. Perchè non dovrei esserlo?

Stupito, Renato, guardò la sorella. Questa si abbandonò in una poltrona, arrovesciò il capo, rise ancora:

— Oh, fratellone! Ma che ti piglia? Hai il viso stupefatto e gli occhi sbarrati! Ridi anche tu! Non preoccuparti più del necessario... Guai a noi, se ci lasciamo prendere tutti dalla paura...

— Paura di che?

— Di uno scandalo, di una sciocchezza, di un colpo di testa. Dobbiamo affrontare serenamente il pericolo, affrontarlo ridendo. La nostra vita non dev'essere scossa da questo fatto, grave ma non irreparabile. Tutto deve continuare come prima. La sola differenza sarà rappresentata dal cancello chiuso a chiave. Prima lo si chiudeva solo di notte, ora si chiude anche di giorno. E tutto finisce qui.

— Tu credi?

— Ma sì, bambinone!

Invaso da una subitanea riconoscenza, per il bene che le parole di Thea gli portavano, Renato non seppe trattenere un gesto di tenerezza. Prese una mano della sorella, la baciò, poi se la strinse contro il petto, mormorando:

— Grazie!

Ella sorrise, trascinò il fratello alla finestra, gli disse:

— Guarda!

E gli indicò il mare, adagiato laggiù, oltre il giardino, oltre la collina, oltre la città.

L'acqua cambiava colore col mutare del colore del cielo. Qua e là si incupiva e verso l'orizzonte si velava, fondendosi in una sola lontananza.

— Sempre, ovunque andrò, rimpiangerò il mio golfo... — mormorò Thea.

— Rimani...

Ella si volse a guardarlo negli occhi, scosse la testolina, rispose:

— Non posso.

Poi mutò tono di voce, espressione di viso, parlò forte, per dire:

— Tra poco soneranno per la cena e noi

saremo qui, a fare i poeti. Vado, raggiungici presto.

Rimasto solo, Renato aprì un cassetto. Lo richiuse. S'avvicinò alla porta, l'aprì, la richiuse. Il pensiero di incontrare Eva lo tormentava. Eppure, Thea aveva detto che non valeva la pena di soffrire tanto, per un fatto di questo genere! Thea aveva riso. Thea aveva quasi scherzato. Infine, che cosa era mutato? Ben poco: il cancello si doveva chiudere anche di giorno. Ma perchè, si doveva chiudere? Per evitare a una piccola insensata di fuggire... Per trattenere, nella casa, una fanciulla. Una fanciulla, che si poteva oramai considerare come una prigioniera. Le mascelle di Renato si contrassero. Una prigioniera, nella casa limpida dei Valbruna! Una prigioniera, dietro il cancello chiuso di quella loro casa tranquilla, gioiosa, serena, dove nessuno aveva mai avuto sgridate, dove nessuno era mai stato punito, dove nessuno aveva mai avuto restrizioni o divieti. Parve, a Renato, che qualche cosa di mostruoso si stesse compiendo. La fittizia serenità che Thea gli aveva dato, scomparve improvvisamente e sul suo petto gravò il peso di quell'angoscia che l'aveva già afferrato lungo la via.

La campana che chiamava per la cena squillò. E nello stesso tempo, uno squillo gioioso, diverso, più dolce, gli accarezzò l'orecchio:

— Renato, scendi, ho fame e qui non mi lasciano cominciare se non ci sei tu!

La cara voce gli blandì il tormento. Uscì dalla camera, discese. Ai piedi della scala, Lelia lo attendeva, con le braccia spalancate.

— Salta cinque gradini! — gli gridò. — Io ti sostengo, se inciampi.

Renato saltò, finse di inciampare, finì addosso a Lelia che lo sostenne, e poi dichiarò, sedendo a tavola:

— Se non c'ero io, Renato, stavolta, cadeva davvero.

Renato si accorse subito che Eva non era più al suo fianco, come nel passato. Ella stava ora fra Donata e Thea, ed era lì, bella e rosea, dritta in piedi accanto alla sua sedia, nell'attesa infantile che il fratello maggiore sedesse, per prendere lei stessa il proprio posto. E quando i suoi occhi incontrarono quelli di Renato, Eva mormorò:

— Buona sera...

— ... sera — rispose il giovane.

Ma un cenno di Donata lo costrinse a sorridere. Lelia non doveva intuire nulla. Bisognava, quindi, essere lieti, con tutti e anche con Eva.

Alla sua destra, Renato teneva sempre Lelia. E quella sera, la bimba, certo involontariamente, gli stava più accosto, così che egli sentiva, talvolta, sulla sua mano, il fresco braccio della piccina. Quei contatti fuggevoli, gli davano immensa gioia. Di fronte alla sorella, che egli riteneva pronta a peccare, il contatto purissimo della piccola innocente gli dava conforto.

— Oggi — disse a un tratto Renato — è passato sulla mia nave un grosso gabbiano...

— Ma va'! — rise Lelia. — I gabbiani non vengono sulla tua nave!

— Chi lo dice? Vengono e come! Soprattutto, quando hanno notizie molto importanti da portare. Figuratevi che questo magnifico uccellone, passando sopra la nave, lasciò cadere un foglietto ripiegato. Poichè io ero di guardia, un marinaio raccolse il foglietto e lo portò a me. Sapete che cosa era?

— Chi sa... — bisbigliò Donata, fingendo una grande curiosità...

— Era un compito di latino, tutto sbagliato... — finì, molto seriamente, il giovane.

Lelia abbassò il faccino sul piatto, sospirò e mormorò:

— Questa storia la racconterò a « Fior di Pesco », stasera, quando la metterò a dormire E aggiungerò che un tenente di vascello, commosso e impietosito, si mise di lena a rifare quel compito e lo portò poi alla sorellina, senza neppure un errore...

Renato scoppiò in una sincera risata: Thea lo

imitò, Donata si curvò a baciare la piccola, ed Eva, guardando la prediletta sorella, mormorò:

— Cara!

E c'erano, nella sua voce, amore e dolore insieme, quasi che ella presagisse di dover perdere quella creatura che aveva nel cuore e che amava più delle altre sorelle.

— Tu conosci quel tenente di vascello così abile nel correggere compiti di latino? — chiese Renato alla giovinetta.

— Altrochè!

— Come si chiama?

Lelia sorrise, strizzò un occhio e rispose:

— Luciano Cori.

Renato, che si aspettava il proprio nome, le giovani, che attendevano di udire il nome del fratello, restarono, all'uscita della bimba, un po' perplesse. E finalmente Thea domandò:

— Perchè proprio Luciano? Anche Renato sa perfettamente correggere i tuoi compiti.

— Lo so. Ma Renato mi ha fatto una domanda inutile, sapeva che io pensavo a lui e io, per vendicarmi, ho risposto così. Le domande inutili, non mi piacciono, ecco tutto!

— Ah! — fece Renato. — La signorina si è offesa?

— Non mi sono offesa. Ma ricordati che, a me, non dovrai più fare domande che non mi piacciono. Non sono più piccina come una volta. Io, ho anche dei segreti, ora!

Tutti gli sguardi si volsero, subitamente, a Eva. Tranquillamente, la fanciulla sbucciava un frutto.

— Hai dei segreti? — chiese Donata, sottovoce, quasi timorosa della risposta che sarebbe venuta.

— Sì...

— E di quali segreti si tratta?

— Se te lo dico, non è più un segreto.

Renato, col capo, con gli occhi, fece cenno alla sorella di non insistere. E deviò il discorso, dicendo:

— La cabina, al mare, è pronta. E anche la barca.

Lelia diede un guizzo, lanciò un gridolino di gioia e trillò:

— La barca si chiama *Lelia!* Ho giurato di non dirlo... ma ormai, l'ho detto!

— Tu — intervenne Thea — dovresti giurare meno e tacere di più.

— Proverò — rispose la bimba. — Ma credo sia difficile.

E subito, piegando la testolina per guardare di sotto in su il fratello, pregò:

— Posso alzarmi? Uscirei tanto volentieri nel giardino!

— Alzati, vai. Ti raggiungo subito — rispose Renato.

— E mi fai tirare un po' di fumo dalla sigaretta?

Il giovane le fece gli occhiacci: la fanciulletta rise, fuggì.

La notte era sopravvenuta, quasi senza che Lelia se ne accorgesse. La luna saliva per l'arco del cielo e una fresca umidità s'andava adagiando sul terreno. Alberi e arbusti si inargentavano nel chiarore lunare e una fragranza acuta era nell'aria.

Cantando sottovoce, Lelia cominciò a passeggiare. Le piaceva sentire il rumore dei suoi passettini, che risonavano sul vialetto lastronato. Le piaceva quel chiarore limpido, che proiettava la sua ombra or su un tronco, or su un cespuglio. Parve alla bimba, che il suo corpo, all'improvviso, si vestisse di luna. Rise, cominciò a correre, felice di sentirsi inargentata, sottile, agile. E correndo, si trovò, senza avvedersene, presso il cancello chiuso. Don, il bel cane, ritto presso le sbarre, fissava qualche cosa, sulla strada. E il suo corpo teso, la coda immobile, l'occhio fisso, dicevano che l'animale scrutava, nell'ombra.

— Che c'è, Don? — chiese Lelia accarezzandogli la groppa.

Il cane si scansò, infastidito, quasi a spiegare

che bisognava lasciarlo guardare, osservare e che quello non era il momento delle carezze.

Al di là della via, gli olivi, baciati dalla luna, mettevano ombre merlettate sul terreno. Una brezza leggera leggera faceva tremare le foglie, senza scuoterle.

Lelia volse il capo e, sporgendo il nasetto di tra le sbarre, guardò nella stessa direzione dove guardava il cane. Non vide nulla. Disse:

— Tu vorresti scappare, Don! Guardi la strada! Ma il cancello non si apre, perchè ci sono i brutti ceffi, attorno...

Ma la voce le morì in gola. Un'ombra era sorta d'improvviso da una zona di buio e Don, ritto in piedi, con le zampe appoggiate alle sbarre, latrava contro colui che, uscendo dall'ombra, si avvicinava, entrava nella chiarità della luna, si dirigeva al cancello.

— Tu sei Lelia, è vero? — chiese una calda voce d'uomo.

La bimba, con le mani aggrappate e strette alle sbarre, stette immobile, terrorizzata. Ella era così spaventata, da non potersi neppure staccare dalle sbarre. E Don, tentava, ora, con balzi poderosi, di valicare il cancello, per raggiungere l'uomo. Vista l'inutilità del tentativo, visto che lo sconosciuto non aveva intenzioni cattive e si teneva discosto dalle sbarre, il cane, quasi intuendo che non v'erano pericoli, si chetò e, ansando, ma ancora ringhiando in sordina, si mise a lato della piccola padrona. Allora, la voce maschile bisbigliò nuovamente:

— Tu sei Lelia, vero?

Con voce affannata, in cui tremava il pianto, la bambina rispose:

— Sono Lelia, sì...

Ora, nella luce della luna, la fanciulletta poteva vedere bene l'uomo. Era un bel signore, ben vestito, alto, distinto. Non era uno di quei ceffi di cui il giardiniere aveva tanto timore. Le manine, contratte sulle sbarre, allentarono un poco la stretta: e anche il sangue, che s'era agghiacciato nelle vene, riprese a fluire, normalmente.

— Tu sei cara, buona, bella — riprese la voce sommessa. — So che sei un piccolo amore. Per questo, mi fido di te, come se, invece di una bambina, tu fossi un uomo, come me. E ti prego d'una cosa grande, d'una cosa immensa, Lelia...

— Sì... — fece Lelia.

— Tu devi dire a Eva, quando ella sarà sola e nessuno potrà udire, tu devi dirle che io l'attendo... Saprai dire questo, Lelia?

La bimba, con la testolina, fece cenno di sì. Ma poi, non convinta dell'incarico, ella chiese:

— Perchè non venite a dirglielo voi?

— Perchè tuo fratello non vuole. Egli mi detesta...

— Oh... — mormorò Lelia. — Renato è tanto buono!

— Non con me, piccola. A rivederci, cara! Ricordati.

Volse le spalle, s'allontanò quasi correndo.

Lelia, col nasetto fra le sbarre, seguì l'uomo con lo sguardo, fin che potè. Poi si ritrasse, si volse, s'avviò lentamente verso la villa.

Quanti segreti, in un giorno solo! Eva, che l'aveva implorata di volerle bene, perchè ella non poteva contare che sulla sorellina Lelia; questo signore, che la pregava di riferire a Eva una cosa tanto importante... Fieramente, la bimba eresse la testolina. Le pareva d'essere cresciuta d'un palmo; le pareva d'essere diventata una persona importante, sulla quale uomini e donne facevano serio affidamento.

— Dove sei stata? — le chiese Renato.

— Giù, al cancello. Ti ho aspettato, non sei venuto, sono tornata qui.

Sedette sulle ginocchia del fratello, gli passò un braccio attorno al collo e, guardandolo in faccia, gli domandò:

— Puoi dirmi il nome delle persone che tu detesti?

— Che io detesto? — ripetè Renato, stupefatto. — Ma io non detesto nessuno, cara!

— Sì, sì! Tu detesti qualcuno, io lo so!

— Ti inganni, Lelia.

— Eppure, è così. C'è una persona, al mondo, che tu detesti...

— No... — rispose Renato. — Io non sono capace di sentimenti simili. Forse, perchè non ho mai avuto occasione di odiare...

S'interruppe, tacque, aggiunse:

— ... almeno, fino a pochi giorni fa. Oggi, può darsi che io cominci a odiare qualcuno...

Lelia balzò in piedi, battè le mani, gridò:

— Vedi? Vedi? Io lo sapevo! Ora, vado a dirlo a Eva.

Salì le scale correndo, chiamando:

— Eva! Dove sei? Eva!

Spalancò la porta, entrò nella camera della sorella, mise un dito sulle labbra, le si avvicinò e sottovoce, sottovoce, le disse:

— Quel signore che Renato detesta ti aspetta.

Poi, inconsapevole del male commesso, della tremenda sciagura che le sue parole potevano provocare, scappò via, canterellando.

Un'ora dopo, Villa Valbruna dormiva. Spente le luci, accostate le persiane, silenti le voci, la bella villa, raccolta fra i suoi alti alberi e i suoi profumati fiori, pareva immersa nel sonno. Ma solo Lelia dormiva. Nella sua camerina azzurra, sotto la rosea luce notturna, ella sognava e « Fior di Pesco », nella sua poltroncina di seta verde, ne vegliava il sorridente sonno. Nelle camere, allineate lungo l'ampio corridoio, spiriti inquieti vegliavano. Donata, pregava per la pace di Eva; Thea, seduta sul letto, con gli occhi spalancati nel buio, pensava a tutti i modi possibili per evitare uno scandalo; Eva, buttata vestita sul letto, piangeva senza singhiozzare; Renato, fumando, riudiva le parole di Lelia, rivedeva una lunga macchina nera, ripensava all'uomo ignoto, che, all'udire il suo nome, s'era voltato di scatto e l'aveva guardato negli occhi.

La luna, descritto il grande arco nel cielo, si chinava sulla montagna, inondandola d'argento.

* * *

L'indomani, Renato avvertì le sorelle che non sarebbe tornato a casa, essendo il suo turno di guardia. Donata e Thea lo videro preoccupato. Capirono che il giovane temeva di lasciarle sole, per una intera giornata, per una intera notte. In altri tempi, questo era un fatto normale, trascurabile. Oggi, era un avvenimento, che poteva portare gravi conseguenze. E le due giovani donne comprendevano lo stato d'animo del fratello, si volevano dimostrare tranquille e sicure, ma tradivano un certo orgasmo, che non sfuggì a Renato.

— A che punto siamo giunti! — esclamò, con amarezza, il giovane. — Io non avevo mai supposto che, nella nostra casa, si dovesse arrivare a temere una cosa come questa. E tuttavia, io sento che, qualunque cosa si faccia, si tenti, si inventi, ciò che è stabilito fatalmente avverrà.

— Che intendi dire? — domandò Donata, rivelando, nel viso e nella voce, un immenso timore.

Renato si strinse nelle spalle, non rispose. E Thea, che sperava di dare coraggio agli altri, mostrando una sicurezza che non sentiva, disse:

— Tu, Renato, vedi troppo nero. E io, invece, sono certa che Eva dimenticherà. E qui, nella casa fino a ieri felice, tutto tornerà sereno come una volta.

— Dio lo voglia — sospirò il giovane, senza convinzione.

Si mise il berretto, s'avviò. Donata e Thea lo seguirono, con lui si diressero al cancello.

— Aspettami, Renato! — gridò dall'alto Lelia. — Ti devo dare cento baci...

Il giovane ufficiale si fermò. Lelia arrivò, come sempre, correndo.

— Abbassati — pregò. — Ora hai la divisa troppo ben stirata, per poterti saltare al collo. Stai fermo: io ti bacio...

Gli scoccò due bacioni sulle guance, dichiarò:

— Gli altri novantotto, te li darò poi... Ora, torno su, perchè Eva ha bisogno di me. A rivederci, salutami il gabbiano, salutami Cori e anche i macchinisti.

Quando se ne fu andata, Renato annunciò:

— La macchina, la porto via io. È un pericolo di meno a portata di mano. A voi non occorre, vero?

— No, Renato — rispose Donata. — A noi occorre solo saperti tranquillo.

Già al volante, già sulla via, il giovane ufficiale si volse ancora e come il giardiniere attendeva che si fosse allontanato per richiudere, egli, con gli occhi, chiamò a sè le ragazze.

— Poichè io non potrò scendere a terra, fino a domani, stasera manderò Cori a prendere notizie. Egli me le porterà a bordo.

E sorrise, aggiungendo:

— Donata e Cori non saranno certo spiacenti di questa occasione, che li avvicinerà per una sera in cui il cerbero fratello non starà a sorvegliarli...

— Oh... — balbettò la giovane. — Per noi, sarà come se tu fossi presente...

— Lo so, cara! A rivederci...

Sfrenò la macchina, partì.

Thea infilò il suo braccio in quello della sorella e ambedue si inoltrarono per il viale lastricato a piastroni e affiancato da archi di bosso.

— A che pensi? — domandò Thea.

— A te — rispose prontamente Donata.

— Perchè a me?

— Perchè io ho tanta paura della tua lontananza. Mi sto accorgendo che la più forte, qui dentro, sei tu. E quando te ne andrai, sarà molto difficile, per me, sostituirti...

Thea guardò la sorella: plastica e bruna, alta, sinuosa, con quei magnifici capelli neri, con quel viso pallido, pacato e luminoso, con quei grandi occhi di velluto, ella era bella come una dea.

— Oh, mia bella innamorata! — rise, tirandole, come soleva, un ricciolo fosco. — Tu pensa a essere felice. In quanto a me, non è detto che debba partire domani...

— Ma il tuo maestro ti ha già annunciato una scrittura...

— E che significa una scrittura? La fine del mondo? Sorridi, bella! E vieni con me. Voglio farti sentire tutta la parte di *Violetta.* Vorrei, per cambiare, cantare a mezza voce la romanza del primo atto. Il maestro dice che sarà una cosa nuova. Vuoi darmi il tuo giudizio?

Poco dopo, la voce meravigliosa, cantava:

« Ah, forse è lui che l'anima... ».

E il canto smorzato pareva un sospiro. Anche gli alberi, immobili, anche i fiori, senza fremiti, parevano, nella limpida serenità di quel mattino, intenti ad ascoltare la melodia dolcissima.

Lelia, seduta accanto a Eva, ascoltava, assorta,

la storia d'una principessa, che per essere stata rinchiusa in un castello dal marito crudele, moriva di dolore, in una notte nera.

* * *

Renato doveva, quel giorno, dare il cambio a Cori. Ma, appena lo vide, non potè far a meno di dirgli, subito, in fretta:

— Puoi restare a bordo ancora un poco? Vorrei parlarti...

Vide un'ombra invadere il leale viso di Cori, si affrettò ad aggiungere:

— Nulla di male, sai! Donata ti adora sempre più, credo volesse incaricarmi di portarti tutti i suoi baci e ti aspetta stasera.

— Stasera? Ma tu non ci sarai!

— Lo so bene! Tuttavia, ti autorizzo ad andare lassù. Ora, lasciami andare. Quando mi sarò presentato al comandante, tornerò da te. Aspettami, se non ti spiace.

« Aspettami »! Ma Cori, in attesa che venisse la sera, sarebbe stato lì, per tutto il tempo, ad aspettare! La gioia che Renato gli concedeva era così grande, che egli non si chiedeva neppure che cosa mai volesse da lui l'amico.

Cominciò, piano piano, a passeggiare su e giù per la coperta a poppa. Attorno a lui, i marinai, intenti ai loro diversi lavori, correvano, si spostavano, si scambiavano brevi e precise parole. Dalla torre corazzata, le snelle bocche da fuoco, lucenti come soli e messe in elevazione, guardavano il cielo. Il mare, nel golfo, era calmo: ma oltre la Palmaria, mutava colore, diventava plumbeo, e piccole creste bianche correvano sull'acqua.

Luciano Cori osservò che all'orizzonte, prima di congiungersi col cielo, il mare tratteggiava una dritta linea violetta. Pensò:

« Chi sa se a Donata piacciono le viole mammole? Non gliel'ho mai chiesto... ».

Con gli occhi fissi all'orizzonte, ma con la mente alla sua dolce fidanzata, egli rimase così, fino a quando la voce di Renato lo richiamò alla realtà.

— Puoi venire nella mia cabina, per cinque minuti? — chiese Renato.

— Sono a tua disposizione.

Lasciarono la coperta, scesero nella cabina di Renato. Nella parete, sopra un tavolino, era infissa una grande fotografia delle quattro giovani sorelle dell'ufficiale. Donata, alta e bruna, stava tra le sorelle bionde e l'occhio di Cori si fissò su lei, estasiato come se, per la prima volta, vedesse quell'incantevole viso.

— Ascolta, Luciano — cominciò Renato, offrendogli una sigaretta. — Tu stai per entrare a far parte della nostra famiglia. E io mi sento obbligato a renderti conto d'un brutto fatto che sta accadendo nella nostra casa. Non ti spaventare: non c'è nulla che possa turbare il tuo amore per Donata. Nè il suo per te. Il fatto riguarda Eva.

Interrompendosi, riprendendo, soffrendo mille pene nel dover rivelare un tormento che avrebbe voluto tenere per sè solo, Renato disse tutto ciò che sapeva, all'amico Luciano. E quando ebbe finito, chiese:

— Tu, che faresti?

— Cercherei di individuare quel signore, lo costringerei a giocare a carte scoperte.

— Individuare quel signore... Tu credi sia facile?

— Lo credo difficilissimo. Ma, tuttavia, non impossibile.

— Tu — fece Renato — ti sei ricordato di osservare quella macchina nera?

— Altrochè! Quando ti lasciai, ripassai da via Chiodo e la macchina era sempre lì.

Renato afferrò un braccio del compagno e ansimò:

— Il numero... il numero...

— Eccolo! — rispose Cori, prendendo il portafogli dalla tasca. — L'ho scritto su un biglietto da visita.

Renato afferrò il cartoncino. Lesse il numero della macchina. Sorrise, trasse un gran sospiro.

— Ma che affinità può avere, questo numero, con quanto mi hai detto?

— Forse nessuna, forse molta. Ora, ti lascio libero. Ti autorizzo ad andare alla casa delle lodole, molto prima di cena. Telefona, fatti invitare per l'ora della merenda. Rimani poi fino alle ventidue. A quell'ora, scendi, e vieni a bordo. Mi dirai che cosa fanno lassù le mie lodolette, e io sarò tranquillo.

Luciano Cori, felice come un passerotto ridonato alla libertà, strinse le mani all'amico, lo ringraziò con un'effusione che fece sorridere Renato e se ne andò.

Poco dopo, un motoscafo si staccava dalla *Trento*, e Renato, appoggiato alla battagliola del barcarizzo poteva vederlo mentre si allontanava velocemente e si dirigeva a terra, portando, verso la donna amata, il più felice dei fidanzati.

Tra i suoi marinai, a bordo della sua nave, meno scontento, meno preoccupato di poche ore prima, Renato cominciò la sua giornata. Forse, quell'improvvisa serenità di spirito gli veniva dal cartoncino che teneva in una tasca: egli sentiva che da quel numero poteva venirgli la spiegazione che attendeva e che era necessaria alla sua tranquillità.

* * *

Un giorno, e ne erano passati otto dalla sera in cui Eva era furtivamente uscita di casa, Ippolito Bon, che passeggiava con Luciano Cori, disse all'amico:

— Sarò presto trasferito. Lascio gli idrovolanti, vado a Milano, per il passaggio su gli apparecchi terrestri.

Luciano Cori non ebbe bisogno di chiedergli se il trasferimento lo addolorava: il sincero viso di Ippolito Bon diceva chiaramente l'interno tormento. E volle, Cori, racconsolare l'amico, dicendogli:

— Non ti addolorare troppo. Parti contento e abbi un po' di pazienza... Io so che a Milano, durante l'inverno, canterà il più bel soprano lirico che oggi conti l'Europa...

— Lo so — mormorò Ippolito. — Lo so. Ma la gioia d'essere vicino a lei non mi compenserà del dolore che proverò, vedendola trionfare. La mia felicità, perdonami il paradosso, era unita a un suo, non direi fiasco, ma press'a poco. E invece, sarà trionfo.

— Indubbiamente — affermò Cori. — Ho udito, pochi giorni fa, Thea cantare. Se gli angioli cantano così, il Paradiso dev'essere ancor più bello di quanto finora abbiamo creduto. Oh, guarda Renato, come fila! Non ci ha neppure visti!

Renato Valbruna, sbucato da via del Prione, tagliava ora via Chiodo, si dirigeva alla marina.

— Ma dove va, a quest'ora? — chiese Cori.

E guardò l'orologio. Erano le diciotto, e solitamente, a quell'ora, Renato, se era libero dal servizio, scendeva a terra, prendeva un aperitivo con gli amici e saliva a Villa Valbruna. Perchè mai, quel giorno, Renato, sceso a terra prima di Cori, al quale aveva detto che doveva andare subito su, dalle sue lodole, girava per la città, in macchina e a tutta velocità?

Subito, il pensiero di Cori, andò a Eva. E fu pensando a Eva che il suo cervello costruì, in un attimo tutta una vicenda. Renato aveva saputo a chi apparteneva la macchina, andava, ora, in cerca del proprietario della lunga macchina nera. E Cori sapeva che questo signore alloggiava al *Croce di Malta.*

— Senti — disse a Bon. — Ci vediamo stasera, al Circolo. Ora, debbo trovare Renato. Stai allegro. Vedrai che diventeremo cognati.

— Come? Come? — fece Ippolito, trattenendolo per un braccio.

Il gesto, la voce, l'espressione del ragazzone, divertirono Cori che ridendo, rispose:

— Saremo cognati. Lo sento. Io non sbaglio mai.

— Buon Dio! — balbettò Ippolito, arrossendo.

— Se mi porti fortuna, io ti regalerò... Dirai tu, ciò che vorrai.

— D'accordo! A rivederci.

A passi svelti, s'avviò verso il *Croce di Malta*, mentre Ippolito Bon, lentamente, a capo basso, ma sorridendo, tornava verso l'aeroporto.

Cori fece la stessa via percorsa poco prima dalla macchina rossa e veloce di Renato. Giunto all'inizio di viale Umberto, il suo acuto sguardo di marinaio distinse subito la macchina rossa ferma all'altezza dell'albergo.

« Non avevo sbagliato » — pensò.

E accelerò ancora il passo, per poter arrivare presto all'albergo, dove sentiva che qualche cosa di grave doveva avvenire.

Attraversò il breve giardino, entrò nel vasto atrio, chiese:

— È entrato, poco fa, un tenente di vascello?

— Ma... — fu la risposta. — Qui ne alloggiano parecchi.

— Quello che io cerco, non alloggia qui. È il proprietario di quella macchina rossa.

E accennò all'automobile, ferma nel viale.

— Ah! — fece il direttore, intervenendo. — Voi parlate del tenente Valbruna. È in sala di lettura. Attende, mi pare, qualcuno che alloggia in albergo.

— Posso raggiungerlo? — chiese Cori, avviandosi.

— Senz'altro.

Il direttore lo precedette, aprì la vetrata della sala di lettura, lasciò passare Cori.

Nella sala, non vi era gente. Ma sembrava abitata da una moltitudine di persone, tanto Renato l'occupava, col suo agitato camminare su e giù. Vedendo Cori, il viso di Renato si rischiarò.

— Come mai?... — cominciò.

— Ero sotto i portici con Bon: t'ho visto passare come una freccia, ho immaginato molte cose ed eccomi qui, per chiederti se ti occorre la mia presenza.

— Grazie, Luciano. Volevo agire da me, senza annoiarti. Ma dal momento che sei qui, rimani. Servirai a tenermi calmo, se ve ne sarà bisogno...

— Ma tu — interruppe Cori — chi aspetti?

— Il commendatore avvocato Fabio Dani, di Roma. Proprietario della lunga macchina nera... Di quella macchina che da qualche giorno mi sta qui, sullo stomaco, e mi pesa...

— Sii cauto, Renato. Probabilmente, questo avvocato è un innocente agnello, che non sa neppure dell'esistenza di Eva.

— Agnello? Quello è lupo!

— Comunque, dovrai cominciare il tuo discorso

con molto tatto. Se l'avvocato Dani è un qualunque personaggio che nulla ha da fare con noi, sarà prudente prendere la cosa molto al largo, per non spifferargli inutilmente una faccenda che, probabilmente, non lo riguarda.

— Sta tranquillo.

S'affacciò. Il mare, lucente, qua e là imbellettato dal tramonto, appariva di tra le grandi foglie delle palme. Marinai vestiti di bianco camminavano nelle vie e il cielo aveva, all'orizzonte, pennellature color berillo.

Allorchè la porta si aprì, Renato, si volse vivacemente e Cori si alzò in piedi.

Di fronte a loro, ritto ed eretto, stava un signore elegante, con un viso intelligente e tormentato, con gli occhi giovani e neri e con le tempie brizzolate.

— Tenente Valbruna? — fece l'uomo, inoltrandosi.

— Sono io — rispose Renato. — E questi è il tenente di vascello Luciano Cori, mio futuro cognato.

— Avvocato Dani — disse l'uomo. — Accomodatevi.

In silenzio, tutt'e tre, sedettero. Luciano Cori fissò l'uomo ed ebbe pena del suo pallore, del tremito delle sue mani. Renato Valbruna piantò in faccia all'uomo i suoi occhi chiari, che in quel momento avevano perso ogni dolcezza, ed erano duri, freddi, inquisitori. Riconobbe, immediatamente, nell'avvocato Dani, l'uomo che aveva avuto uno scatto il giorno in cui il cognome Valbruna era stato pronunciato forte, nella via.

« È lui » — pensò.

— In che cosa posso essere utile? — cominciò Dani.

— Voi sapete esattamente il mio nome, vero? — domandò a sua volta Renato.

— Sì — rispose Dani.

— Lo sapete da oggi?

Dani ebbe una contrazione dolorosa sulle labbra che egli aveva bellissime, dolcemente disegnate.

— No — rispose. — Il cognome Valbruna mi è noto da parecchi mesi. Da quando conosco Eva Valbruna.

Sentendo pronunciare il nome della sorella, Renato ebbe un guizzo. Gli occhi di Cori lo frenarono. Ma fu con voce alterata, che egli pronunciò le parole che gli bruciavano sulla bocca:

— E che cosa volete fare, voi, di mia sorella?

— Mia moglie — fu la risposta netta e precisa.

Un sorriso di scherno apparve sulle labbra di Renato e anche di Cori.

— Vostra moglie? — ripetè Renato. — E allora, perchè non vi siete presentato a me, come ha fatto questo mio collega, come ha fatto un altro ufficiale, che desiderano sposare le altre mie sorelle?

Fabio Dani guardò prima l'uno, poi l'altro dei giovani. Incontrò due sguardi ostili, terribili in quei volti leali. Con gesto improvviso si calcò le mani sulla faccia e tenendosi così celato, rispose:

— Perchè non sono libero...

Curvo così com'era, col volto fra le mani, Fabio Dani non vide lo scatto violento dei giovani. Ma dal rumore delle sedie violentemente respinte, capì che i due erano balzati in piedi. Con fatica, quasi che le sue mani si fossero incollate al viso, egli le ritrasse. E guardò. Alto, asciutto, fremente, pallidissimo, Renato gli era a due passi. E Cori lo teneva ancora per un braccio.

— Avete detto? — sibilò Renato.

— Che non sono libero. Ho moglie. Sedete, ascoltate, poi giudicherete. E se vorrete, se ne varrà la pena, mi insulterete. Ora calmatevi.

— Siedi — ordinò Cori. — E stiamo a sentire... la commovente storia!

C'era una beffa così crudele, nella sua voce, che Dani si sentì come schiaffeggiato. Il suo temperamento orgoglioso, ardente, appassionato, era pronto allo scatto: ma gli occhi dolci di Eva gli dicevano di frenarsi e per amore di quello sguardo puro e adorato, egli taceva e subiva.

— Mi sono sposato che avevo vent'anni. Ero ricco e solo. Una delle solite donnine, che tutti gli studenti universitari incontrano, entrò nella mia vita. Aveva sedici anni, era gaia e affettuosa. L'amai? Non so. So che mi abituai alla presenza di quella figliola, perchè, abituato com'ero a essere solo, senza nessuno che si curasse di me, mi parve bello avere accanto una creatura fresca e innamorata che si prendeva cura della mia salute, delle mie cose, dei miei studi. E poichè ero libero e nessuno poteva consigliarmi o guidarmi, sposai quella piccola sarta, che aveva per titolo di studio la terza elementare e la madre portinaia per nobile parentela. Io sperai, per molto tempo, di poter fare, di questa sartina, una signora. Non vi riuscii. Oserei dire che mia moglie, la quale quindici anni fa sapeva scrivere esattamente l'indirizzo d'una cartolina illustrata, oggi non sappia più fare neppure quello. Tra gli agi e le comodità, ella si è intorpidita. È diventata una « cosa »: non è più una donna.

S'interruppe. Trasse un gran sospiro, si alzò, andò ad appoggiarsi al vano della finestra. La sua alta e distinta figura s'intagliava ora nel rettangolo luminoso, e i giovani ufficiali potevano osservare l'estrema finezza dei gesti, i tratti nobili e dolci del viso, la signorile eleganza dell'abito.

— Raccontare a voi ciò che può rappresentare una donna così, nella vita d'un uomo che non è l'ultimo degli uomini, può sembrare mancanza di generosità o un vano tentativo di difesa. Io non accuso, io non mi difendo. Vorrei soltanto essere capito... Io, a Roma, ho conquistato un gran nome, come penalista, ma quando vinco una causa che desta scalpore, sapete che si dice?: « L'imputato era difeso da quell'avvocato marito di quella donna grassa, ignorante, che non sa neppure parlare italiano e che si dice sia figlia d'una portinaia... ».

— Dovevate pensarci prima — interruppe Renato. — In posizione privilegiata come eravate, non avreste avuto certamente difficoltà di scelta. E se il vostro cuore, allora, scelse quella che oggi è moglie vostra...

— Oh! — interruppe a sua volta Dani. — Voi sapete pure chi è che sceglie quando si hanno vent'anni! I sensi hanno sempre il sopravvento sul cuore e quando finalmente essi tacciono, ci si accorge che il cuore è vuoto. Siete giovani, i vostri vent'anni sono trascorsi da poco: ricorderete anche voi certi amoretti che ritenevate eterni e che, dopo il primo banale intimo incontro, svanirono lasciandovi con la bocca amara e con un po' di nausea in gola.

Ancora si interruppe. Ancora riprese ritornando presso la tavola:

— Quando non si sono commessi atti gravi, si rimedia sempre e si riconquista la propria libertà. Quando, come nel mio caso, s'è saldata la catena, si comincia a trascinarsela dietro, ogni giorno, ogni ora, ogni momento fino a quando...

— ... s'incontra una brava, colta, intelligente figliola di nobile famiglia e si tenta di attirarla nella propria rete, per farne di lei una spostata, come tante altre!

Fabio Dani contrasse le mascelle: ma la sua voce era calma, quando, pacatamente, ribattè:

— Per farne una moglie, tenente!

— C'è, per voi — chiese ironicamente Renato, — una legge speciale?

— Voi sapete che non esistono leggi speciali, per nessuno. Ma si può creare un fatto che metta in condizione un uomo di essere nuovamente libero.

— E quale fatto potreste creare, voi?

— Non lo so. Ma sto studiando il modo di essere libero e di sposare, al più presto, Eva.

Ancora piantò i gomiti sulla tavola, ancora si prese il volto fra le mani. E quando rialzò quel viso, egli apparve ai giovani come trasfigurato. Una luce, che pareva venisse da un pianto trattenuto, che non sarebbe mai sgorgato e che tuttavia gli prorompeva dentro, sfavillava in quegli occhi intelligenti, fieri e dolci e a un tempo:

— Eva — mormorò a capo chino — Eva! La sola creatura della mia vita. Il solo essere onesto, purissimo, sano di corpo e di mente, entrato nel mio destino. La donna che porta il mio nome non mi ha dato figli. Mi ha circondato di parenti venali, che vivono alle mie spalle: mi ha, involontariamente, allontanato dal mio ambiente, dove potrei entrare a testa alta, dove sono tenuto in grande considerazione, ma dal quale spontaneamente mi esulo, per non vergognarmi troppo. Nella vita, ho il mio lavoro ed Eva. Null'altro. Mi dovete credere, tenente Valbruna!

— Io non dubito delle vostre parole, caro signore: io temo i vostri fatti! Voi amate Eva. Ne sarei lietissimo, se voi poteste entrare nella mia casa in qualità di futuro marito, come vi entrano Cori e il capitano Bon. Ma voi capite che, nella mia casa, ora, potreste entrare solo in qualità di nemico, d'un pericoloso nemico che insidia la serenità, la tranquillità e la purezza...

— No! — scattò Dani. — No! Io ho sempre rispettato Eva, come una bimba, come una santa! Noi non ci siamo mai incontrati in un locale chiuso, neppure in un caffè, che sarebbe quasi cosa normale. Noi ci siamo visti sempre alla luce del giorno, all'aperto.

— Ma eravate pur voi, otto giorni fa, sotto la pioggia, per la strada...

— Ero io. Ero pazzo, quella sera, perchè Eva mi era sfuggita e...

— Caro signore — interruppe di nuovo Renato, — tutti i maschi, nella loro vita, diventano pazzi, della stessa pazzia che prese voi, quando incontraste la vostra attuale moglie e che prese voi, poche sere fa. Pazzie che si pagano care, sempre. Sia che tocchi all'uomo scontarle, sia che tocchi alla donna.

Prese di sulla tavola una rivista, ne fece scorrere rapidamente le pagine, che sventagliarono, frusciando. Buttò nuovamente il volume fra gli altri, dichiarò:

— Di queste chiacchiere ne ho abbastanza. Voi potrete tornare nella vostra casa o restare qui: a me, è indifferente. Ma una cosa vi dico e ben chiara, perchè bene la intendiate. Guai a voi, se tentate di vedere Eva. Guai a voi, se le scrivete, se le telefonate, se fate un solo gesto, mi capite, vero?... un solo gesto per comunicare con lei. Da soldato, da gentiluomo, io vi ho avvertito. Sono certo che non vorrete spingermi a mezzi estremi.

— Ma io... — balbettò, ansando, Dani. — Ma io non posso... La mia vita è nelle mani di Eva.

— Sì, questa è una bella frase — schernì Renato. — L'ho udita in molte commedie, l'ho letta in molti romanzi sentimentali. E voi, forse l'avete pensata quindici anni fa, quando avete affidato il vostro avvenire, il vostro nome, la vostra felicità, alle piccole mani d'una sartina che era figlia d'una portinaia.

— Io divorzierò! — proruppe Dani.

— Divorzierete? E che cosa direte, ai giudici?

Io non sono avvocato, ma credo che i vostri colleghi, costretti a giudicarvi, rideranno di voi, se andrete a dire loro che volete divorziare, perchè vostra moglie non ha imparato a scrivere trattati di filosofia o a estrarre radici quadrate. E rideranno, quando sapranno che voi avete amato, sposato, dato un nome, spontaneamente, a questa povera creatura che ora vorreste abbandonare, solo perchè è ingrassata, perchè s'è fatta più ignorante di quanto già era e non sa capire il vostro cervello troppo complicato per lei. Mio caro avvocato, ora capisco perchè vi siete fatto un gran nome!

Su questa conclusione, che colpì Dani come una pugnalata, il giovane si volse, prese da sul divano, dove l'aveva buttato, il suo berretto, abbassò lievemente il capo, uscì, seguito da Cori.

Nell'atrio, incontrarono due magnifiche donne, che dall'eleganza corretta, dal portamento, dal linguaggio, dicevano palesemente di appartenere a una classe sociale assai elevata.

— Se le vede l'avvocato Dani — osservò perfidamente Cori — se ne innamora di colpo e poi racconta loro la bella storiella della moglie borghese e ignorante...

Suo malgrado, Renato sorrise. E poi disse:

— Monta. Vieni a cena su: e avverti i tuoi che sarò felice di vedere Donata, al più presto, tua moglie.

Cori s'illuminò tutto, sedette accanto all'amico e gridò, mentre il motore cominciava a rombare:

— Se non avessi timore di finire in fortezza, ti bacerei, abbraccerei, stritolerei...

Buttando la sigaretta, Renato rispose:

— Ho paura che in fortezza andrò a finirci io, per colpa di quell'animale!

Poi svoltò a destra e, poco dopo, la macchina rossa iniziava la salita dei Cappuccini.

E finalmente la bella villa apparve prossima, fra gli alberi, con le sue balaustrate laterali, sostenute da snelle colonne sulle quali caprifoglio, vitalba e gelsomini mettevano cappellature prolisse, corone profumate, intrecci di viticci che salivano, cadevano, si attorcigliavano, raggiungevano la balaustrata, vi traboccavano.

* * *

Più tardi, quando Lelia dormiva, quando Donata sognava a occhi aperti il suo abito da sposa, quando Thea si immaginava alle luci della ribalta, Renato bussò alla porta di Eva.

La fanciulla era seduta alla sua piccola scrivania, davanti a un foglio non scritto. La finestra del balcone era spalancata e nella camera entrava odore di resina, di fiori, di fieno. Un'immensa pace regnava tutto attorno: un'immensa pace saliva dalla città addormentata. Una sola finestra, in una villa verso il mare, era illuminata, d'una luce rosea.

— Devi scusare, Eva — cominciò Renato, sedendo sul piccolo divano, ai piedi del letto, — se vengo da te a quest'ora. Ma ho pensato che, parlandoci da soli, ci si capirà forse meglio. Non ti dà noia se fumo, vero?

Renato accese una sigaretta, si alzò, buttò il fiammifero nel giardino, attraversò assai lentamente la camera, tornò a sedere sul piccolo divano.

— Oggi... potrei quasi dire ieri, perchè mezzanotte è passata... ho conosciuto l'avvocato Dani... Fabio Dani.

Eva ebbe un così violento sobbalzo che Renato ne fu impietosito. E volle essere buono con la sorellina: con quella sorellina, che era pur sempre Eva, la dolce Eva, solo un poco più grande di Lelia.

— Non temere, piccola! — continuò. — Il nostro colloquio è stato cordiale, corretto, calmo. Puoi chiederne a Cori, che era presente.

— Così, Luciano sa...

— Sa.

Eva chinò la sua bella testolina, non disse più parola.

— L'avvocato Dani è una degna e intelligente persona. Tuttavia, noi non dobbiamo dimenticare che egli ha moglie. E che questa moglie è una brava creatura, scelta da lui, amata da lui, innalzata, da lui, fino al nome dei Dani.

S'interruppe, ma riprese, con un sorriso ironico sulle labbra:

— Non è colpa di questa povera moglie se è nata in una portineria. Ben lo sapeva, Dani, quando la sposò. E del resto, nelle portinerie, possono nascere creature perfette, almeno per cuore e onestà. Assurdo, inumano, oserei dire perfino stupido, è ora il risentimento che Dani prova per quella donna. Tu capisci, Eva, che sarebbe troppo comodo rinnegare una creatura che ci vuol bene, unicamente perchè ne abbiamo incontrata un'altra che più ci piace, più ci attira o affascina.

Eva teneva ora fissi nel viso del fratello i chiari occhi limpidi. Tutto il suo viso era intento, ma tutto in lei era immobile, come se ogni vita fosse spenta. Sembrava, quasi, che ella non respirasse. E le piccole mani erano abbandonate in grembo: con quell'abbandono che le manine stesse di Lelia avevano, quando ella ascoltava una magnifica fiaba che tutta la incantava. Quell'immobilità, quell'assenza del benchè minimo gesto, indispettì Renato, che, mutando tono di voce, dichiarò:

— A te, probabilmente, farà comodo pensarla come Dani. A te, piacerà forse mettere questo imbecille grande avvocato nelle condizioni di buttar fuori dall'uscio una donna che per quindici anni gli è stata fedele. Ma fra Dani e te, ci sono io. Io, che ti impedirò qualunque contatto con quel signore, al quale, del resto, ho già parlato chiaramente.

Si piantò davanti alla sorella:

— Quindi — scandì — sei avvertita. Al minimo atto che o l'uno o l'altro di voi compirà, per comunicare insieme, io agirò come meglio mi parrà. E la conclusione sarà certamente grave per tutti. Io spero, di conseguenza, che tu abbia ancora un poco di senno, e che voglia evitare fatti gravissimi. Intesi?

Eva continuava a guardare Renato.

— Vuoi rispondere? — gridò il giovane, esasperato.

La voce rude fece trasalire la giovane. Che parve scuotersi dalla sua immobilità.

— Che ti debbo dire, Renato?

— Tu vuoi esasperarmi, Eva. Ma non ci riesci ancora. Ho promesso alle tue sorelle d'essere calmo. Lo sarò.

— Tu vuoi una promessa, da me, è vero? — ripetè la fanciulla.

— Voglio? La esigo!

— E io, Renato, non posso prometterti nulla.

La voce morbida, gentile, con dolci intonazioni infantili, parve aleggiare nell'aria, come una piuma, come un fruscìo di seta lieve, come il volare di petali portati dal vento.

— Tu non puoi promettermi nulla? — ripetè, tremante d'ira, la voce di Renato.

— No, Renato. Io amo. Non ho mai pensato di compiere il male con Fabio Dani: forse stando con lui, non mi sono mai accorta d'essere qualcosa di diverso d'una fanciulla onesta, ma l'amo.

Volse il capo, guardò lontano, verso il golfo, verso l'orizzonte, verso la lontananza e finì:

— E tu sai, Renato, che quando si ama, come io amo, non si può promettere di non amare più.

— Che cosa vorresti dire, con questa frase da melodramma?

Eva si passò una mano sulla fronte, tacque.

— Rispondi... — ordinò Renato, afferrandola a un braccio.

La giovane, dolcemente, ma decisamente, si svincolò, si scostò, si eresse, si ritrasse.

— Non mi devi stringere le braccia... — mormorò, senza accento di rancore. — Devi capirmi, senza essere crudele.

Ora, il giovane ansava. La pacatezza della fanciulla, che gli sembrava provocazione, lo metteva in uno stato di ira, di furore, che egli stesso faticava a capire. Si ordinava di essere calmo, ed ecco, stava per trascendere.

— Mi devi capire, Renato — continuò la piccola voce morbida. — Io non ho mai fatto nulla di male. Ma questo amore aumenta sempre più. Non voglio che la moglie di Dani soffra, ma non voglio neppure soffrire io troppo, per lei. Il tempo deciderà. Attendo io, attende Dani, attendi anche tu...

— E va bene! Attendiamo! Ma nell'attesa, non commettere sciocchezze! Considerati in collegio, o, se ti piace la parola, in carcere... E comportati come se tu fossi una collegiale o una carcerata

— Va bene.

— E non tentare...

— Me l'hai già detto, Renato.

L'ufficiale guardò sua sorella: ritrovò, in quei tratti rosati, lo stesso viso, lo stesso sguardo, la stessa espressione di Lelia. Chiuse gli occhi. Ficcò le mani nelle tasche... Non si poteva colpire quel viso: era come colpire Lelia. Senza più aprire bocca, chè l'ira gli mozzava ogni parola in gola, il giovane uscì.

***

Passò un mese. Un mese penoso, faticoso per tutti, nella casa delle lodole. Agosto moriva, ma la città era ancora tutta dorata dal sole estivo. Donata aspettava la visita della sorella di Luciano Cori. Già i genitori del giovane erano giunti ed erano ripartiti, incantati della giovane donna. Già Cori aveva chiesto il permesso di matrimonio e ora si attendeva la sola parente ancora non conosciuta: Virginia, l'unica sorella di Luciano. Ella era attesa con ansia dalle sorelle, che già pensavano a lei come a un'altra sorella. La bella villa era tutta ornata di fiori: la camera destinata alla fanciulla era oggetto di cure da parte di Donata, Thea e Lelia. Eva, silenziosa, assorta, trasognata, osservava tutti quei preparativi, senza parteciparvi. In lei, c'era qualche cosa di immoto, qualche cosa di statico, come se ella sempre attendesse un fatto che inevitabilmente si doveva compiere.

Una settimana prima che Virginia arrivasse, Renato tornò a casa ad ora insolita. Il suo viso tradiva un'emozione intensa e fu con voce tremante di gioia e orgoglio, che egli annunciò:

— Si parte! Un altro viaggio nel Giappone, un'altra crociera di alcuni mesi!

Donata e Thea tremarono; Lelia battè le mani, trillò, felice:

— E un'altra « Fior di Pesco »! Stavolta, me ne porti una che ride, così farà compagnia a quella triste!

Eva non disse nulla. Come sempre, a ogni distacco dal fratello, ella soffriva, ma stavolta capiva che la sua sofferenza, anche se dimostrata, non sarebbe stata compresa.

— Quando partirai? — domandò Donata.

— Fra tre giorni.

— Lo stesso giorno in cui arriverà Virginia —

aggiunse la fanciulla. — Vorrei che ella giungesse in tempo...

— Perchè? — rise l'ufficiale. — Avremo la possibilità di conoscerci al mio ritorno.

Ma vide due dolori così profondi, nel volto delle sorelle, che anche la sua voglia di scherzare sparì.

— Dovrai rimandare le nozze di qualche mese, Donata. Ma rassegnati, pensando che io sarò con Luciano e lui con me. E tutt'e due insieme penseremo a voi, piccole lodole nostre! Io parto contento! Vado a cercare una bella « Fior di Pesco » per Lelia, un chimono autentico per Thea, e... una cicogna intelligente per Donata. A questa cicogna, dirò di portare un bimbo meraviglioso a Donata, appena sarà possibile.

— E per Eva, che porterai? — domandò Lelia.

— Chi sa... — mormorò Renato.

— Portale il fior di loto — consigliò, seriamente, Lelia. — Io ho letto in un libro, che questo fiore fa dimenticare i dispiaceri. Ed Eva ne ha tanti!

— Come lo sai? — domandò Thea.

— Oh, io so tante cose! Anche quelle che nessuno mi dice. Le vedo da me.

— Va bene. A Eva, porterò i fiori di loto. Così dimenticherà i dispiaceri e ridiventerà allegra come una volta! D'accordo, Eva?

S'avvicinò alla sorella. Le mise due dita sotto il mento, le sollevò il viso, la guardò negli occhi.

E vide che quei grandi, dolci occhi limpidi, erano pieni di lacrime e lacrime sgorgavano silenziose, senza che la giovanetta singhiozzasse. Lacrime colme di tormento, che scaturivano simili ad acqua sorgiva che sgorga dalla sua polla.

— Perchè piangi, Eva? — le domandò Renato, commosso.

Ella non rispose. Ritta davanti a lui, col viso bellissimo sollevato, con gli occhi sbarrati e le lacrime che ne scaturivano, Eva era tutto un dolore. Un immenso dolore che la immobilizzava, che le toglieva la possibilità di muoversi, di parlare e che, tuttavia, le spezzava il cuore.

— Bambina, cara bambina, non piangere! Io parto, e ti lascio qui, con le tue buone sorelle. Amale, falle contente. Torna a cantare, a ridere come una volta e dimenticherai. E allora, Eva... allora, che immensa gioia, per tutti!

— Vuoi — interruppe Donata, rivolgendosi a Lelia — andar su, al primo piano, a vedere che cosa fa la cameriera?

— Vado. Ma prima dimmi che cosa Eva deve dimenticare.

— Te lo dirò poi. Ora, ubbidisci.

Lelia andò: quando fu sull'uscio, si volse, avvertì:

— Rimango su, con « Fior di Pesco ». Qui, mi pare che non mi vogliate...

Nessuno ebbe la possibilità di smentire la piccola, la quale, mogia mogia, cominciò a salire le scale. E quando fu su, invece di andare a cercar la cameriera, andò dalla sua bambola. Le sedette accanto e, come soleva fare quando era sola, cominciò a raccontarle, ad alta voce, una delle solite fiabe che Eva raccontava a lei. Ma le fiabe di Eva non erano più liete: tutte parlavano, da qualche tempo, di belle principesse bionde che fuggivano, di alti principi che rapivano le bionde creature, e Lelia trovò, a un certo punto, necessario intercalare, nel suo racconto, una frase così:

— Nelle favole di Eva, tutti corrono, corrono, su cavalli veloci. Chi sa quando Eva fuggirà anch'essa a cavallo!

* * *

I tre giorni passarono, troppo veloci. Donata soffriva più delle sorelle perchè, con Renato, partiva anche Luciano Ma nemmeno Thea poteva dimostrare una serenità che ormai si sentiva sfuggire.

La mattina in cui Renato doveva partire, le quattro sorelle scesero in città. Volevano vedere la nave salpare, volevano salutare Renato e Cori, fino a quando la nave fosse scomparsa laggiù, dove il cielo si curvava sul mare.

Virginia aveva telegrafato che sarebbe giunta

nel pomeriggio. Così che a Renato e a Cori non sarebbe stata concessa la gioia di vederla.

— Ti scriverò io di lei — aveva dichiarato Lelia. — E se mi piacerà, te lo dirò subito.

Il distacco di Donata, da Luciano, fu molto malinconico, ma senza lacrime. Arrossendo fino alla radice dei nerissimi capelli, la fanciulla gli disse:

— Ti sarò sempre vicina. E tu, sii vicino a Renato.

Poi la bella nave, maestosa e snella a un tempo, aveva rivolto la poppa alla città e s'era avviata al largo, verso il lungo cammino che doveva percorrere.

Nel golfo, reso improvvisamente squallido per il gran vuoto che la nave vi aveva lasciato, il sole metteva raggi e scintille sulle acque azzurre, leggermente increspate, quando la nave scomparve laggiù, dove cielo e mare si univano in un unico splendore.

— Andiamo — disse allora Lelia, che voleva piangere e non voleva che nella via qualcuno vedesse le sue lagrime. — Andiamo. Mi fa male la gola.

Eva, che era al volante, s'avviò piano piano. Un subitaneo soffio di vento investì le palme che agitarono le loro foglie, come grandi mani che si movessero, salutando.

— Tu dovevi andare dalla sarta, Eva — disse Thea. — Se vuoi, puoi andarci ora.

— Non è necessario — rispose la fanciulla. — Se avrò bisogno, telefonerò, verrà lei da noi.

La macchina iniziò la breve salita. Lelia, ora, appoggiata contro l'omero di Donata, piangeva. Thea, che stava di fianco a Eva, volgendosi vide quel pianto.

— Non piangere, piccola — disse dolcemente alla sorellina — o ti verranno gli occhi gonfi e rossi e Virginia ti conoscerà come non sei.

— Non sono io, che piango! Sono gli occhi. Io non vorrei, ma loro vogliono. Che cosa posso fare.

— Pensa a qualche cosa di bello — suggerì Donata — a qualche cosa che ti faccia molto lieta.

La bimba aggrottò la fronte, rispose:

— Va bene. Penserò a quando Renato sarà qui, ancora: penserò al suo ritorno. Chi sa quanto saremo tutti felici, allora! È vero?

— Certamente — rispose Thea.

Villa Valbruna appariva ormai tra gli alberi. Vedendo il cancello spalancato, Eva sorrise, amaramente e senza rancore; pensò:

« Allorchè io avrò varcato la cancellata, le sbarre si riaccosteranno e la chiave tornerà a essere celata... ».

— Osserva — fece Thea. — Il cancello è spalancato e io vedo laggiù Don che ci guarda e pure non osa venirci incontro. Egli sa che non deve uscire sulla strada.

— Lo dici per me, Thea? — mormorò Eva, scendendo dalla macchina, che aveva ora oltrepassato il cancello.

— No, Eva. Constatavo l'intelligenza di Don.

Ma il cane s'era avvicinato alle padrone. E balzava gioioso, lambendo le mani ora dell'una ora dell'altra.

Il giardiniere, intanto, chiudeva a doppia mandata il grande cancello e si portava la chiave nella sua casa.

* * *

Virginia arrivò nel pomeriggio. Ella non aveva stabilito l'ora, per evitare che le future cognate le andassero incontro.

Ed entrò nella villa silenziosa, nell'ora in cui le fanciulle riposavano. Soltanto Eva era desta e da lei Virginia ebbe il primo augurale saluto.

— Vieni! — invitò la giovanetta. — Ti porto a svegliare le sorelle.

— Oh, no. lasciale dormire. Io resto con te, nell'attesa che si destino.

Restarono insieme, in un salottino piccolo, dove le fanciulle si radunavano, talvolta, per agucchiare insieme, chiacchierando. In quel locale, tutto era minuscolo. Basse seggioline, piccole tavole, panierini, mobiletti, poltroncine. Tutto pareva preparato per un ricevimento di bambole.

— Qui — spiegò Eva — siamo state, a turno, regine, una di noi. Questo è il salottino che appartiene sempre alla più piccola. Ora, dovrebbe essere di Lelia: ma ella, come vedi, ce ne cede l'uso. Io ti ricevo qui, Virginia, perchè sei piccola anche tu, come la mia sorellina.

Era piccola, infatti, Virginia. E i suoi prossimi diciotto anni non si vedevano proprio. Tutto, nella giovanetta, era minuto, sottile, affinato. Tranne gli occhi: che erano immensi, neri, stupendi. Il corpo era minuto, ma perfettamente abbozzato: la testolina era raccolta da lisci e brevi capelli neri, divisi sulla fronte, trattenuti indietro da un cerchietto sottile di oro inciso a rabeschi. La pelle era olivastra ma assai dissimile da quella di Donata, che, pur essendo assai bruna, aveva la pelle luminosa. I denti, nella piccola bocca, sfavillavano di candore e il naso era sottile, con le narici frementi. L'abito da viaggio, elegantissimo, aveva un tono cupo di rosso. E quando si liberò della giacca, Eva osservò che la blusa della fanciulla era ornata di ricami zingareschi. Parlando, Virginia moveva le manine scure. Ella era il ritratto della vivacità stessa, dell'irrequietezza, dell'agilità. Sprofondò in una poltroncina, vi stette un attimo, si rialzò, andò a baciare Eva, le disse:

— Mi hai dato un bacio di convenienza: io te

ne do subito unò di affetto. Puoi ricambiarmelo? Mi vuoi, tu, già bene, come te ne voglio io?

— Oh, certo! Io ti voglio bene non da oggi, ma da quando so che Luciano ha una sorella.

— Allora, diventeremo grandi amiche. Ma quanto sei bella, Eva! Accostati, vieni qui...

Se la trascinò vicino a uno specchio:

— Quanto sei più alta di me! Io sembro una nanerottola!

— Sei tanto bella, così come sei! — rispose Eva, sinceramente.

— Sì, sì... anche la mamma, dice questo... anche Luciano. Tutti dicono che io sto bene così, piccina, minuta, nera nera. Un pittore voleva che posassi per un ritratto da intitolare « Zingara ». Era un amico, ma la mamma non diede ugualmente il permesso. Tuttavia, mi sarebbe piaciuto posare con un costume ornato di monetine, con grossi anelli negli orecchi, con un fazzoletto in capo e un fiore rosso in bocca! Tu, invece, sei tutta chiara, tutta dorata. Fammi sentire la tua pelle!

Le passò una mano sul viso. Rise, esclamò:

— To'! Mi pare di avere accarezzato una magnifica pesca vellutata. Tu sei di velluto, io no. Io sono soltanto di seta. Tu sei come il sole. Brilli tutta. Io sono fosca. Ma non importa. Mi vorrete bene lo stesso. Non avrete paura che io vi tinga, nera come sono.

— Donata pure è bruna... — osservò Eva.

— Lo so, figurati se non lo so! Luciano ci ha descritto, di Donata, anche la forma delle belle unghie. Ma so pure che Donata è una bruna con la pelle chiara, solo un poco pallida nel viso, ma non certo fosca come me. E poi, Donata ha tante onde nei capelli; io, vedi, li ho lisci lisci...

— Anch'io. Anche Lelia, anche Thea...

— Ma voi avete trecce grosse e lunghe. È un'altra cosa. Ma anche questo non importa. Nulla importa, purchè mi vogliate bene.

— Sarà così facile volertene, e molto! — confermò Eva.

Virginia guardò Eva. La guardò intensamente, sino in fondo agli occhi, poi guardando in su, verso di lei, disse, chiaramente:

— Tu non giochi più, da poco tempo. È vero?

— Che cosa te lo fa credere?

— La tua voce. Tu hai la voce di chi, solo da poco, ha lasciato i giochi. E sta dimenticandoli, per occuparsi di altro. Diceva, Suor Armonia...

— Suor Armonia? — interruppe Eva.

— Non era una suora. Era la mia insegnante di arpa. Io suono l'arpa, lo sapevi? Ebbene, questa insegnante era una donna molto brutta, molto intelligente e molto triste. Ma aveva una voce incantevole, e quando posava le mani sulle corde dell'arpa, tutto il mondo era colmo di musicalità. Per questo, la chiamai Suor Armonia. Ella, dunque, diceva che c'è, nella nostra vita, un momento in cui le fanciulle lasciano i giochi e si preparano a diventare donne. In quel momento, c'è, nella nostra voce, una malinconia della quale noi non ci avvediamo. E questa malinconia si accentua e palesa ancor più nelle donne che dovrebbero giocare ancora un poco e che non possono farlo più, perchè un fatto, un avvenimento, qualche cosa che accade nella loro vita, vieta la continuità di quella spensieratezza che ancora spettava loro. Tu, secondo Suor Armonia, dovevi giocare ancora un poco. E invece, hai smesso di farlo e ora è venuta in te la nostalgia dei giochi. È così?

— Non credo, Virginia. Io ho diciannove anni. E a questa età, non si dovrebbe più giocare, io penso.

— Con le bambole, no. Ma con l'esistenza, sì. Si dovrebbe vivere allegramente, spensieratamente: tu no. Tu non sei spensierata. Perchè?

— Forse non lo sono stata mai, cara.

Virginia fissò ancora la fanciulla e ancora disse:

— Non te ne ricordi già più! Tu eri la più vivace di tutti. Con Lelia, facevi la sbarazzina, perfino su gli alberi. Non è passato molto tempo e già non ricordi la tua vita di bambina. Peccato. Avrei giocato volentieri con te. Giocherò con Lelia. Per lei, non è ancora venuto, quel momento, vero?

— Il momento di cui parlava Suor Armonia? Certamente no. Lelia ha quindici anni.

— Bene! Mi fa piacere, questo! Perchè io voglio essere molto felice. Fin che potrò. Più che potrò. Ho ragione?

— Sì, Virginia.

— Puoi farmi dare un panino? Ho molta fame.

Eva scattò in piedi, confusa. Si scusò di non aver pensato a offrire senza far chiedere, ma Virginia la interruppe:

— Non ti preoccupare. Io accetto solo quando ho desiderio d'una cosa. E quando ho desiderio, chiedo.

E rivolgendosi alla cameriera che entrava, con un sorriso luminoso, fresco, comunicativo, ordinò:

— Per favore, un panino imbottito. Un frutto. E una grande, grande caraffa d'acqua.

Mangiò chiacchierando, bevve, si alzò, disse:

— Ora, svegliamo le cognatine.

Uscirono nel corridoio.

— Qui dorme Donata — spiegò Eva, accostandosi a un uscio chiuso.

Virginia bussò, leggermente. Subito, una voce rispose:

— Avanti!

Eva si fece in disparte e Virginia, sola, entrò.

Le persiane erano chiuse, così Donata non potè scorgere subito la persona che entrava. Ma come

Virginia fu accanto al suo letto, ella si alzò subitamente a sedere, tese le braccia.

— Virginia! — mormorò.

— Oh! — fece la giovanetta. — Mi hai subito riconosciuta! Volevo farti pensare un poco e invece Luciano mi ha già presentata a tutte. Lasciami aprire, Donata; alzati. Fatti vedere!

Donata balzò dal letto, si raccolse tutta nella vestaglia color d'oro. Virginia congiunse le mani:

— Dio mio, come sei bella! Tutto ciò che mi hanno detto di te non ti descrive neppure in minima parte. E come sei alta! E come devi star bene accanto a Luciano!

Poi, volgendosi a Eva, disse:

— Andiamo a svegliare le altre. Chi sa quante meraviglie vedrò.

Afferrò la mano della fanciulla, la trascinò, gridando a Donata:

— Scusami, torno subito...

Alla porta di Thea, non fu necessario bussare. Ella era in piedi e appena udì passi nel corridoio aprì e si presentò sulla soglia.

— Un altro sole! — gridò Virginia. — Uno stupendo sole, ma diverso da Eva. Ora, voglio conoscere subito il sole più piccolo Lelia! — chiamò. — Lelia!

— Virginia! — rispose una vocetta stupita e allegra.

E un ometto con le trecce bionde sulle spalle sbucò dall'uscio.

— Sono in pigiama, Virginia! Ma puoi abbracciarmi lo stesso, vero?

Furono, le due giovanissime, una nelle braccia dell'altra.

Virginia era quasi alta come Lelia e questo piacque molto alla piccola lodola.

— Vieni — invitò spalancando la porta della sua cameretta. — Ti presento « Fior di Pesco ».

Un oh! di meraviglia, un parlottare sommesso, gaio, fitto. Poi una risata argentina squillante di Virginia, una risata, più morbida ma altrettanto gaia, di Lelia... Amicizia era fatta.

* * *

Virginia, l'indomani, scrisse a casa che non poteva lasciare le cognatine. E che restava a La Spezia fino a chi sa quando.

Nella bella villa, entrò con le lodole una cinciallegra. Chè mai taceva Virginia, mai stava cheta, mai era seria. Ella andava e veniva, saliva, scendeva, correva, sostava, sempre chiacchierando, con la sua vocina squillante, con la sua bella parlata che aveva inflessioni toscane e romane, con quei suoi improvvisi gridolini che penetravano negli orecchi e vi restavano, come la eco d'uno squillo.

E così gaia, ella era, così completamente serena, che anche la casa ne sentiva l'influenza: e tutti sorridevano, sol che Virginia apparisse.

Ella vestiva sempre in modo alquanto strano. Le piacevano le tinte violente, le stoffe lucenti, i calzoni ampi nei pigiama, le maniche larghe nelle vestaglie. Così che ella spariva, talvolta, fra sete e pizzi e talvolta pareva sorgere, ninnolo fragile e irrequieto, da un abito troppo sontuoso per lei. Aveva già tolto una guarnizione da un suo abitino, per farne una ricca bordatura all'abito di « Fior di Pesco ». Aveva già frugato in tutti i cassetti delle cognate, per scovarvi qualche cosa di speciale per la bambola di Lelia. Non amava le bambole, Virginia, perchè « bambola », per lei era sinonimo di tranquillità, di pace, di silenzio. Tuttavia, voleva sempre accontentare Lelia, che adorava quella orientale sua pupattola. Poi quando « Fior di Pesco » era vestita a puntino, le due giovanette sparivano nel giardino. Giocavano a tennis nel prato, correvano in bicicletta lungo il viale, facevano capriole tra l'erba e, nel pomeriggio, scendevano alla marina, dove i Valbruna avevano un capanno. La barchetta, che si chiamava *Lelia* e che se non fosse giunta Virginia sarebbe rimasta inoperosa, ora solcava le acque, spinta dal veloce vogare di Virginia. E quando la barca sostava, Virginia si tuffava nell'acqua e faceva nuotate lunghe, che, per poco, la stancavano e la tenevano ferma.

Un giorno (era una domenica) Virginia dichiarò:

— Oggi, alla spiaggia, ci sarà troppa gente. Andiamo a fare una lunga gita in macchina. Eva si distrarrà. È sempre tanto triste, lei!

Le giovani lodole acconsentirono. La veloce macchina rossa venne caricata di giovinezza e così, colma di trecce bionde e brune, partì. Lelia era di fianco a Eva, che guidava. Donata e Thea si tenevano nel mezzo Virginia che gridava la sua gioia e or canterellava, or fischiettava, or chiacchierava, volgendosi a destra o a sinistra, o curvandosi in avanti, per comunicare con Lelia. Ma Lelia, quel giorno, era assorta. E pareva scontenta.

Virginia se ne avvide subito e chiese all'amica:

— Sei infelice come « Fior di Pesco », oggi?

— Non sono infelice — rispose la bimba. — Sono molto seria.

Le sorelle risero, ma Virginia, aggrottando i sopraccigli, domandò:

— Perchè « devi » essere molto seria?

— Così...

E nel dire « così » strinse nel pugno qualche cosa che frusciò, come fruscia la carta, quando si accartoccia in una mano.

— Dove andiamo? — chiese Donata, vedendo

che Eva usciva di città, e iniziava la salita che portava al passo del Bracco.

— A Genova, se volete — rispose Eva. — Virginia non conosce questa città. Credo la veda con gioia.

— Sì, sì! — gridò la giovanetta. — Andiamo a Genova!

La strada, fra alberi e curve, si snodava varia e bella. Il mare or appariva, or si celava. Sul monte, nascevano olivi e vigneti, e sulla via correvano macchine veloci. Giunte a Chiavari, Lelia dichiarò d'aver fame e sete. Sostarono in una pasticceria. E mentre le giovani erano sedute attorno a un tavolino, una macchina lunga e nera venne a mettersi dietro la macchina rossa. Lelia allora si alzò, disse di voler vedere se aveva lasciato nell'automobile un suo fazzolettino, s'allontanò. Salì sulla macchina, ne discese, tornò presso le sorelle. Poco dopo, un uomo alto, bruno, con le tempie grige, raccoglieva da terra un biglietto che due innocenti mani di bambina avevano tormentato per tutto il tragitto da La Spezia a Chiavari.

Eva aveva detto a Lelia:

— Quando usciremo, io passerò davanti a un albergo. Lì, attende sempre una macchina nera. Quella macchina ci seguirà, certamente. Se ci fermeremo, tu fai in modo di lasciar cadere accanto alla macchina nera questo biglietto. Non è nulla di male, Lelia. E mi porterà tanta pace.

Lelia aveva chiesto:

— Se Renato sapesse questa cosa, ci sgriderebbe?

— Credo di sì. Perchè questo biglietto è per l'uomo che Renato detesta.

— E tu, perchè vuoi scrivere a chi nostro fratello detesta?

— È necessario, Lelia. Se non gli scrivo, egli mi porterà via dalla nostra casa: egli è forte, potente, come i principi di quelle fiabe che tu sai. Aiutami, Lelia. Lo sai, non posso contare che su te...

E Lelia aveva ubbidito. Aveva subito visto la lunga bella macchina. Lei sola si era accorta che nella loro scia camminava un'altra macchina; lei, di sua iniziativa, era scesa e aveva lasciato cadere il biglietto. Che diceva:

« Non so più come vivo. Ti amo. Vorrei udire ancora la tua voce, almeno una volta. Salutarti da vicino e poi tornare a essere la prigioniera delle mie sorelle. Puoi dare un tuo scritto a Lelia. Fidati. Essa verrà al cancello del giardino, domani sera ».

E ora, un uomo che bruciava di passione leggeva le poche parole scritte a matita, su un pezzetto di carta.

Seduto nella sua macchina, pronto a seguire l'altra rossa allorchè si fosse rimessa in moto, Fabio Dani osservava Eva. E ne scorgeva i tratti affinati dalla sofferenza, ne intercettava gli sguardi innamorati e accorati e si chiedeva per quale perverso destino egli fosse entrato in quella giovane esistenza. Vivere senza Eva, egli lo capiva, non poteva più. Continuare a turbarla, era inumano. Tutto ciò che egli aveva tentato di fare, per svincolarsi da Ginetta, era clamorosamente caduto nel nulla. Ora, egli sperava di ottenere la libertà, convincendo Ginetta a divorziare all'estero. E nell'attesa, passava le sue giornate inoperose, fermo sulla soglia d'un albergo, o lungo una strada che portava a una villa fiorita. Dopo il colloquio con Renato Valbruna, non aveva più osato avvicinare il cancello della casa: egli era un gentiluomo, voleva allontanarsi da Eva, tentava ogni via, ma capiva che non sarebbe arrivato in fondo a nessuna.

All'improvviso, vide Eva alzarsi, dirigersi verso di lui. Il cuore cominciò a battergli nel petto con violenza estrema. Udì l'amata dire:

— Guardo l'acqua nel radiatore...

Senza pensare a ciò che faceva, egli discese. Fece qualche passo, si trovò di fronte a Eva e udì la voce sommessa e ferma mormorare:

— Portami via!

Al tavolino all'aperto, dove le fanciulle sostavano, Virginia divertiva tutte, e tutte erano intente ad ascoltarla. Solo Lelia seguiva la manovra dei due, ma pareva intenta a sorseggiare la sua aranciata e a sgranocchiare biscottini.

— Portami via! — ripetè Eva, più forte, svitando il tappo del radiatore.

Egli era discosto da lei, ora: ed era fermo sul marciapiede. Ma udì l'implorazione e ne fu sconvolto. « Portami via! ». Oh, Eva, cara Eva adorata, come sarebbe stato bello portarti via subito, così, tutta aureolata di biondo, tutta vestita di turchino, tutta morbida e bella! Quale immensa felicità, per l'uomo solo, disperato e innamorato poterti innalzare fino al sole, fino alle stelle, renderti felice, godere con te della stessa immensa felicità! Ma poi, Eva? Poi?

Pensieri che gli davano le vertigini e gli facevano tremare le vene, lo assalivano, si accavallavano, si confondevano nella sua povera mente. Eva, sottile e bionda, era lì, continuava a fissare l'acqua che colmava il radiatore ed egli temeva che le sorelle si avvedessero del ritardo.

— Chiedi un fiasco d'acqua al cameriere... — sussurrò Dani.

Eva si staccò dalla macchina, fece cenno a un cameriere. A voce alta, perchè le sorelle udissero, ordinò:

— Un fiasco d'acqua, per favore.

Attese il cameriere. E come questo giunse, Fabio Dani si fece avanti e disse forte:

— Permettete, signorina...

Cominciò a versare acqua nel radiatore e poi che questo era colmo, egli posò il fiasco, aprì il cofano, guardò il motore.

— Portami via! — ripetè Eva. — Io non posso più restare prigioniera. Quando potevo vederti e parlarti, mi accontentavo di vivere così. Ora che non ti posso più vedere, che non posso più udire la tua voce, sono pronta a tutto. Anche a ciò che prima mi sembrava mostruoso. Non mi importa più di nulla. La sofferenza degli altri non mi spaventa più: soffro troppo io, ormai. Ora salgo nella tua macchina e andiamo, via... via...

— Eva! — implorò Dani. — Non possiamo... Avrò il divorzio... Attendi... Sarai mia davanti al mondo...

— C'è un guasto? — fece una voce, accanto a loro.

Trasalirono entrambi. Si volsero. Thea era alle loro spalle, li guardava.

Fabio Dani incontrò due occhi azzurri, duri, imperiosi e severi, così uguali a quelli del tenente Valbruna, che ne ebbe uno smarrimento improvviso. S'inchinò, rispose:

— Nessun guasto, signorina. Voi potete ripartire, con vostra sorella. Io me ne vado.

Thea era così pallida e le sue labbra avevano

un così irrefrenabile tremito che Eva, osservandola, ne ebbe pietà.

— Thea — mormorò — io non sapevo...

— Taci! Per l'amor di Dio, Eva, non mi dire nulla. E ordina a quell'uomo che si allontani subito, che non torni mai più, se non vuole che io lo pensi il peggior farabutto della terra...

La lunga macchina nera, dopo breve manovra, s'era scostata dalla macchina rossa: ora girava, presso il mare e, infilato il viale di platani che portava verso Sestri Levante, s'allontanava.

Quando le due sorelle tornarono al loro posto, Thea avvertì:

— C'è una perdita d'olio. A Genova, andremo un altro giorno. Ora, se non vi spiace, preferirei tornare a casa. Non vorrei che un'avaria ci fermasse lungo la strada. E una riparazione ci farebbe fare, qui, una sosta troppo lunga.

Subito le giovani donne si alzarono. Virginia prese a braccetto Lelia e poichè questa, liberata dall'angoscia che le dava il biglietto, era ridiventata serena, le disse:

— Manda Thea, davanti, con Eva. Tu rimani con me. Canteremo, insieme, una canzonetta che mi insegnò Suor Armonia.

Eva guidava in silenzio. Ella era un'abilissima guidatrice e, al contrario delle sorelle, aveva nel sangue, la passione per i motori. Accanto a lei, Thea taceva assorta. Alle loro spalle, Donata ascoltava, sorridendo, Virginia e Lelia, che cantavano.

La via era bella, ampi i tornanti, immenso il cielo. Sul monte, si ergevano gli olivi, biancoargentei.

Su, al passo del Bracco, alcune macchine erano ferme. Eva cercò, tra quelle, una lunga macchina nera. Ma non la vide. Allora accelerò e mantenne una notevole velocità, fino a quando scesero nella città di La Spezia.

— Dove vai? — chiese improvvisamente Thea accorgendosi che la fanciulla infilava il viale Vittorio Veneto. — Per andare a casa nostra, non c'è proprio bisogno di allungare tanto.

— Avevo pensato di comperare dei dolci, prima di andare a casa — mentì Eva, arrossendo.

— Volta subito — ordinò Thea. — Ai dolci, penserò io, da lassù. Una telefonata ci farà avere in casa tutto ciò che vorremo. Ubbidisci, Eva!

Eva ubbidì.

* * *

Ma Thea, quella notte, non potè dormire. Albeggiava appena, quando si alzò. Attraversò piano piano il corridoio, s'avvicinò alla porta di Eva. Girò la maniglia, entrò.

La giovane dormiva. Ma la luce era accesa e il volto rivelava il gran pianto. Affranta dal dolore, Eva doveva essersi addormentata così, come si addormentano i bimbi, dopo aver tanto giocato o pianto.

Thea, trattenendo il respiro, sedette accanto al letto. Il sonno di Eva era affannoso: la fanciulla si agitava, mormorava frasi incomprensibili, singhiozzava, sospirava. A un tratto, quasi chiamata dallo sguardo di Thea, ella scattò a sedere sul letto e i suoi occhi, dolci e umidi, si fissarono in quelli di Thea.

— Mi hai fatto paura... — balbettò.

La sua voce, accorata, tremava di pianto.

— Non volevo spaventarti, Eva. Volevo solo parlarti.

— So ciò che mi vuoi dire. E vorrei, Thea, che tu fossi tanto buona da evitarmi parole amare. Ne ho sentite tante, troppe, da te, da Renato, che ormai, non ne posso più sentire. Io vivo fuori della realtà: io vado verso il male, io vi trascino nel fango... So, so, che cosa mi vuoi dire. Ma è tutto inutile. Io non posso ubbidirvi più. Neppure se mi legherete potrò restare dove vorrete voi. Io non ho che un pensiero: andare da lui. Se lavoro accanto alla finestra, alzo gli occhi e vedo lui... Se leggo, vedo apparire, sulle pagine, il suo sguardo açcorato... Se passeggio, cammino, in giardino, o nella via, io incontro i suoi occhi che mi guardano. Siamo due infelici, dobbiamo unirci: io soffro, lui pena. È un supplizio che mi spreme, a poco a poco, il cuore.

Ella s'interruppe, soffocata dall'ambascia. Col dorso della mano si asciugò le lacrime:

— Se almeno sapessi lui felice... Se almeno sapessi che non soffre più come nel passato...

Thea, ora, era tutta tesa nello sforzo di ben intendere. E come le parve d'aver ben afferrato il significato delle parole di Eva, prese nelle sue una mano della sorella, e dolcemente le parlò:

— Non ti dirò più una sola parola cattiva, Eva. E da domani, il cancello sarà aperto anche per te.

Fra le lunghe ciglia scure, i cerulei occhi di Eva ebbero un lampo.

— Potrò uscire? Potrò vederlo? — chiese, afferrandosi alla mano di Thea.

— Sì. Ma tu mi devi promettere che agirai come io vorrò.

— Te lo prometto, Thea. Ma tu, permettimi di telefonargli, oggi stesso.

Thea s'irradiò tutta. Il cuore cominciò a batterle forte e la sua voce tradiva l'ansia che la turbava, quando chiese:

— Egli è qui, vero?

— Sì. È al *Croce di Malta.*

Thea rivide, all'improvviso, il volto di Fabio Dani. Volto dolce e meditativo, pieno d'una virile malinconia, a cui davano ancor maggiore profondità i capelli che alle tempie egli aveva bianchi.

— Gli telefonerai — confermò. — Ma ora, dormi.

— Sì, Thea!

Afferrò ancora la mano della sorella, la trasse con impeto alle labbra, la baciò.

Poi si allungò nel letto, chiuse gli occhi sorridendo.

Thea girò l'interruttore della luce.

In punta di piedi uscì, entrò nella propria camera.

Alle otto, elegante e bella, ella attraversava il giardino, accompagnata da Donata.

Sul cancello, Donata le disse ancora:

— Non ti inquietare. Telefona, fa' che io non resti in ansia...

Un tassì, si fermò. Thea salì, salutò ancora con la mano la sorella.

Poi la macchina cominciò a correre e, alla svolta, disparve.

***

Malgrado l'ora mattutina, Fabio Dani non si stupì quando un cameriere gli portò in camera un biglietto da visita, sul quale era stampato il nome di Thea Valbruna.

— La signorina attende nella sala di lettura... — avvertì il cameriere.

— Scendo subito.

Rapidamente terminò la propria toletta e, prima di uscire dalla sua camera, guardò il cielo. Era una giornata piovigginosa. Il cielo era triste e La Spezia aveva perduto tutti i suoi splendori.

Fabio Dani discese e, pochi istanti dopo, egli si inchinava davanti a Thea Valbruna.

— Noi ci conosciamo già — cominciò la fanciulla, facendo cenno all'uomo di sedere. — E io ho ancora i vostri documenti, che vi restituisco, perchè non mi servono più. So chi siete, e so pure che siete un gentiluomo. Per questo, sono venuta qui, a pregarvi di partire, di dimenticare Eva. Da voi, dipende la salvezza della mia piccola sorella.

— Partire... per sempre? — balbettò Dani, impallidendo.

Thea fissò l'uomo, vide che da quel pallore di volto bruno traspariva come una leggera soffusione viola. Osservò che gli occhi neri avevano occhiaie profonde: quelle occhiaie che dicono la veglia e il tormento.

— Io non vi dico di partire per sempre — continuò Thea, implacabile. — Ma vi ordino di non vedere più Eva, fino a che ella sia guarita da questo male che voi le avete dato e che la uccide, a poco a poco.

Allora Dani rivide Eva, come l'aveva vista a Chiavari. Affinata, triste, dolorosa.

— Voi sapete, Thea — rispose — che non è facile staccarsi da chi si ama. Tuttavia, se Eva soffre, io mi allontanerò, fino a quando potrò venirla a prendere, per farla mia, davanti a Dio.

Tutta la sofferenza di quell'uomo parve pesare sul cuore di Thea. E pure ella capiva che una debolezza, da parte sua, avrebbe compromesso, irrimediabilmente, tutta la vita di Eva.

— Io non so se voi potrete un giorno sposare mia sorella. So che ora, per la salvezza di ambedue, dovete andare via. A Eva, scriverete che una ragione grave vi chiama all'estero. Le scriverete, per qualche tempo; poi, a poco a poco, non scriverete più. Eva è tanto giovane... Credendosi dimenticata, dimenticherà. E andrà, serenamente, incontro alla sua giusta e onesta esistenza.

— Voi mi chiedete troppo... — mormorò Dani.

— È troppo, chiedervi la salvezza di Eva?

— Ma voi sperate di salvarla, strappandomela? Oh, Thea, come si sente che voi non avete mai amato! Come non sapete nulla dell'amore, voi! Eppure, Eva, quando mi parlava di voi, mi diceva che un caro giovane, aquila eroica, vi adorava... Ora capisco perchè voi preferite il teatro, all'amore! Il vostro cuore tace: ed è per questo che pretendete di ridurre al silenzio anche il cuore altrui.

Thea, con un gesto familiare in Eva e che turbò Dani, si passò una mano sulla fronte:

— Io non ho detto — interruppe — che non capisco l'amore. Io non capisco l'amore che potrebbe unire Eva e voi, oggi. Non posso sopportare il pensiero che mia sorella divenga la vostra amante. Oh, non negate! Eva, oggi, non è più la mite fanciulla d'un giorno. La prigionia da noi impostale ha esasperato non la fanciulla, ma la donna. Ella è pronta a cadervi fra le braccia, e voi, non sareste altrettanto pronto a respingerla.

— Oh, io posso giurarvi, Thea...

— Non giurate, non giurate! Andate via, tentate di divorziare, fate morire di dolore quella povera creatura che da tanti anni vi è fedele, sconvolgete le leggi, fabbricatene altre, createvi attenuanti, tessete menzogne, fatevi martire, vittima, riuscirete a liberarvi, forse... Ed allora, quando avrete tutto distrutto, tutto calpestato, ma tutto raggiunto, tornate. E noi vi affideremo Eva.

Il flutto di parole amare l'aveva illividita. Ella era così convulsa che pareva dovesse da un momento all'altro stramazzare sul pavimento.

Dani, che aveva avuto un impeto di odio per quella donna giovane e bella, ma senza senso amoroso, era ora commosso e avvilito, davanti alla creatura pura che in lei si rivelava: davanti a quella creatura che difendeva l'onore della sorella, pronta a peccare.

Per un attimo, Fabio Dani si tenne il capo fra le mani, stringendosi le tempie. Poi, sollevando il viso sconvolto dal tormento, balbettò:

— Me ne andrò. Oggi stesso. Ma voi...

La sua voce si spezzò. Con sforzo, si riprese:

— ... ma voi promettetemi che se Eva soffrirà troppo, mi avvertirete.

Thea tese la piccola mano a quell'uomo per il quale sentiva odio e pietà e rispose:

— Ve lo prometto.

Allora Dani baciò quella manina che era piccola, rosea e fine come quella di Eva.

Aprì l'uscio. Thea uscì.

S'avvicinò alla finestra. Il cielo era plumbeo, la pioggia sottile e fitta, l'aria fredda e umida. L'estate moriva nel pianto.

* * *

Fabio Dani, dopo il colloquio con Thea, aveva preso, subitamente, la decisione di essere schietto con Ginetta. Di rinunciare a Eva, egli sentiva di non potere: di vivere nell'infingimento, nella vergogna, non voleva. Partì quindi per Roma e si recò nella sua casa. Sempre, quando, ancora nell'anticamera, il cameriere gli comunicava che la signora era con la madre, il sangue gli affluiva più veloce al cuore, come se Ginetta, stando con la madre, menomasse il nome dei Dani. Capiva, Fabio, d'essere ingiusto e crudele, capiva che il suo amore per Ginetta, morendo miseramente, gli aveva lasciato un retaggio di rancore e di umiliazione e tuttavia non sapeva vincere quel primo impulso, che lo costringeva, ogni volta, a ritornare su i suoi passi o a celarsi nella sua camera. Ma quel giorno, egli, serenamente, potè dire al cameriere:

— Avverti le signore che sono arrivato e vorrei parlare con loro.

Poco dopo, era di fronte alle due donne. Nel salottino, dove Ginetta passava quasi tutta la giornata, vi era odore di chiuso, di cibi, di vino. Era palese il rapido riordino che era stato fatto, poichè un bicchiere semipieno era ancora sopra un mobile e un pasticcino era rotolato sotto la tavola; tuttavia, nell'aria, tradiva il recente festino. Fabio sapeva che Ginetta aiutava la madre e ne era lieto. Ma quel gozzovigliare a tutte le ore gli era estremamente ripugnante. Fu facendo forza al suo senso di disgusto, che egli disse:

— Sono contento di trovarvi tutt'e due qui, perchè vi debbo parlare.

Ginetta ebbe timore che Fabio volesse rimproverarle certe spese, non indifferenti, fatte per la madre; con un'occhiata pregò questa di congedarsi e quando fu sola con Fabio, gli confessò:

— Sono sempre tanto sola, che la compagnia di mia madre mi diventa necessaria...

— Hai ragione, Ginetta. Io non sono un buon marito. Per lo meno, dal lato affettivo.

— Tu non mi ami più da tanto!

— Forse, Ginetta. Ma ti voglio sempre bene, anche se l'amore è finito. Ed è per questo, che io voglio essere leale con te. Ascoltami e dammi torto o ragione.

Ginetta, da sdraiata che era, s'era messa a sedere. E ora, con la sua carne libera da ogni strettoia, col suo viso accaldato, con i capelli che, poco curati, si dividevano a ciocche lisce e cadenti, si sforzava di vincere la sonnolenza, per ben intendere ciò che Fabio le diceva. Via via che l'uomo parlava, ribellione, gelosia, egoismo, andavano prendendo il sopravvento in lei e reagiva, con grosse parole, con gesti, con lagni. Ma si calmò quando Fabio le disse:

— Noi non abbiamo neppure figli. E tu sai che, se io sono stato orbato da questa fortuna, non è colpa mia. Medici famosi hanno parlato di una tua difettosa conformazione, di sterilità, ecc. Ti pare giusto, Ginetta, che io debba proprio rinunciare a tutto? Che il nome dei Dani debba morire con me?

Ginetta aveva cominciato a piangere, ma poi aveva ripreso ad ascoltare le parole di Fabio e finalmente aveva detto:

— Farò ciò che vorrai tu...

Due settimane dopo, dall'estero, Fabio poteva scrivere a Thea:

« Sono qui, con mia moglie, per tentare di ottenere quella libertà che mi potrà far restituire la vostra stima e quella di vostro fratello. Siate paziente con Eva, e datele, se vi sembra opportuno, la lettera che accludo ».

Thea lesse il foglio che Dani inviava alla sorella e ne fu commossa e disorientata. Erano parole dalle quali l'amore pareva assente, e dove la tenerezza, accorata e pur fidente, prorompeva in ogni frase. Mai, Thea, aveva immaginato che l'affetto potesse dettare simili espressioni: mai, nel suo cuore, forse inaridito dal sogno di gloria, era nato il pensiero di tanta devozione.

« Eva — diceva Fabio Dani — qualunque sia il nostro destino futuro, tu devi fin d'ora sapere che mai, nemmeno per un giorno, io cesserò di essere tuo. Chi ti dice questo non è un bimbo e tu lo sai: non è neppure un uomo alla sua prima esperienza d'amore. Tutto, Eva, comincia con te. Tutto finisce con te. Il mattino, appena riapro gli occhi, io ti chiamo, e poichè alla mia voce tu non appari, io comincio a chiedermi: Da quanto non la vedo? È un giorno, un anno, un secolo? Per avere l'illusione della tua costante presenza (che basterebbe a rendermi immensamente felice) io non so, Eva, che cosa darei. La mia camera diventa funebre, perchè tu non ci sei. Debbo uscire, e ovunque io vada, è la stessa mestizia che mi segue, perchè Eva non c'è. Ora, in attesa di questi grandi eventi, che potranno rendermi felice o disperato, io mi sento morire di malinconia e di ansia. E non voglio morire o essere disperato, prima di aver tentato tutto, per averti. Per distrarmi, mi abbandono a grandi sogni... Penso che tu potresti giungere all'improvviso, da La Spezia, per restare un'ora con me: un'ora così, vicini, nel sole, a guardarci, a dirci tante cose o, forse, a non dirci nulla. Tu sai che mi appagherei di questo... Rammenti, l'ultima volta che ci vedemmo e ci parlammo? L'ultima volta... Ne ho un ricordo tremendo, Eva! Ne ho ancora lo spirito sbigottito! Ero pazzo! Trascinavo te nella mia follia! Perdonami, mia Eva dolcissima! Ho negli orecchi il suono della tua voce. Vorrei poter essere solo, fino a domani. Credo che resterei nell'ombra di questa vasta camera d'albergo a pensarti, a evocare la tua immagine, a « vederti ». Sarebbe sofferenza atroce, lo so, e tuttavia sento non so quale attrazione irresistibile verso questa tortura volontaria... O forse, sarebbe meglio se io potessi perdere il senso dell'essere e destarmi a vita nuova, con te a fianco, per sempre... ».

Thea stava per lacerare quella lettera che l'aveva fatta impallidire d'emozione, quando Eva entrò, vide il foglio, s'illuminò di tale gioia che Thea non seppe resistere e consegnò la lettera alla fanciulla.

— Però — le disse — tu non scriverai, senza

avermi prima reso noto ıl contenuto delle tue lettere...

— Sì, sì... — rispose Eva.

E Thea capì, che in quel momento, la giovane sorella avrebbe detto sì, sì, anche se le avessero domandato la vita.

***

La lontananza di Fabio Dani aveva dato tranquillità a Thea e a Donata. Il cancello non era più chiuso come se custodisse una prigione, e le sorelle maggiori avevano potuto scıivere a Renato di essere tranquillo, che tutto sı andava sistemando.

Settembre splendeva, come se non l'autunno, ma la primavera si avvicinasse: nella casa delle lodole, i canti, le risate, i trilli, si elevavano ancora lieti e giocondi e sulla tolda d'una bella nave italiana, ancorata davanti a Dairen, due giovani ufficiali passeggiavano, chiacchierando lietamente.

La corrispondenza che avevano trovato nella simpatica cittadina della Corea, aveva portato felicità e letizia ai due giovani. Lelia scriveva al fratello lunghe lettere nelle quali esaltava Virginia; Donata, Thea, Eva, parlavano della futura cognata con affetto ed entusiasmo.

« Tu la vedessi! — gli aveva scritto Lelia. — Quando è in pigiama, pare una bambola. Ha i capelli neri neri, lisci, lucidi, che le arrivano alle spalle e li porta sciolti e fermati, sulla fronte, da un cerchietto d'oro. Ha le manine piccole, sottili, con dita meravigliose: ha gli occhi immensi. Io non ho mai visto due occhi simili. E quel che ancora più conta, oltre a essere così bella e diversa dalle altre donne, Virginia è buona. Ma sai, sempre buona: non muta mai. E sempre allegra. Figurati, Renato, che Virginia non ha mai neppure il male di capo. Ora, Eva le sta insegnando a guidare la macchina. E Virginia dice che quando sarà bravissima, si farà regalare una bella automobile, per portare a passeggio me e « Fior di Pesco ». Se non trovi la « Fior di Pesco » che ride, non importa. C'è bambola-Virginia che mi diverte tanto: così tanto, che io comincio a dimenticare la mia bambola... ».

Luciano Cori entrò nella cabina di Renato e vedendolo intento a leggere, gli domandò:

— Hai avuto anche tu notizie dalla casa delle lodole? Io, tre lettere, guarda. Una da Virginia, una collettiva delle mie tre cognatine, e una...

— ... non collettiva di Donata — rise Renato.

— Infatti...

— E io, ho una lettera collettiva, firmata da Donata, Thea, Eva e Virginia, che deve essere una deliziosa creatura, e una lettera speciale, tutta scritta da Lelia. Dico lettera speciale, perchè, in essa, Lelia non parla che di tua sorella Virginia e mi dice che se voglio farla contenta devo prometterle di sposare Virginia. Guarda qui...

Aprì la lettera di Lelia, la lesse tutta al collega, poi, gliela avvicinò agli occhi e gli mostrò, scritto in un angoletto del foglio, con una calligrafietta minuta minuta, queste parole: « Se mi vuoi bene, sposa Virginia che è un tesoro ».

Un po' confuso, un po' imbarazzato, Luciano Cori sorrise e mormorò:

— Sarebbe troppo bello...

Renato non disse nulla: rilesse qua e là il foglio della sorella, rimase un poco in silenzio, poi sospirò:

— Ohimè! Lelia comincia a dimenticare « Fior di Pesco ». Speriamo sia solo la vicinanza di Virginia che la distrae. Non vorrei che cominciasse anche lei a dimenticare le bambole, per pensare a qualche bel fantoccio.

— Gli anni passano! — sospirò a sua volta Cori. — Ma lungo come questo, un anno non è mai stato.

— Non ti rammaricare. Fra pochi mesi saremo nuovamente in patria e la gioia di avere per sempre Donata ti compenserà della lunga attesa.

Il volto soave della giovane lontana apparve ai due ufficiali. Pensando alla dolce creatura, si sorrisero e quasi che il pensiero li portasse verso un'altra creatura, che un giorno sarebbe stata certamente fidanzata e sposa, ambedue, contemporaneamente, dissero, cominciando un discorso:

— Virginia...

Si guardarono in faccia, risero. Poi, Cori incoraggiò:

— Di', di' pure...

— Virginia, dicevo — continuò Renato — dev'essere vivacissima, d'una vivacità sana, festosa, che tutto trascina nella propria scia.

— Io posso assicurarti che nella nostra casa, da quando c'è lei, non c'è un'ora di malumore. Neppure di quel malumore solito, oserei dire logico, che può piombare su qualunque dimora, anche la più felice. Cominciò bambina a divertirci, continua ora, spero possa continuare in eterno.

— Le mie sorelle, invece, furono sempre liete, serene, gaie; ma vivaci, di questa vivacità, nessuna. Lelia, che è pur allegrissima, corre, salta, sgambetta, trilla e canta, ma poi sa stare cheta giornate intere, a cucire o a farsi raccontare fiabe.

— Virginia no. Ella ha sempre detestato l'immobilità. Ella deve correre, camminare, giocare a tennis, andare in bicicletta, in altalena, che so io! Tutto ciò che è movimento la affascina. Quando abbiamo costruito una casa nostra, abbiamo prima pensato al giardino per Virginia, poi ai locali di abitazione. E la casa non aveva ancora il tetto e già Virginia correva per il giardino che era limitato da uno steccato.

Renato guardava ora il mare: e al di là della piccola finestra, lo vedeva di un colore delicato, tra l'azzurro e il verde.

— Il vento muta — osservò il giovane. — Guarda laggiù, come l'acqua si increspa.

L'ora era pomeridiana. Il cielo, purissimo, bagnava d'azzurro tutte le cose terrestri. E sulla costa, tutto perdeva i contorni come se alberi, case e palazzi tendessero a fondersi in quell'unico, stupendo colore. Un monte, lontano, spiccava senza dolcezza, privo com'era di sfumature turchine.

— Che fai, stasera? — domandò Renato a Cori.

— Scriverò... poi leggerò alcune riviste che Donata mi ha inviato. E tu?

— Scenderò a terra.

Tacque; poi, seguendo un suo preciso pensiero, aggiunse:

— Ma quando avrò anch'io una piccola fidanzata, resterò a bordo, come fai tu.

E il pensiero dell'uno e dell'altro subitamente andò a quella creatura lontana, piccola e bruna, vivace e ardente che si chiamava Virginia.

Una vela bianca, una sola, si levava laggiù, presso la costa. Una calda voce tenorile s'elevò, all'improvviso, nel silenzio:

Addio, mia bella Napoli
addio, terra adorata...

Verso quella voce di marinaio italiano, che seduto a prua cantava la sua nostalgia e il suo amore per la terra lontana, si diressero, in silenzio, i due ufficiali.

* * *

Autunno era giunto e la casa delle lodole era gaia come se in essa cantasse primavera. La presenza di Virginia aveva riportato la gioia che pareva scomparsa: la serenità di Eva aveva riaperto i cuori alla speranza. Lettere calme giungevano alla fanciulla or da questa or da quella città straniera. Ella riuniva quei pezzi di carta, che le portavano sorrisi e sogni, viveva di essi e aspettava... Thea osservava la sorella e ne aveva pietà. Fabio Dani le aveva scritto, dicendole che era disperato. Il divorzio era meno facile di quanto egli avesse sperato: tentava tutto, a ogni modo, e desiderava che Eva, fino a quando ci fossero speranze, non dovesse soffrire.

La Spezia perdeva i suoi splendori, si ammantava di tinte più calde e di languori.

E un giorno, un telegramma chiamò Thea a Roma, per il suo debutto. Un attimo di smarrimento si impadronì delle fanciulle e perfino Virginia parve smarrirsi. Poi, senza avvertire nessuno, la giovanetta chiamò i suoi genitori al telefono, avvertì che Thea avrebbe debuttato a Roma, annunciò che desiderava Thea ospite nella loro casa e, a Lelia, dichiarò:

— Thea può partire tranquilla. A Roma, troverà una bella cameretta, nella casa dei miei genitori, che saranno lieti di accoglierla. Ti pare possibile, Lelia, che la nostra Thea vada, tutta sola, ad abitare in un albergo?

— Non mi pare proprio possibile — rispose Lelia. — Ma i tuoi genitori, poveretti, quando udranno i vocalizzi saranno molto spiacenti di aver dato alloggio a una cantante.

Anche Thea tentò di svincolarsi dall'impegno che Virginia aveva assunto; ma non fu possibile. La piccola zingarella deliziosa tanto pregò, che Thea, senz'altro, indirizzò i propri bauli presso i futuri suoceri di Donata.

Ma quando fu l'ora di partire, la forte Thea si immalinconì. Ella non si era mai allontanata dalle sorelle. Il maestro di canto le aveva sempre impartito le lezioni in casa; mai, mai, neppure un giorno, Thea era rimasta sola.

Si accorse Virginia dell'immensa tristezza di Thea: una tristezza che, nella fanciulla sicura e tranquilla, faceva ancor più male al cuore. E pronta come sempre, Virginia propose:

— Portati Eva, con te. Nella mia casa c'è tanto spazio, tanto posto. Sarai meno sola, e in due farete maggiore compagnia ai miei genitori.

Thea, stavolta, non si fece pregare. Aiutò ella

stessa Eva a preparare le valigie, lieta di vedere la sorella sorridere come una volta.

Donata, che non avrebbe mai avuto il coraggio di assistere al debutto della sorella, rimase a La Spezia, con Lelia e Virginia.

— Oh! — esclamò un giorno la giovane sorella di Cori. — Qui, si sta morendo di malinconia. Che facciamo, Lelia, per essere meno tristi?

Lelia non seppe rispondere. Ella s'andava mutando. Quasi insensibilmente, cambiava carattere; quasi insensibilmente, ella mutava la sua linea, i suoi atteggiamenti. Ora, la somiglianza con Eva era perfetta.

« Fior di Pesco », con le belle manine abbandonate in grembo, stava sempre seduta nella sua poltroncina di seta verde e i suoi lunghi occhi a mandorla guardavano continuamente verso la porta.

Il tempo, adagio adagio, metteva in un canto anche l'ultima bambola.

* * *

Thea fu una *Tosca* perfetta. Voce, figura, scena, formavano un complesso impeccabile. Il pubblico e la stampa decretarono il successo incontrastato alla giovane e bella cantante e Thea capì che, ormai, la sua vera vita era cominciata.

La giovane artista non aveva voluto che Eva

l'accompagnasse in camerino. Ed Eva era rimasta nel palco dei futuri suoceri di Donata.

Quella sera, seconda replica di *Tosca*, Eva, col padre e la madre di Cori, assisteva attenta alla rappresentazione. I genitori di Cori erano ancora giovani e la madre, bella donna elegante e chiacchierina, dal suo palco di seconda fila, presentava a Eva le persone più note della capitale. Bei nomi della migliore aristocrazia, dell'arte, dell'industria, tutti conosceva e individuava la signora. E finalmente, dopo i grandi nomi, quella sera, donna Elvezia Cori disse, ridendo, con la sua risata che somigliava al tubare d'una tortora:

— Oh, guarda Ezio, chi si vede! Palco numero dieci di prima fila a sinistra.

Il marito guardò nel palco numero dieci, di prima fila a sinistra.

Istintivamente, Eva guardò anch'essa a quel palco. Vide due donne. Due donne formose: una con i capelli bianchi, l'altra con i capelli castani.

— Tutta la portineria in palco... — osservò Ezio Cori, con voce sdegnata. — L'illustre avvocato Dani non ha neppure il buon gusto di vietare a sua moglie di esibirsi con quella madre.

— Ma l'avvocato Dani è all'estero — spiegò la signora. — Pare sia andato per iniziare una pratica di divorzio.

Eva aveva creduto, per un attimo, di restare morta, sulla poltrona dove sedeva. Per un moto istintivo ella si sporse, quasi volesse vedere negli occhi la moglie di Fabio, appena il sangue tornò ad affluirle nelle vene. Alzò il binocolo, lo puntò sulla donna che teneva avvinto Fabio. Vide una creatura grassa, pesante, che mostrava spalle bianche, coperte di adipe. E come Ginetta volse il viso, Eva potè vederne i tratti volgari e l'espressione assente e soddisfatta, di chi, amando i buoni cibi, ne è ben sazio. Piano, il binocolo si posò sulla compagna di Ginetta. Era anch'essa grassa, volgare, e per di più, vestiva in modo ridicolo. Quelle due donne, in un palco così in vista, erano una stonatura. Tuttavia, una commozione improvvisa le gonfiò il cuore, pensando a Fabio che doveva vivere con creature simili. Pensieri rapidissimi le passarono per la mente. E all'improvviso, su tutti i pensieri, uno emerse, gigante:

« Se la moglie è qui, anch'egli sarà tornato... ».

Ma Elvezia Cori aveva detto che lui era partito per tentare il divorzio... Perchè, dunque, Ginetta era qui, se Fabio ancora attendeva all'estero, di essere libero?

— Tu guardi quelle due donne? — fece Elvezia, accompagnando le parole con la solita risata. — Esemplari da serata di gala, vero? Avessero almeno il pudore di non mostrare tutta quella carne flaccida...

Eva trasalì; abbassò repentinamente il binocolo

che, inconsapevolmente, ella aveva tenuto all'altezza degli occhi.

— Sì — rispose — guardavo...

— Oh, non ne vale la pena...

Le luci si spensero, l'orchestra attaccò le note del terzo atto.

A scuoterla dal suo turbamento, non valse neppure la pura, nitida voce di Thea. Si scosse soltanto a fine atto, quando il pubblico, in piedi, chiamò ancora, ancora la mirabile artista, al proscenio.

— Andiamo, Eva — dovette dirle due volte la signora: — Ezio attende Thea, noi la precediamo a casa, dove, lo sai, stasera ci sarà un trattenimento breve e intimo.

Eva si levò.

— Che hai? A che pensavi? — chiese, premurosa, la signora.

— Non so... credo... credo di non star molto bene...

— È l'emozione. Il vedere una sorella trionfare con tanta rapidità dev'essere tremendamente bello! Sono sempre emozionata io; imagino che cosa sarà per te... Vuoi che andiamo, cara?

Ella rispose, distratta:

— Andiamo.

Nell'automobile, la giovane non parlò e la signora rispettò quel silenzio. Ma se le labbra di Eva erano mute, il cuore parlava, parlava. Ella, ora, conosceva la donna che Fabio aveva amato. La donna che, tra poco, Fabio avrebbe abbandonato. Un sordo rancore la divorava. Rancore contro se stessa, che era destinata a prendere il posto di quella donna: rancore contro Fabio, che a quella donna aveva dato il proprio nome. E tuttavia, che cosa aveva commesso di male, quella infelice creatura? Che fallo aveva commesso, per essere abbandonata, dopo quindici anni di devozione?

« Io non potrò rimanere lontana da lui — si disse. — Non potrò. E se quella donna negherà la libertà a Fabio, che cosa sarà di noi? ».

Un soffio tragico le passò sullo spirito.

E la gelosia del passato s'impadronì di lei. La sua mente, giovane e sconvolta, creava in lei un tumulto per via di immagini che si associavano descrivendole il lontano periodo in cui Fabio aveva amato Ginetta.

Un giorno, Eva aveva avuto pietà di questa donna. Oggi, la detestava. Fabio era suo, le apparteneva. Fabio non poteva continuare a vivere accanto a sua moglie. Ora, Eva si immergeva senza avvedersene nel consueto fenomeno dell'esagerazione sentimentale. L'aver visto da presso la moglie di Fabio, l'aver osservato, scrutato, la donna che gli era stata fra le braccia, aveva creato, nel giovane spirito, mille ribellioni. Non più Ginetta, era la depredata: ma lei, Eva. Non più Ginetta aveva diritto ai baci e all'amore di Fabio, ma lei, lei, solo lei.

In queste condizioni di spirito, Eva giunse a casa. E il suo viso tormentato, il suo sguardo assente, le sue risposte distratte, non sfuggirono a Thea. Che, finito il trattenimento dato in suo onore, entrò nella camera della sorella, per conoscere il motivo di tanto cambiamento.

— Che cosa è avvenuto, Eva? — chiese alla giovane sorella.

— Ho visto la moglie di Fabio.

Thea ebbe un urto nel petto a questa risposta. Tuttavia, fu ridendo che rispose:

— Gran caso! Vi dài tanto peso, tu?

— Fino a ieri, no. Fino a ieri, io avevo sempre pensato, serenamente, alla possibilità di incontrare, un giorno, questa signora. Ma, vedendola, ho capito che non potevo più essere indifferente.

— Non sarai gelosa... — tentò Thea. — Si dice che quella donna sia adiposa, volgare, ignorante...

— Non importa: è una donna, che è stata baciata da Fabio. E poichè io amo Fabio con una passione che sento inestinguibile, sono gelosa di lei, anche se è, come tu dici, volgare, adiposa, ignorante. Io devo vedere Fabio...

— Ma è all'estero... — tentò Thea.

— Se è tornata la moglie, sarà tornato lui pure.

— Ti avrebbe avvertita.

— Può avere scritto a casa.

— Donata avrebbe girato le lettere...

— Oh! — scattò Eva. — Tu ragioni sempre, Thea! E io non ne posso più!

Sbalordita e spaventata dall'insolito atteggiamento della sorella, Thea frenò la propria impazienza e rispose, dolcemente:

— Dimmi tu che cosa si può fare...

— Telefonare a casa sua, sapere se è arrivato.

— Va bene. Telefonerò.

— Me lo prometti?

— Ma sì, Eva! Te lo prometto.

Allora, riacquistando all'improvviso la sua calma, la sua pacatezza, Eva disse:

— Non ti inquietare, Thea. E pensa che è bene per tutti, accontentarmi. Ricorda ciò che ti dico: Fabio non può vivere più con quella donna. Io, non posso più vivere senza di lui. È dunque necessario provvedere in tempo...

— Ma... — fece Thea, cercando di rendere ferma la sua voce che tremava... — tu devi anche ammettere il caso che non si possa ottenere il divorzio.

— L'ho già ammesso. Ma nulla muta, per questo, nei miei propositi, nei miei sentimenti.

Thea, stanca per la fatica richiesta dalla sua arte, stanca ora per questa discussione inutile e incresciosa, si lasciò cadere su una poltrona.

— Senti — disse alla sorella — io non ne posso

più. Ora, lasciami dormire. Domani decideremo tutto. Ti fidi, di me?

Eva pensò un istante, prima di rispondere:

— Sì.

— Meno male! Vado a dormire: buona notte, Eva.

— Buona notte, Thea.

Assorta nei suoi pensieri, Eva si coricò. Spense la luce. Un chiarore tenue, che veniva dalle lampade accese nel viale, illuminò debolmente la camera. Le automobili, che passavano di gran corsa, mettevano a tratti lievi tintinnii nei vetri. Poi, cominciò a piovere. E le gocce fitte, facevano un sordo crepitìo.

Presto, la giovanetta si alzò. Indossò un semplice abito da mattina, annunciò a donna Elvezia che usciva per acquistare alcune cose per Thea. Poichè la giovane cantante avrebbe certamente dormito fino a mezzogiorno, Eva contava di uscire e rientrare, prima che la sorella chiedesse di lei.

Scese nella via, salì su un tassì, si fece portare allo studio di Fabio Dani.

L'avvocato era già in ufficio e, quando seppe che Eva desiderava vederlo, restò, per qualche secondo, senza respiro. Eva a Roma! Egli era tornato da due giorni dall'estero, aveva scritto alla fanciulla e a Thea, aveva detto loro la verità: il divorzio, non era impossibile, ma le pratiche per ottenerlo, lunghissime. E ora, seduto alla sua tavola da lavoro, con le tempie che martellavano, col cuore in tumulto, egli stava pensando a Eva, quando Eva stessa era giunta a lui.

Con voce tremante, diede ordine di far passare la fanciulla. E le andò incontro, con le mani tese, col viso sbiancato dall'emozione e dalla gioia, quando la creatura bella, dolce e bionda, apparve sull'uscio.

— Eva! Eva! — andava ripetendo, senza lasciarle le mani, senza staccare lo sguardo da lei. — Eva mia! È il destino, il nostro destino, che ti manda... Come sei qui?

E come seppe che Thea cantava a Roma, egli scrollò il capo e mormorò:

— Io non so più neppure che esistano teatri... Io so una cosa sola: che tu sei qui.

— Thea non sa che son venuta da te. Ma poichè ella telefonerà, chiedendo se tu sei rientrato in Italia, io sono corsa da te per dirti che dovrai far rispondere che sei sempre all'estero. Io, così, sarò libera di girare per Roma, senza essere sorvegliata e di poter stare con te, tutto il tempo che vorrò...

Un'ombra passò sul tormentato viso di Dani.

— Io ho dato la mia parola, Eva... Ho giurato di non incontrarti più, fino a quando sarò libero...

— Io temo, Fabio, che non potrai mai essere libero... E sono stanca di attendere la mia ora di felicità.

L'uomo guardò sbalordito la fanciulla. Ma che diceva, la dolce sua Eva? Di quale ora parlava?

Volle deviare il proprio pensiero, volle dare un'altra direzione alle idee di Eva stessa, rispondendo:

— Saremo felici, come vorrai tu, come fermamente voglio io. Un po' di pazienza, Eva! Il divorzio è difficile, ma possibile. Non è che questione di tempo...

Il bel viso roseo di Eva non ebbe la minima alterazione, quando ella rispose:

— Ne ho avuta molta, di pazienza. Non ne ho più. E ho ben deciso, ormai, di non tornare più a La Spezia.

— E dove andrai, piccola lodola mia?

— Dove tu vorrai.

Egli si strinse contro il cuore quella testolina d'oro e, con infinita malinconia, rispose:

— Eva... Eva adorata, non farmi impazzire. Io non posso portarti via con me, perchè troppe cose lo vietano. Prima fra tutte, la tua età.

Tacque, assorto. Si staccò da Eva, cominciò a camminare su e giù, per il vasto ed elegantissimo ufficio:

— Tu sai, Eva — riprese — che se io sapessi di avere ancora vent'anni di vita, li darei tutti, senza esitare, solo per avere un mese di felicità con te. Tu sai che questo amore per te è qualche cosa di diverso, dal solito amore che un uomo prova per una donna. Ciascun cuore umano contiene in sè una data quantità di potenza d'amore. Ebbene, Eva: tutto l'amore che è in me, e che ha bisogno di espandersi, io non potrò mai più darlo a nessuna donna all'infuori che a te. Già un anno è passato, dal nostro primo incontro. Un anno è molto nella vita di due che si vogliono bene: e tuttavia, tu vedi, che io t'amo più di prima. Nulla, neppure un sospiro d'amore si è smarrito: tutto è ancora qui, nel mio cuore, pronto a prorompere solo che il destino lo voglia.

— Io sono qui... — mormorò Eva.

— No, non così, Eva! Il nostro matrimonio deve avere una data; la nostra unione, un preciso giorno.

Eva si levò: il suo viso era ancora roseo, gli occhi asciutti, ma le labbra s'erano sbiancate e tremavano:

— Tu pensi troppo — disse con voce alterata. — Tu segui troppo il tuo pensiero. Nei primi tempi del nostro amore eri meno pensoso e più spontaneo. Se ti avessi detto allora « Andiamo » non avresti esitato, come esiti ora...

Fabio Dani si fermò davanti a Eva, mostrò il suo dolore in un sorriso impreveduto e rispose:

— Perchè mi dici queste cattive parole, Eva? Tu non devi addolorarmi più di quanto già lo sia. Nulla è mutato in me: ma sono mutati gli eventi. Prima, quando ero, come tu dici, meno pensoso e più spontaneo, non conoscevo nè tuo fratello nè tua sorella. Ho conosciuto queste due creature nobilissime, perfette di onestà, e ho capito che se io avessi agito, come fatalmente avrei agito se essi non fossero venuti da me, avrei compiuto un'azione ignobile, indegna d'un gentiluomo. Oh, cara Eva piccina! Piccola bambola d'amore, se tu capissi come è difficile rinunciare e come sarebbe facile accettare, non mi rimprovereresti ora la mia esitazione! Guarda, Eva: io giro la chiave del mio studio, ordino di non chiamarmi, ti apro le braccia e ti tengo sul mio cuore. Facile, vero? Ma se ti dico: Rimani lì, sulla tua poltrona, non ti accostare, non mi turbare, non mi bruciare il sangue, non mi entrare nelle vene... oh, Eva, come peno, come soffro, come mi tormento! Mi capisci, Eva? E capisci pure perchè non voglio fare di te un amante?

— No...

— Ma perchè voglio farti mia moglie!

L'amore, cui per natura tutto il suo essere tendeva con invincibile veemenza, gli bruciava il sangue. E tuttavia, immobile, discosto da Eva, egli parlava con voce ferma.

— Ora la mia piccola Eva ubbidirà. Io farò dire a Thea, a tutti, che sono all'estero. E ci vedremo, noi due, tutti i giorni. Ma non qui nel mio ufficio: fuori, al sole, per i giardini di Roma, per la bella via che porta al mare, per i viali che sono sempre verdi. E quando ripartirai, ti raggiungerò. Alzati, Eva. Andiamo a vedere il mare. Non ne senti la nostalgia?

La giovane lo guardò. I grandi occhi turchini splendevano d'amore ed erano divinamente belli.

— Occhi di cielo! — mormorò Dani, fremendo.

Si curvò su gli occhi azzurri che non avevano ancora perduto la loro stupenda espressione infantile e baciò, piano piano, prima l'una, poi l'altra palpebra. Ma Eva si sottrasse al bacio, arrovesciò la testa, offrì la bocca. Egli sentì sulle sue labbra ardenti la freschezza di quella bocca giovane e pura. Ebbe un attimo di smarrimento, si riprese e, vivamente allontanandosi, avvertì:

— Si fa tardi, Eva. Andiamo.

La lunga macchina nera li portò verso il mare.

Più tardi, quando Eva rientrò nella sua casa, portava tra le braccia un fascio di rose thee. La sorella dormiva ancora e fu Eva che bussò alla sua camera per destarla:

— Ho molte sorelle tue, Thea! Posso portartele?

Entrò, posò accanto alla sorella le belle rose. E Thea, lisciando con le fini dita i petali color avorio, non pensò certo di accarezzare i fiori che, lei inconsapevole, Fabio Dani le inviava.

* * *

Ormai, il nome di Thea Valbruna era su ogni bocca. Questa artista dal canto perfetto, di bellezza eccezionale, di notoria serietà, si imponeva alla folla, alla critica, al mondo. A Roma, la cantante, era già diventata « la Thea »: non era più necessario aggiungere il cognome: bastava quel piccolo nome di fiore, per indicare l'idolo degli ascoltatori del bel canto.

Così, quando la *Trento* giunse a Vladivostok, Renato trovò un pacco di giornali nei quali il nome della sorella era ripetuto a titoli cubitali.

Fu quasi con malinconia, che Renato apprese il subitaneo trionfo di Thea: fu quasi con tristezza, che egli disse a Cori:

— Povero Bon! Egli sperava in una delusione di Thea... e dovrà, viceversa, adattarsi a essere lui, il deluso.

Delle sorelle, trovò numerose lettere. Ed erano parole serene, quelle che giungevano a lui. Thea, poi, lo rendeva completamente tranquillo sul conto di Eva, che, secondo lei, era ormai rassegnata all'attesa. In una lettera di Lelia, gli avevano accluso parecchie fotografie. Ed ora, Renato le osservava e le passava, via via, a Cori. Ecco Donata, alta e regale; ecco Eva, morbida, dolce, soffusa di luce; ecco Thea, sbocciata come un bel fiore; ecco Lelia, sottile, agile, flessuosa; ed ecco, accanto a lei, una creatura ridente. Denti candidi e uguali, nel volto bruno, occhi immensi, viso piccolo, corpicino minuscolo ma perfetto, caviglie finissime, piedi piccini. Si teneva, Virginia, tutta accostata a Lelia, che era un poco più alta: e rideva, Virginia, e scintillava, e pareva di udire, osservandone il ritratto, il gaio trillare della risata. Renato guardò a lungo la giovinetta, poi osservò:

— Ha il tuo stesso sorriso, Virginia...

— Oh, il suo è ben altra cosa! Nessuno può immaginare che freschezza scenda nel cuore, quando Virginia ride.

— Guarda come si aggrappa a Lelia: è deliziosa, in questo atteggiamento...

Cori osservò attentamente la sorella e rispose:

— È buona. È infinitamente buona.

E restituendo l'imagine all'amico, soggiunse:

— Vorrei che l'avvenire continuasse a portarle felicità: Virginia, lo merita.

* * *

Mio Fabio

« Thea sta per terminare il suo corso di rappresentazioni. Tra quarantotto ore, si partirà. E io non potrò più viverti accanto, come ti sono vissuta in questi giorni. A casa non torno; non posso dimenticare la mia prigionia e finirò di sperare nella vita, se tu non mi porterai via... ».

Questa era la lettera che Fabio aveva ricevuto in quel momento. La vicinanza di Eva, il poterla avere accanto per ore, il poterla vedere così, come ella era, giovane, bella e pura, aveva aumentato, se pur era possibile, l'amore che già gli bruciava le vene. La lettera decisa della fanciulla, la prospettiva d'una separazione, rendevano ora irragionevole l'uomo.

Gli occhi di Ginetta, nei pochi minuti in cui egli sostava nella sua casa, lo seguivano, e gli chiedevano: « Per chi mi vuoi abbandonare? » E tuttavia la donna non osava chiedere e diceva sì, sì, a ogni richiesta del marito. Ella trovava forza nel proprio egoismo. Un egoismo di bestia tranquilla, che le faceva comprendere come, anche se il marito si fosse da lei allontanato, nulla sarebbe venuto a mancarle. Fabio le aveva chiaramente, ma non brutalmente spiegato che egli non poteva più continuare a viverle accanto. Preferiva staccarsi da lei, con molta lealtà, piuttosto che fuggire, con subdole manovre. Ginetta sapeva che con quanto Fabio le avrebbe assegnato, ella avrebbe potuto continuare a vivere beatamente, e già calcolava di unirsi alla madre, che era una donna pacifica, ignorante, avida di agiatezza, di placido vivere, e forse desiosa di essere considerata una « signora ».

Da parte sua, Dani sperava di poter dare, almeno fino a divorzio ottenuto, un alto andamento morale al suo amore. Egli sentiva che vicino a Eva avrebbe ritrovato intera la sua umanità deformata e menomata dalle miserie in cui s'era affondata vivendo con Ginetta. Egli cercava di ingannare il rimorso con queste speranze vaghe, e non capiva che ancora una volta egli stava per piombare in una miseria ben più grave. S'era ridotto a credere nell'amore platonico, ma se chiudeva gli occhi, egli non vedeva nei giorni futuri che una successione di ore voluttuose. Per amore, a vent'anni, questo uomo aveva sposato una donna che l'aveva profondamente deluso; per amore, questo uomo si riduceva, a trentacinque anni, nell'assurda condizione di credere che fosse facile vivere in castità, accanto a un'adorata creatura di diciannove anni. Già moralmente colpevoli, lui ed Eva, andavano, uno incontro all'altro, certi di non peccare mai. Ansiosi di fondersi l'uno nell'altro, credevano possibile vivere in purezza.

— Mi basta vederti — mormorava Eva.

— Mi basta guardarti — rispondeva Fabio.

Ma talvolta visioni voluttuose turbavano l'uomo, ed egli aveva orrore di quelle febbri che lo assalivano improvvisamente e lo ardevano, lasciandolo avvilito, arido, indignato. Allora, lo spirito contemplativo e sagace di Fabio Dani riusciva ad avere il sopravvento: e l'uomo sfidava se stesso, e a se stesso il maschio diceva: « Tu potrai vivere accanto a Eva, come un fratello. La gioia d'amare, la proverai solo quando Eva sarà tua davanti a Dio... ».

E fu, guidato dalla assurda illusione, che egli potè suggerire a Eva il modo di fuggire.

La sera della partenza da Roma, Thea ed Eva, accompagnate dai genitori di Cori, andarono alla stazione. Le due sorelle erano splendide e la gente rallentava il frettoloso andare, per ammirare quelle due giovani bellezze bionde. Thea stringeva tra le mani le orchidee, che Ippolito Bon le aveva fatto recapitare poco prima; Eva era sorridente e tranquilla.

I saluti furono affettuosi, gli « arrivederci » cordiali. I genitori di Cori salutarono ancora quando il treno si mosse.

Nello scompartimento-letto, le due sorelle chiacchierarono a lungo. Poi, la prima a dichiarare d'aver sonno fu Thea.

— Mi prendo la cuccetta in alto, Eva. Tu sai che, in treno, io mi sento sempre soffocare. Lassù respirerò meglio.

Eva accettò, celando la sua gioia.

Poco dopo, la luce azzurra, tenue e dolce, illuminava i due lettini. Il treno correva e Thea, cullata dal moto uguale e continuo, aveva subito preso sonno.

Eva, coricata, allungò un braccio, prese la sua grande borsetta. Trasse una lettera, rilesse: « ... e a Pisa, scendi. Thea, certamente dormirà. Ma se ella fosse sveglia, prosegui. Con la macchina proseguirò a mia volta e ti attenderò a un'altra stazione. Non dimenticare di lasciare la tua lettera a Thea. Noi stiamo per compiere una cattiva azione: cerchiamo di far il minor male possibile. Ti aspetto, mia Eva... ».

Si levò, la giovane: ed era così calma e si sentiva così sicura, che neppure alzò gli occhi per scrutare se quelli di Thea fossero chiusi.

Le orchidee che Bon aveva mandato erano lì, e morivano a poco a poco. Eva le accarezzò. E su quei fiori, che dicevano l'amore di un cuore lontano, appoggiò la lettera che lasciava alla sorella e che era un inno all'amore verso cui, fatalmente, ella andava.

Piano piano, con gesti precisi, sicuri, Eva cominciò a vestirsi. Poi indossò la breve pelliccia di volpi azzurre, calcò sul capo il piccolo cappello che lasciava scoperta la corona di trecce d'oro. Guardò l'ora, scoprendo il polso.

Prese la piccola valigia, la grande borsa.

Ella aveva ben calcolato: il treno rallentò.

La porta dello scompartimento scivolò sulla sua guida: un rettangolo di luce si disegnò per un attimo sul pavimento, disparve. Tutto tornò istantaneamente nell'azzurra pace di prima.

Eva percorse il corridoio. L'inserviente le tolse la valigia di mano, guardando la notturna viaggiatrice, con occhi un poco stupiti. Il treno si fermò. Eva discese. L'inserviente consegnò la valigia a un facchino.

La fanciulla, allora, si arrestò. Il treno riprese la sua corsa Immobile, lo vide sfilare. Ma all'improvviso gli occhi le si velarono e il cuore gridò: « Addio, Thea! ».

Una voce nota e immensamente cara blandì subito l'improvviso dolore:

— Eva!

Fabio era lì: alto, snello, serio, pallido e commosso. Il treno, laggiù, non era che un piccolo punto rosso che sempre più si allontanava.

— Date a me — disse Fabio, togliendo la valigia al facchino e consegnandogli alcune monete.

Con la valigia in una mano, con Eva stretta accanto, senza neppure esitare un istante, egli si diresse all'uscita. In silenzio, la giovane donna lo seguì.

Il cielo s'era coperto. L'aria era umida e fredda, la città malinconica. Eva si strinse al braccio di lui, mossa da un inesprimibile bisogno di protezione, di intimità.

Fabio Dani curvò il capo, per guardarla negli occhi e con voce in cui sarebbe stato impossibile non sentire la violenta emozione, mormorò:

— La macchina è laggiù. Ti spiace fare qualche passo? Ho creduto più prudente non portarla tanto vicino all'uscita...

Ella non rispose, ma si appoggiò fortemente a lui e lo guardò con occhi in cui un'ombra di sgomento dava alla tenerezza un'espressione ben profonda.

— Mia Eva!

La lunga macchina nera stava davanti a loro. Fabio Dani aprì, disse:

— Entra, cara.

Poi sedette al volante. Allora Eva ebbe paura, e trattenendo a stento le lacrime, balbettò:

— Lelia! Che dirà, Lelia?

Egli si sentì morire. Vide svanire il bel sogno lungamente accarezzato, vide Eva ripartire sola e per sempre, vide se stesso, sperduto, senza amore, senza speranze. E tuttavia, domandò, tremando:

— Vuoi proseguire? Possiamo raggiungere il treno... Non esitare, Eva. Io ti adoro: per questo, sono pronto a ubbidirti in tutto.

— Andiamo — rispose Eva, con voce mutata. — Andiamo. Se torno, si chiuderà a chiave un'altra volta il cancello e neppure Lelia potrà più essermi utile. Andiamo. Non voglio diventare un'altra volta la prigioniera di mio fratello, delle mie sorelle...

Egli sfrenò la macchina, cominciò a correre. Ma subito diminuì la velocità per dire:

— Tu non devi serbare rancore a nessuno. Loro sono nel vero, nel giusto: noi siamo fuori dalla realtà e nell'errore. Dovremo farci molto perdonare, Eva!

La macchina correva, ora. E continuò a correre, fino a quando si infilò in un lungo viale di platani. Allora, nuovamente rallentò. Fabio si curvò un poco su Eva. Ella teneva gli occhi chiusi, il capo reclinato sulla spalla di lui, ed era bella, bella, bella.

Il cielo s'illuminava. Era l'alba del loro gran giorno. Gli olivi si disegnavano già, bianco-argentei. Il mare non aveva ancora splendori, ma era in pace. L'aria, nel primo chiarore, perdendo l'umidità della notte, s'andava saturando di mille effluvi. Pura, limpida, senza nubi, senza misteri, si annunciava la giornata. Con un contorno preciso, simile a un disco rosso dipinto sull'orizzonte, apparve la gran faccia vermiglia del sole.

Fabio Dani, stupito, incantato, arrestò la macchina.

— Eva... — chiamò dolcemente — Eva, guarda...

Eva aprì gli occhi, si eresse, guardò il sole, sorrise:

— Come è bello! — esclamò, congiungendo, estatica, le mani.

— È il nostro primo giorno, Eva. Dimmi che non pensi a nulla, che non soffri, che non temi...

— Sono felice, con te. Andiamo!

La lunga macchina nera riprese a correre.

* * *

Quel disco rosso destò anche Thea. Fu un raggio che s'infiltrò di tra le persiane e la tenda, e andò a baciarla in fronte. Si stirò, la bella, e subito si sporse, per vedere se Eva dormiva ancora.

Il letto era vuoto. La grande busta bianca, appoggiata alle orchidee appassite, attirò subito il suo sguardo. Scese sveltamente dalla sua cuccetta e, ordinando al suo cuore di non spezzarsi, ebbe la forza di aprire quella busta. Prima ancora di leggere, fulmineamente, capì.

Seduta sul lettino nel quale Eva aveva atteso il sonno di lei per fuggire, Thea rileggeva la terribile lettera. La rileggeva per la decima volta, la comprendeva esattamente e pure aveva bisogno di sentirsi pungere negli occhi, martellare nel cervello quelle parole:

« Thea cara, io raggiungo Fabio. Non posso vivere senza di lui. Mi basta respirare dove lui respira, per non morire. Non vado incontro al peccato, vado incontro all'amore. Se non si fosse mai chiuso a chiave quel cancello, se non si fosse troppo dubitato della mia onestà, io, ora, non fuggirei come una donna perduta. Che cosa sarà di me, io non me lo chiedo. So che, per non morire, debbo vedere Fabio, udire la sua voce. Io mi sarei accontentata di essere, per lui, ciò che Donata è per Cori. Questo, non avete neppure voluto pensarlo, sapendo Fabio non libero. Non vi siete fidati di me, allora: io tradisco ora la vostra fiducia. Non cercatemi, non fate scandali.

Dite che io sono a Roma, da amici, da parenti... Per l'epoca in cui Renato tornerà, sarò, io spero, la moglie di Fabio. Egli... ».

Thea, si accorse, all'improvviso, di essere tutta madida e di avere i capelli, alla radice, indolenziti, come se qualcuno glieli avesse ferocemente tirati. Un cerchio le fasciava il capo, dilatandosi e restringendosi col palpitare delle arterie. E un gran freddo le serpeggiava per la schiena. Si sentì mancare. Con un'energia subitanea, quasi con veemenza, si alzò, s'avvicinò al finestrino, fece salire la tenda, abbassò il vetro, la persiana, si prese sul viso la sferzata di aria pura che, subitamente, l'investì e invase lo scompartimento, sollevando una seta, facendo dondolare un abito, sfogliando le orchidee. Ma la gran luce cruda, che irrompeva dal finestrino, non bastò a fugare il fantasma di Eva.

— Eva! — pianse Thea. — Eva, torna!

Poi un pensiero, latente nel suo cervello, le si rivelò veloce, come il guizzare d'un lampo. Che cosa avrebbe detto a casa? Che cosa avrebbe scritto a Renato?

Ascoltò il suo cuore. In esso non vi era nessun rancore per Eva. Per la piccola insensata che fuggiva, ella non provava che dolore: un immenso dolore che diventava anche fisico e s'andava ora impadronendo di tutto il suo corpo.

Thea cominciò a prepararsi all'arrivo. E fece

ogni cosa pacatamente. Ogni suo gesto era automatico, dettato dall'abitudine, non sorretto dal pensiero. La mente era lontana, verso una mèta a lei ignota, alla quale andava incontro solo Eva. Chi poteva aiutarla? Chi poteva difendere la casa delle lodole dal dolore? Chi poteva risparmiare il rossore all'ingenua Lelia, alla dolce Donata, a Renato, a Cori, a Virginia?

Guardò l'ora. Mancavano venti minuti all'arrivo. Thea indossò la breve pelliccia di volpi azzurre, simile a quella di Eva, calcò il cappello; ma quando il treno entrò sotto la tettoia della stazione di La Spezia, ella aveva deciso.

Chiamò il controllore, gli disse:

— Proseguo per Milano. Per favore, il biglietto.

Poi si affacciò al finestrino. Un giovane tenente di vascello, passando, portò la mano alla visiera, salutò, sorrise. Thea rispose e gli fece cenno di avvicinarsi.

— Dovete farmi una cortesia, Morandi. Le mie sorelle mi attendevano in giornata. Ma devo proseguire per Milano. Se le incontrerete, non dite che mi avete vista. Sarebbero troppo spiacenti di non esser venute a salutarmi.

— State tranquilla. E promettete che canterete presto a La Spezia...

— Chi sa...

E la sua voce tremò.

Il treno riprese la sua corsa, passando da una

galleria all'altra, fra un continuo alternarsi di luce e di tenebre.

Come in sogno, Thea ingollò un tazza di caffè, si mosse, acquistò un giornale che non aprì. Pure, il suo cervello era stranamente lucido e vigile. Tutto ciò che ella compiva aveva l'irrealtà d'un sogno e nel tempo medesimo un significato profondo.

Era prossimo il mezzogiorno, quando il treno entrò nella stazione di Milano.

Thea consegnò le valige a un facchino, si fece accompagnare al telefono. Chiese la comunicazione con l'aeroporto, domandò del capitano Bon. Attese un poco, non seppe mai quanto. E finalmente, la voce di Ippolito Bon, una voce dura, seccata, chiese:

— Chi parla?

Un piccolo nome, sospirato più che pronunciato, passò nel filo. E fu con voce mutata, tremante di sorpresa e di passione, che Ippolito ripetè:

— Thea? Ho ben udito? Siete voi, Thea, a Milano?

— Sì. Sono alla stazione. Devo vedervi. Indicatemi voi un albergo. Io non so dove andare.

Ippolito disse un nome di grande albergo, aggiunse:

— Vi telefonerò tra poco. Intanto, chiedo il permesso di uscire.

Thea, poco dopo, era nella elegante camera

d'un albergo affacciato su una via centrale e rumorosa.

Ella usciva dal bagno, dove aveva cercato ristoro alle sue provate forze, quando il telefono squillò. Era Bon, che chiedeva il permesso di essere ricevuto.

La camera che Thea aveva scelto comunicava con un piccolo salotto. La giovane rispose di far salire l'ufficiale. Indossò un abito semplice ed elegante, si guardò appena nello specchio e andò incontro al visitatore.

Ippolito Bon era sempre lo stesso, simpatico gigante. Ma la gioia e l'emozione mettevano, nei suoi mansueti occhi neri, fiamme e languori che Thea non vi aveva mai visto. Così, turbato e felice, bello, possente e giovane, Ippolito Bon la commosse. E fu con cuore improvvisamente alleggerito che ella cominciò:

— Nessuno sa che io sono a Milano. Sono partita ieri sera da Roma, con Eva che, sapete, era con me. Sarei scesa a La Spezia se...

S'interruppe, guardò Ippolito. Il giovane teneva i suoi occhi scuri, fissi e intenti sul volto di Thea. E non parlava e pareva in attesa d'una parola, d'una frase, che gli avrebbe rivelato il perchè di quella chiamata. E come Thea non proseguiva, egli, un po' arrossendo, un po' tentando d'essere disinvolto e sicuro, incoraggiò:

— Dite, Thea. A me, potete dire tutto ciò che volete.

Ma invece di continuare, la fanciulla domandò:

— Voi mi volete sempre bene, Ippolito?

L ufficiale, con molta semplicità, rispose:

— Sempre, Thea.

— E... e se vi chiedessi un immenso favore... se vi chiedessi il vostro aiuto per una cosa estremamente delicata, che richiede saggezza, silenzio, forse coraggio, che cosa mi direste?

Senza esitare, il giovane disse:

— Sono qui, Thea. Ordinate. Tutto ciò che un uomo può fare, per la donna che adora, io lo farò.

— Grazie...

— Ma non mi dite che cosa volete da questo vostro povero innamorato...

— Voglio trovare Eva...

— Eva? — fece Bon, sbalordito.

— Sì... È fuggita.

Raccontò tutto ciò che le pesava sul cuore, rivelò tutto il tormento che le torturava lo spirito e finì chiedendo:

— Mi amate ugualmente, Ippolito?

— Mia dolce Thea! Che colpa ne avete, voi, se vostra sorella ha agito come una piccola pazza? Voi siete Thea: quella che, circondata da adoratori, non ha accettato neppure un invito. Voi siete Thea: quella che pur essendo artista, si comporta come una piccola collegiale: casa, teatro, teatro, casa. Oh, io so tutto... senza aver chiesto nulla. Vedete quindi che se il colpo di testa di vostra sorella può farmi male per il male che a voi ne è venuto, non può certo turbare il mio cuore che ha in voi immensa fiducia. Ora, dovete dirmi che cosa si può fare.

— Anzitutto, fare in modo che Renato non venga mai a sapere nulla... Per questo, bisognerà creare un alibi, dimostrare che Eva è... è andata...

— A casa mia — disse con voce sicura Ippolito.

Thea lo guardò, sbalordita. Ippolito Bon aveva detto ciò che ella aveva pensato, in treno, poco prima di prendere la decisione di partire per Milano.

E Ippolito continuò:

— I miei genitori vivono soli in una antica casa, a Venezia, sul Canal Grande. Se Eva potesse veramente andarci, sarebbe felice di conoscere mio padre, che è un vecchio magistrato a riposo, e sarebbe lietissima di conoscere mia madre, che è una importante signora... Dico importante, perchè è alta, forte e forse un pochino ingombrante, come me. Quindi, fin che avremo trovato Eva (e la cercheremo senza far rumore, senza provocare scandali), Eva sarà ospite di casa Bon. Vi autorizzo fin da ora a dichiarare questo. Soltanto, dovrete dirmi, Thea, che cosa potrò rispondere, quando mi chiederanno perchè mai Eva Valbruna...

Come se ella attendesse queste parole, per dire ciò che le bruciava sulle labbra, Thea interruppe il giovane per rispondere:

— Se vi chiederanno perchè Eva Valbruna è ospite vostra, voi direte che ella è la vostra futura cognata.

Il bel viso luminoso e leale di Ippolito Bon s'irradiò e si rabbuiò, come se il guizzo d'un lampo l'avesse colpito in pieno.

— Questo — mormorò — non vorrei dirlo, Thea, fino a quando avrò la certezza che il sogno di aver Eva per cognata non sia più sogno, ma realtà. Perchè volete farmi adagiare in questa certezza, quando voi, forse, non diventerete mai mia moglie?

Con voce ferma, fissando i suoi occhi sinceri e sicuri in quelli altrettanto sinceri e sicuri di Bon, Thea rispose:

— Io sarò vostra moglie.

Il capitano Ippolito Bon non si mosse. Ma domandò, con voce accorata:

— Perchè sacrificarvi? Io ben comprendo ciò che voi volete fare. Non è necessario, Thea. Vi aiuterò ugualmente.

— No, Ippolito. Dalla fuga di Eva, sono passate poche ore. Ma in queste poche ore, ho capito molte cose, e fra questa una, che mi pareva la più trascurabile. « Una donna giovane non può camminare sola ». Ha bisogno d'un compagno, d'un protettore, d'un uomo che le voglia bene, la difenda, la guidi. Io sono certa che se Renato fosse stato a casa, Eva non sarebbe fuggita. La lontananza di mio fratello la rese coraggiosa. Ciò che ho provato io, quando mi trovai sola, nello scompartimento d'un treno che correva per la campagna deserta, ciò che pensai io, in quegli istanti, non saprò mai dirvelo. Ma è certo che ebbi paura della solitudine. Renato lontano... Donata accanto a quell'angiolo di Lelia... tre piccole donne senza protezione, tre fanciulle alla mercè di qualunque offesa. Oh, amico tanto caro, con quale gioia pensai a voi! Con quale tenerezza capii che se fossi venuta da voi non mi sarei più sentita separata dal mondo e perfino dalla mia stessa vita anteriore, che all'improvviso m'era apparsa lontanissima!

Il giovane si alzò. Thea credette per un attimo che egli s'avvicinasse per baciarla. Tremò... Si sentiva attratta dal giovane, ma tuttavia avrebbe desiderato che egli attendesse ancora, che non domandasse ancora baci, carezze, tenerezze. Lo spirito di lei già apparteneva a Ippolito: non così la carne. Quella taceva ancora e il giovane sangue scorreva, tranquillo, nelle vene. Fu quindi con sollievo che vide Ippolito allontanarsi, avvicinarsi alla finestra chiusa, poggiarvi contro le spalle. Così, ritto, con le braccia conserte, Ippolito Bon s'intagliava, con precisi contorni, nel rettangolo luminoso. Nella sua bella uniforme grigio-azzurra, egli si rivelava gagliardo, perfetto, sano, virile. Un timido raggio di sole gli illuminava i capelli: l'aquila d'oro, sovrastante le molte decorazioni, si disegnava nitida, sul petto. Thea guardò, con riconoscenza, quel grande fanciullo. E sentì il cuore gonfiarsi di tenerezza.

— Perchè mi guardate, Thea? — fece Ippolito con mal celata apprensione. — Vi sembro troppo massiccio, troppo gigantesco?

— Oh! — sorrise la donna. — Siete così... così...

Allora Ippolito si staccò dalla finestra, le si avvicinò. Si curvò su lei, senza tuttavia sfiorarla:

— ... così... — incoraggiò.

Thea arrovesciò il capo, per guardare il giovane, arrossì, ma, senza tentennare, rispose:

— Così bello!

Ora, ella era tutta avvolta da un buon odore, che era odore di sigarette, di acqua di colonia, di pelle calda e sana.

Ippolito le era vicino e pure discosto. Poggiava una mano sulla poltrona nella quale Thea era affondata, era un poco curvo su lei e non la toccava.

— Solo questo, mi dite? La bellezza, in un uomo, conta tanto poco!

Thea sollevò le braccia, incrociò le mani, se le

mise dietro la nuca. Si offriva, inconsapevolmente, al bacio, e non se ne avvedeva.

— Allora, vi dirò, che non mi siete neppure più ignoto. Mi pare di aver saputo più oggi, di voi, che in tutto il tempo passato.

La mano che l'uomo posava sulla poltrona tremava un poco. E il viso di lui tradiva un caro, terribile desiderio: baciare Thea. Ma tuttavia, nessun movimento egli compiva: e restava in attesa che il gesto invitante venisse da lei. E Thea, che aveva gli occhi fissi negli occhi di Ippolito, non capiva, non capiva... Così che l'uomo si eresse, e di nuovo s'allontanò. Egli tendeva all'amore con invincibile trasporto e temeva ora di sciupare la felicità appena nata, lasciandosi portare verso questo immenso bene. Come vide Thea levarsi, per mutare posto, chè un raggio di sole la colpiva in pieno, Ippolito Bon, forse sgomento per l'esitazione della fanciulla, chiese ancora:

— Siete certa, Thea, di non agire solo spinta da un momentaneo timore?

Forse, egli voleva dire: « da un momentaneo bisogno », ma si trattenne e attese la risposta.

— No, Ippolito. Io ho pensato, durante quel viaggio in treno, a così tante cose che se dovesse accadermi di doverle ancora pensare, tutte insieme, il mio cervello non resisterebbe. E se da questi pensieri rapidi e gravi è nata la mia decisione di correre da voi, per farmi aiutare e per rifugiarmi in quell'affetto che mi avete offerto con tanta sincerità, significa, Ippolito, che io ho ben valutato la caducità della gloria e la sicurezza dell'amore.

Tacque, sospirò, riprese:

— Se per amore Eva ha saputo ingannare e mentire, se per amore Eva, la più limpida creatura della terra, ha potuto imparare tutte le menzogne, significa veramente che amore è capace di mutare gli animi e i cuori. Il mio è improvvisamente mutato. Ieri, mi pareva di non poter vivere senza l'applauso del mondo: oggi, sento che mi piacerà cantare per uno solo...

Allora, Ippolito non si trattenne più. S'avvicinò a Thea, si curvò su lei, le afferrò le mani belle, se le portò alle labbra.

— Dimmi, Thea, dimmi per chi vorrai cantare...

— Per te... — mormorò la giovane donna.

E subito, si sentì avvolta in un tepore di baci: un tepore che le entrò nelle vene e vi rimase.

Staccandosi da lei, Ippolito tremava. E il suo bel viso di giovanottone bruno, trasfigurato e affinato dalla passione, appariva più nobile, più fine.

— Ora — egli disse — devi mandarmi via. Se rimango qui, soffoco.

— Dove vai? — domandò Thea, un po' allarmata dal pensiero di restare sola.

— Al campo. Mi prendo un apparecchio e vado

su, nel cielo, a cantare la mia gioia. Se cantassi qui, mi prenderebbero per pazzo. Lassù, nessuno mi sente!

Thea si alzò e fu davanti al giovane, che la circondò tutta con le amorose braccia.

— Thea, Thea! Dimmi che è vero! Dimmi che sarai mia moglie!

— Sarò tua moglie.

— Presto...

— Presto.

— Grazie!

Poi, dopo un attimo di esitazione, domandò:

— E tu, che farai, mentre sarò lontano?

Thea si passò una mano sulla fronte, poi rispose:

— Resterò qui, cercherò di riposare e di...

S'interruppe.

Trepidando, Ippolito Bon, incoraggiò ancora:

— ... di...

— ... di rimettere un po' di ordine nella mia povera testa. Tutto quanto è avvenuto, in così breve tempo, mi ha sconvolto il cervello. Vorrei dormire, Ippolito, e, destandomi, non conservare che un ricordo: questo, che dice che io sono la tua fidanzata, che tu sei l'uomo che il destino mi ha dato, che Renato desidera per mio marito, che io stessa...

Ancora s'interruppe; ma questa volta sorrise lietamente, finendo la frase:

— ... che io stessa capisco di aver sempre amato.

— Thea! Amore mio grande!

Tese le braccia, le ritrasse, cercò con gli occhi il suo berretto, mormorò:

— Lasciami andare.

— Vai...

— Se tu non mi spingi fuori dall'uscio e non chiudi l'uscio a chiave, io non saprò mai farlo. Mandami via, Thea!

Ora, Thea era pallida. Ma di quella singolare pallidezza che Ippolito non aveva mai ritrovato in nessun'altra donna. Quel pallore commosse il giovane, che pensò:

« Ella è come spiritualizzata... Il dolore... l'amore... Che cosa la rende così simile a una pura idealità? ».

Fu preso da un subitaneo moto di devozione, di dedizione e curvò l'alta persona per baciare la bianca fronte della donna.

Thea sentì, in quel bacio, tutta l'immensità di quel devoto e semplice amore e alzando una mano, per una carezza su i bruni capelli, mormorò:

— Caro!

Poi, dolcemente, lo spinse verso l'uscio. Ippolito se ne andò, senza pronunciare altra parola, senza chiederne alcun'altra, felice di potersi portare via, chiusa nel cuore, quella piccola e pur immensa parola che Thea gli aveva mormorato.

Più tardi, Ippolito le telefonò chiedendole che cosa intendeva fare per la sera. E Thea gli rispose che voleva partire. Ella sentiva la necessità di vedere Donata, di parlare con lei, di avere, dalla saggia e cheta sorella, una parola di incoraggiamento.

Ma il silenzio di Ippolito e un sospiro che chiaramente ella percepì, le dissero che il giovane soffriva; provò un subitaneo rimorso e le parve di aver detto parole dure al povero giovane. Si corresse, dicendogli:

— Tu non devi pensare a nulla di male, Ippolito. Ma io sento che quando avrò detto a Donata tutto il mio dolore per ciò che è avvenuto di male, e tutta la mia gioia, per quanto di bello tu hai portato nella mia vita, sarò più felice e più tranquilla.

— Fai come vuoi, Thea — rispose la voce addolorata del giovane. — Tu non puoi sbagliare. Soltanto, concedimi di rivederti, prima che tu parta.

— Sì, vieni a prendermi. Mi accompagnerai alla stazione.

Poche ore dopo, Ippolito rientrava nel salottino della giovane. Thea era già pronta e col cappello in testa. Era ancora pallida, ma i suoi occhi erano pieni di luce: d'una luce che diventava sempre più viva, quando il suo sguardo si fissava sul volto bello e leale di Ippolito.

— Te ne vai già! — non seppe trattenersi dal dirle il giovane ufficiale.

Thea gli sorrise dolcemente, dicendogli:

— Se tu sapessi come mi pesa partire!

E non potendo trattenere le parole dettate dal suo rapido pensiero, esclamò, sottovoce:

— Dover portare tanta amarezza a Donata... Quanto male mi fa!

Il facchino dell'albergo bussò, per chiedere il permesso di ritirare i bagagli.

E quando l'uomo di fatica fu nuovamente uscito, Thea disse:

— Andiamo...

Erano vicini, dritti davanti a un grande specchio. Avviandosi per uscire, si videro così, uno accanto all'altro. Ambedue, contemporaneamente, si arrestarono. E si guardarono, stupiti, nella lastra lucente. Che bella coppia essi formavano! Quale armonia, nella vicinanza delle loro pur così dissimili persone! Ella era sottile e bionda, tutta a toni luminosi e chiari; egli era forte e bruno, tutto fosco e cupo. Ella, nel bel viso d'angelo, aveva un'espressione fiera e ardita: egli, nel maschio volto, aveva una portentosa dolcezza di tratti. Si sorrisero, nello specchio; continuando a fissarsi nella lastra, si cercarono la mano. E così, tenendosi stretti e continuando a guardarsi, si avviarono, e come uscirono dal rettangolo che li rifletteva, si arrestarono, e Thea, sollevando il viso, offrì le labbra. Ippolito, repentinamente, se la strinse al petto e si tenne così vicina la creatura sua, che Thea potè, distintamente, percepire i violenti battiti del di lui cuore.

— Thea, dobbiamo sposarci presto... al più presto... — andava mormorandole il giovane, or baciandole i capelli d'oro, or le labbra giovani e senza trucco.

— Sì... appena Renato sarà di ritorno... Ma ora, devo partire.

Ippolito si riprese subitamente, guidò la donna all'ascensore, discesero, entrarono in un tassì che attendeva.

Ora, una grande stanchezza s'era impadronita di Thea, così che la giovane stava tutta abbandonata contro la spalliera del sedile. A un brusco sbandare della macchina, ella cadde contro la spalla di Ippolito. Il giovane, raccolse la dolce creatura nel suo braccio e la tenne così, dolcemente a lui stretta, fino a quando l'autopubblica entrò sotto il porticato della stazione.

— Come ti ammira la gente! — sospirò Ippolito, mettendosi a lato di Thea.

Ella sollevò il capo che teneva chino:

— La gente mi ammira? — chiese. — Ebbene, ne sono lieta per te!

E insieme, le due belle creature s'avviarono al treno.

Thea, allorchè ebbe preso posto nel suo scompartimento, pregò Ippolito di andar via. Voleva vederlo allontanare, non voleva l'ultimo saluto arido e affrettato lanciato dal treno in moto.

Ippolito, a malincuore, scese sul marciapiede. Thea si affacciò al finestrino.

— Vai — gli disse. — Telegraferò subito, appena giunta E stasera, attenderò una tua telefonata.

Gli tese la mano. Egli la strinse, devotamente. Poi fece due passi indietro, fissò gli occhi negli occhi della sua donna, portò la mano alla visiera, salutò militarmente, volse le spalle, s avviò.

E Thea rimase immobile, fino a che l'alta e bella figura di Ippolito Bon sparì oltre l'arcata d'uscita.

Allora ella sedette, nuovamente dominata da quella infinita stanchezza che l'aveva sorpresa nell'automobile. Una stanchezza che, accanto a Ippolito, era sopportabile, ma che ora le pareva insostenibile.

Con moto repentino, si alzò, tornò nel corridoio. Quasi contemporaneamente il treno iniziò la sua corsa. Un signore, di mezza età, vestito con ricercata eleganza, entrò ansando nello scompartimento. Cadde sul divano, sbuffò, rise scioccamente, dicendo:

— Sono arrivato buon ultimo... Che corsa!

Thea, che era rimasta sull'uscio, si ritrasse, volse le spalle, restò in piedi accanto al finestrino. Ma sentì che l'uomo la guardava: sentì lo sguardo maschile scenderle dalla nuca ai talloni, risalire, sostare. Si volse, offesa da quello sguardo insistente. E allora, l'uomo esclamò:

— Thea Valbruna! Non mi inganno, vero?

Una ruga dritta, profonda, si scavò subitamente sulla pura fronte della fanciulla.

— Vi ho applaudita per cinque sere di seguito — continuò lo sconosciuto. — E l'ultima sera, per venirvi a sentire e a vedere, dovetti sostenere una lite con mia moglie. S'era ingelosita, figuratevi! Diceva che per nessun'altra cantante io avevo dimostrato un entusiasmo pari a quello dimostrato per voi... Infatti, mia bella signora, non capita sovente di vedere attrici che alla bellezza della voce aggiungono una così perfetta bellezza fisica: molte belle cantanti cantano male; molte brutte cantanti cantano bene... Voi... voi siete...

Thea fece un cenno al capotreno. Questi si avvicinò:

— Fatemi portare le mie valige in un altro scompartimento — gli disse la giovane.

E guardando in viso l'uomo improvvisamente ammutolito, aggiunse:

— Potete dire a vostra moglie che siete riuscito a far scappare Thea Valbruna...

Il capotreno le trovò uno scompartimento vuoto. Thea vi si accomodò, traendo un sospiro di sollievo. Ella non aveva mai viaggiato sola, e il vedersi tanto osservata la metteva in un profondo disagio. Le parole confidenziali di quello sconosciuto, il sapere che il suo nome era stato pronunciato e forse maltrattato da una moglie gelosa, le dava un'amarezza infinita. Quasi improvvisamente, ella si rendeva conto di molte cose, alle quali, nel passato, non aveva dato nessun peso. Thea capiva d'essere entrata, con estrema leggerezza, in un ambiente per il quale non era nata. Thea comprendeva che, per vivere tra quinte e ribalte, non bastava avere una bella voce, ma necessitava possedere uno spirito e, forse, un cuore diversi da quelli che ella aveva.

Si rifugiò nel pensiero di Ippolito e subito sentì che il cuore gioiva e l'anima ne riceveva più ampio respiro. Sorrise, contenta. Ma subito il sorriso le morì sulle labbra, si spense in una piega di dolore. Che cosa avrebbe detto a Donata? Per Lelia, per Virginia, sarebbe stato facile l'inganno: ma a Donata, a Donata che doveva sapere la verità, in quale modo avrebbe dato la notizia della fuga di Eva? Si sentì troppo sola per sostenere sì gran pena, e le parve di smarrirsi nella ricerca vana d'un aiuto. Troppe, troppe menzogne doveva raccontare, per non turbare la pace della casa diletta. Bisognava mentire con Lelia, con Virginia, con Renato... Il pensiero del fratello lontano e fiducioso le fece velare gli occhi di pianto. Oh, Renato, grande e caro amico delle tue sorelline! Oh, Renato, dolce e generoso fratello, fermo in un porto lontano o navigante sotto un cielo straniero, possa tu compiere serenamente la tua bella fatica di marinaio italiano, possa tu attendere l'ora del ritorno, in piena serenità, senza essere turbato da avvenimenti dolorosi, da umiliazioni!

Nel suo immenso affetto per Renato, Thea si dimenticava. E non pensava che, solo poche sere prima, ella trionfava alla ribalta d'un teatro romano; non ricordava nè ovazioni nè elogi, solo pensosa di rendere lieti gli altri, solo tesa nello sforzo di ridare la pace al nido delle lodole.

I pensieri erano molti e tutti rapidi; tuttavia, una lucidità estrema era ora nella sua mente. E in questa lucidità, ella poteva pensare al teatro, come a una cosa sepolta, molto lontana: una cosa bella ma già sorpassata: un sogno meraviglioso, ma travolto da un altro sogno, più bello, più certo, più tranquillo: quello dell'amore di Ippolito Bon.

Il treno correva, andava verso il mare. Thea chiuse gli occhi, forse dormì. Quando il suo sguardo si fissò ancora sul mondo che sfilava, col rapido sfilare del treno in corsa, l'oro crepuscolare s'era quasi estinto e un chiarore color cenere pioveva dal cielo. Ma all'improvviso, Thea ricevette, negli occhi, una gran luce, straordinariamente limpida e lucida: veniva dal mare che, laggiù, all'orizzonte, era verde come il berillo e lucente come il cristallo.

La giovane trasse un profondo respiro. Il mare le dava coraggio. E quando il treno entrò sotto la tettoia della stazione di La Spezia, ella aveva un'altra volta deciso, così come aveva deciso improvvisamente, entrando in quella stessa tettoia, non molte ore prima.

Scese, s'avviò all'uscita. Incontrò subito due colleghi di Renato, che la salutarono rispettosamente, senza tuttavia saper nascondere la loro ammirazione. Salì in un'autopubblica, diede l'indirizzo della casa delle lodole.

Ecco la cara e ben nota strada che, salendo dolcemente, l'avrebbe sveltamente portata alta sul golfo e al cospetto della sua dimora.

Ed ecco, finalmente, apparire tra gli alberi la bella villa: ecco le due ampie terrazze laterali, ecco il grande cancello che, per evitare la fuga di Eva, era stato chiuso a chiave, per tanti giorni...

Il pensiero della sorella le folgorò nel cuore. Un groppo le chiuse la gola. Si eresse: strinse i denti, i pugni; prese ancora coraggio guardando il suo mare che la sera ormai incupiva e, quando il tassì fu fermo, con piede sicuro s'avviò al cancello.

Le aprì il giardiniere, stupito e felice. Ed ella

seppe sorridergli festosamente, come se tornasse soltanto per portare una immensa gioia.

Silenziosa, era la casa delle lodole, e uno spicchio di luna faceva una perpendicolare col suo tetto.

Don abbaiò di gioia, Lelia mandò un grido di felicità, Virginia lanciò uno dei suoi trilli argentini, Donata aprì le braccia e, in silenzio, si strinse Thea sul petto.

Poi, Lelia infilò l'uscio, cominciò a correre nel viale, chiamando:

— Eva! Eva!

Thea cominciò a ridere, a ridere e, fingendo di esser quasi soffocata da quella sua risata, chiamò a sua volta:

— Lelia, ritorna! Lelia, vieni!

Con gli occhi spalancati per lo stupore, Donata guardava la sorella.

— Seguitemi — rise Thea. — Venite su, nella mia camera... Oh, voi non vi aspettate certo la sorpresa che vi ho preparato...

E poichè Lelia rientrava, col viso spaventato e con gli occhi pieni di domande, Thea la prese per mano, l'abbracciò stretta, quasi con disperazione e poi le disse:

— Vieni anche tu, piccola!

Le tre giovani la seguirono. Thea fece rapidamente le scale, percorse il corridoio ridendo e correndo, entrò nella sua camera, cadde sopra una poltrona, domandò:

— Chi aspettavate, voi, piccole lodole mie? Una grande cantante, carica di scritture, è vero?

Le giovani donne guardavano Thea senza saper muovere le labbra: Virginia si teneva in una mano una manina di Lelia, e stringeva, stringeva quella manina, per dar forza all'amica, per prendere ella stessa forza da quell'ingenuo calore. Tutt'e tre avevano la sensazione che qualche cosa di grave era avvenuto e tuttavia, il contegno di Thea, che nessuno aveva mai vista tanto ridente e gaia, faceva supporre solo fatti lieti.

— Voi attendevate una mia scrittura per l'America, vero? — continuò Thea. — Una mia scrittura per i più importanti teatri del mondo... Ebbene, lodole mie, io vi porto una notizia strabiliante. Thea Valbruna torna a voi, senza scrittura alcuna: Thea Valbruna, dopo aver tanto sognato la gloria, il teatro, le luci della ribalta, il cappello piumato di *Tosca*, la cuffietta di *Mimì* e il chimono di *Butterfly*, dichiara di averne abbastanza di tutte queste eroine che la letteratura ha condannato a ben triste morte e vi dice che ella intende vivere, vivere, magari senza cantare, ma accanto a chi le saprà rendere la vita dolce, il cammino facile e l'esistenza serena.

E poi che le fanciulle continuavano a guardarla, senza parlare, senza muoversi, ella riprese:

— Ma non capite, dunque? Thea Valbruna cantante è morta: ma Thea Valbruna donna è nata, nata da pochi giorni e si prepara a diventare, al più presto, la signora Thea Bon! Capite?

Lelia e Virginia, discoste da Thea, si tenevano sempre per mano: ma Donata, all'improvviso, si mosse, s'avvicinò alla sorella, si curvò su di lei e, passandole una mano nei capelli, chiese:

— Ti sei fidanzata con Ippolito Bon?

— Oh! — esclamò Thea. — La sorella bruna ha finalmente capito! Evviva Donata!

Balzò in piedi, afferrò la sorella, tentò di trascinarla in una vorticosa danza. Ma Donata fece resistenza e guardando Thea negli occhi, con voce sommessa, domandò:

— Ed Eva, dov'è?

— Eva... oh, che cosa buffa! Eva è da ieri sera ostaggio della famiglia Bon, a Venezia...

Ora, Lelia e Virginia s'erano staccate l'una dall'altra. ed ambedue s'erano accucciate ai piedi di Thea, che era ricaduta nella sua poltrona.

Donata, con la schiena appoggiata a un mobile, pallida e ferma, teneva lo sguardo fisso sulla sorella che diceva:

— L'assiduo interessamento di Ippolito finì col commuovermi. E il fatto di vedermi circondata da uomini sciocchi, presuntuosi, convinti di poter ottenere da me tutti i sorrisi necessari alla loro ambizione, mi decise, subitamente, a rinunciare al mio sogno di gloria.

S'interruppe per sospirare e per riprendere subito, dopo un sospiro che Lelia giudicò molto buffo:

— Eh, sì! Per vivere in teatro, bisogna avere un altro temperamento. Io mi sono trovata a disagio, subito...

— Eppure, dopo il debutto, tu eri felice! — interruppe Lelia. — Le tue lettere erano piene di gioia e di orgoglio...

— Ma ti pare, bambolina, che volessi dar subito ragione a Donata e Renato? Tu ricordi che cosa mi dicevano, per farmi rinunciare al mio sogno d'arte?

— Oh, sì! — esclamò Lelia. — Renato diceva: « Il teatro, va bene per le donne che hanno la pelle meno sensibile della tua... ».

— Ecco! — interruppe Thea, ridendo. — Ecco! Io, ho la pelle troppo sensibile. Se fossi rimasta in quell'ambiente, un giorno o l'altro sarei rimasta scorticata... E poichè alla mia pelle voglio molto bene, eccomi qui, fidanzata a Ippolito Bon che, neppure per una sera, dimenticò di mandarmi i suoi fiori, che neppure per un'ora cessò di pensarmi...

— Come fai, tu, a sapere che ti pensava sempre? — chiese ingenuamente Lelia.

— Certe cose si comprendono, cara! E sono le

cose che più vanno al cuore... Ma, ma perchè non mi fate le congratulazioni? Non sei contenta, Donata? Non sei contenta, Lelia? Eppure, Ippolito vi era già caro...

— Io sono felice! — rispose Lelia. — Ma vorrei che Eva fosse qui, con noi. Perchè Ippolito ha voluto mandarla subito dai suoi genitori? Che c'entra, Eva?

Una vampa di rossore salì fino alla radice dei biondi capelli di Thea:

— Ma c'entra, cara! — rispose, forzando la voce. — Ippolito teme che io mi penta e torni in teatro. Mandando Eva a casa sua, egli mi ha, in certo qual modo, vincolata. Capisci?

Lelia scosse il capo. No, non capiva. Thea si spazientì: ella non aveva più la forza di continuare a inventare e a mentire. Ella capiva che non poteva più continuare nella finzione, che anche la sua fittizia allegria cedeva alla piena del dolore e dell'umiliazione; e reagiva, e quasi si inquietava con la piccola sorella, che la costringeva a dibattersi in un intrico di menzogne, rivolgendole ingenue e pur logiche domande.

Donata si avvide del tormento di Thea. Intervenne.

— Ippolito Bon ha fatto molto bene. Anch'io, nei suoi panni, avrei agito così. Tu l'hai fatto troppo soffrire, nel passato. Ora che la felicità l'ha raggiunto, egli teme di perderla e la tiene stretta...

La voce di Donata era alterata: non tremava, ma era rauca, come la voce di chi trattiene a fatica un singhiozzo che, salendo dal cuore, vorrebbe prorompere dalle labbra. Tuttavia, la fanciulla ebbe ancora la forza di esclamare:

— Tu dài una grande gioia a tutti, lasciando il teatro; Renato, quando conoscerà la tua decisione, sarà felice... Ora... ora bisogna brindare a questo avvenimento, non ti sembra, Lelia?

— Sì... — rispose la bimba, senza convinzione. — Che debbo fare, io?

— Tu e Virginia, mentre Thea si cambia abito e si rinfresca il viso, scendete e preparate una bottiglia di spumante, i calici e i canditi.

— E ci lasci stare alzate fino quando vogliamo noi? — chiese Lelia, riprendendo la sua allegria.

— Ma sì, Lelia! — disse Thea. — Stasera dobbiamo esser felici, allegre, contente. Per poter brindare alla mia felicità e a quella degli assenti.

Lelia, afferrata la mano di Virginia, con l'amica fuggì via, trillando, ridendo, già dimentica di quello smarrimento che l'aveva poco prima turbata.

Donata e Thea, una in piedi, in mezzo alla camera, l'altra abbandonata nella poltrona, stettero qualche istante in silenzio. Poi, Donata si mosse... Con estrema fatica, quasi che tutte le sue forze si fossero esaurite nel sostenere quella che considerava un'indegna, ma necessaria commedia, Thea si alzò, andò incontro alla sorella. Caddero nelle braccia l'una dell'altra e diedero sfogo al gran pianto che le soffocava.

Thea si riprese, per prima.

— Su — disse, asciugandosi gli occhi. — Nessuno deve sapere...

— Dimmi quando... dimmi come se n'è andata...

— La notte scorsa... È fuggita dallo scompartimento-letto... Ti dirò.

— E Renato — continuò a singhiozzare Donata — che dirà? Aveva tanta fiducia in noi...

— Renato non deve saper nulla. Abbiamo un alleato. Un grande alleato, Ippolito Bon. Egli ha accettato tutto ciò che gli ho chiesto.

— Ma tu sposerai davvero Ippolito? Hai rinunciato al tuo sogno, per avere da lui aiuto?

— No — rispose Thea, con voce sicura. — No. Ho capito in un solo istante ciò che non avevo capito in vent'anni di vita. Vale di più il saldo appoggio d'un cuore onesto che tutta una vita di gloria... Se pure si può chiamare gloria, quella che il teatro può offrire! Ma ora, è inutile chiacchierare. Lavati il viso, Donata. Di questa brutta vicenda, nessuno deve sapere nulla. Ne va di mezzo il nome onorato di nostro padre. Aiutiamoci, te e io, a salvare questo nome e a salvare, con esso, la felicità di tutti.

La voce di Lelia chiamò:

— Venite! Virginia vuol bere e io voglio ubbriacarmi!

— Un minuto solo — rispose Thea.

E a Donata:

— Dirai che hai pianto di gioia, se si accorgeranno dei tuoi occhi rossi. Vieni!

Giù, trovarono Lelia saltellante attorno a una montagna di pasticcini e a una bottiglia di spumante, già affondata nel suo secchiello colmo di ghiaccio.

Virginia, con i suoi neri occhi da zingara, osservava Lelia e il suo sguardo aveva un'espressione mista di affetto e di orgoglio, quasi che in lei, per Lelia, ci fosse un affetto molto simile a quello materno.

— Beviamo, beviamo! — trillò Lelia. — Chi sa far saltare il tappo?

Donata e Thea, fingendo un timore che non sentivano, dichiararono subito di avere una grande paura dello scoppio; Lelia propose di chiamare il giardiniere e Virginia, tranquillamente, intervenne, dicendo:

— Apro io... Luciano dice che non è più di moda far balzare lontano il tappo: io cercherò di trattenerlo. Comunque, voi tappate gli orecchi.

Le tre fanciulle si rannicchiarono tutte vicine sul divano, si tapparono gli orecchi, puntarono i gomiti sulle ginocchia. E Virginia, con le sue magre e belle mani scure, cominciò a lavorare attorno alla capsula dello spumante.

— Fatto! — gridò Virginia. — Fatto proprio come vuole Luciano.

Versò lo spumante nelle coppe, alzò il suo bicchiere:

— Beviamo alla salute di Luciano e di Renato, che sono tanto lontani: beviamo alla salute di Eva, un po' meno lontana...

S'interruppe, chiese, rivolgendosi a Thea:

— Quanti chilometri vi sono, da qui a Venezia?

Presa alla sprovvista, Thea rispose:

— Perchè ti viene alla mente Venezia?

— Ma perchè vorrei telefonare a Eva! — rispose Virginia. — E se i chilometri non sono molti, la sua voce potrà giungere a noi, molto chiara.

Prontamente, Donata intervenne:

— Telefoneremo un altro giorno. A quest'ora non è opportuno telefonare in una casa tanto cheta come è quella dei Bon.

— Sono molto vecchi i suoi genitori? — chiese Lelia, con un po' di apprensione.

Allora Donata guardò disperatamente Thea. E questa, ridendo, disse:

— Non sono molto vecchi; sono un po'... come dire?... un po' all'antica. Figuratevi che essi avevano intenzione di far togliere il telefono dalla loro abitazione, solo perchè, talvolta, nella notte, qualcuno sbagliava numero e li destava... E, ora che ci penso, mi pare che Ippolito mi abbia appunto detto che il telefono, nella sua antica casa sul Canal Grande, non c'è più...

— Peccato! — sospirò Virginia. — Avrei udito volentieri la voce di Eva. Ma se non si può, ci rifaremo, scrivendole una lettera lunga, lunga...

— Sì — confermò Thea. — Ma ora, beviamo alla salute degli assenti e poi, andiamo a dormire.

Lelia e Virginia bevevano ridendo, socchiudendo gli occhi come due gattine: e dalle pupille nere e ardenti, dagli occhi azzurri e dolci, sprizzavano le stesse scintille di gioia sincera e ingenua.

A un tratto, le due fanciulle andarono a sedersi, vicine vicine, su un'unica poltrona. Thea e Donata, sedute dalla parte opposta della sala, guardarono, istintivamente, quelle due creature felici, che tenevano la coppa fra le dita e di tanto in tanto si alzavano, per aggiungere altro vino al calice vuoto. Lelia beveva a bocca piena, dichiarando che spumante e canditi facevano, in bocca, un'unica cosa deliziosa e frizzante. Virginia beveva e poi sgranocchiava. Ma il suo modo di mordere il candito, era pieno di femminilità, rivelava, in lei, un'animalità piacevole, chè il morso dei suoi denti bianchissimi si affondava con voluttà nel dolce, così che, nell'atto, i denti brillavano tutti.

Rideva, Lelia, perchè un cioccolatino al liquore, rompendosi prima d'essere entrato in bocca, aveva perso il suo contenuto e Virginia leccava con molta serietà il lembo di abito sul quale il liquore s'andava assorbendo.

— Sembri Mustafà! — diceva Lelia. — Anche lui lecca così la cioccolata. Fammi sentire, Virginia, se hai anche tu la lingua ruvida come il mio gatto.

Virginia, molto seriamente, sporse la lingua: Lelia vi passò un dito sopra, scosse il capo, dichiarò:

— Non è uguale a quella di Mustafà... Peccato!

Virginia rise, arrovesciò la bella testa, canterellò:

— Il vino è proprio buono, ma la bottiglia è quasi vuota. E la sete è tanta... Che si fa?

— Si va in cantina, si ruba una bottiglia, tu l'apri e ce la beviamo tutta...

— Tu — chiese Virginia — sei capace di rubare?

— Non ho mai provato — rispose Lelia — perchè mi hanno sempre dato tutto quello che ho voluto. Una volta sola, Eva mi rifiutò un fiore... Figurati, un fiore appassito, schiacciato, che doveva essere stato fra le mani di qualcuno chi sa quanto tempo. Io chiesi quel fiore per buttarlo via ed Eva mi disse che non me l'avrebbe dato per nessun conto... Che idea!...

E abbassando la voce, soggiunse:

— Guarda i bicchieri di Donata e Thea: sono colmi. Cambiamoli con i nostri vuoti... Avvicinati, fingi di prendere una pastina... Aspetta, faccio io. Tu stai ferma, lì: se ci moviamo tutt'e due, si accorgeranno che succede una cosa che non va bene.

Si alzò, gironzolò attorno alla tavola, col suo bicchiere vuoto tra le mani. Ma d'improvviso portò la manina alla fronte, diede una grande risata, esclamò:

— Come salta il pavimento! Pare di gomma!

— Sei ubriaca — rise Virginia. — Sei proprio ubriaca... Se bevi ancora un goccio vedrai tutto doppio. Vieni qua, Lelia.

Per quanto leggermente brilla, Lelia ebbe ancora la possibilità di deporre il suo bicchiere vuoto e di prendere quello pieno. S'avvicinò a Virginia, le risedette accanto, disse:

— Metà a me metà a te...

Donata e Thea, tenendosi per mano, comunicandosi forza attraverso la fraterna e calda stretta che le univa, osservavano le fanciulle, ed erano quasi felici di quella loro piccola ubriacatura. Il vino frizzante avrebbe portato presto il sonno e le giovani creature si sarebbero addormentate, senza chiedersi alcun perchè.

Infatti, pochi momenti dopo, Lelia borbottò:

— Mi sta venendo un sonno così grande che se mi tocchi, Virginia, te lo attacco!

— Oh, oh! — trillò la bruna fanciulla. — Lelia ha il sonno contagioso come il morbillo... Fatti toccare, Lelia! Voglio dormire anch'io.

Toccò Lelia sulla fronte, poi sospirò:

— Eccomi contagiata. Se nessuno mi porta a letto, mi addormento qui.

— Andiamo — fece Lelia, alzandosi. — Andiamo insieme. Appoggiati...

Erano splendenti, così giovani, così gaie, così bambine. E Thea e Donata, guardandole, ebbero subitamente il cuore alleggerito dal loro affanno. Davanti a quelle due giovinezze così pure e serene, esse riuscivano a dimenticare, almeno per un istante, quell'altra giovinezza perduta chi sa dove...

— Buona notte! — dissero Lelia e Virginia. — Noi abbiamo molto sonno...

— Ci coricheremo subito — dichiarò Lelia, andandosene con l'amica. — Ma terremo aperta la porta di comunicazione. Quella che si addormenterà prima lo dirà. Va bene?

Parve, a Virginia, che la frase di Lelia non fosse molto chiara; tuttavia rispose:

— Va bene: appena il sonno mi avrà presa, ti avvertirò.

E su questa decisione, ambedue soddisfatte, entrarono nelle loro camere.

Poco dopo dormivano, profondamente, sorridendo, sognando forse una coppa di spumante e un cioccolatino al liquore.

* * *

Rimaste sole, Donata e Thea s'erano guardate in viso; poi la sorella maggiore aveva pregato:

— Dimmi tutto, esattamente.

A voce bassa, come se confessasse non una colpa della sorella, ma una sua colpa, Thea tutto narrò alla sorella desolata. E quando ebbe finito, Donata le chiese, guardandola negli occhi:

— Ma tu, hai compiuto dunque un sacrificio? Per avere un alleato, al tuo fianco, hai dunque rinunciato al tuo grande sogno?

Stringendo la mano della sorella, Thea rispose sinceramente:

— No, cara: nessun sacrificio ho compiuto. Ho pensato a così tante cose, dopo la fuga di Eva, che non te ne potrei ripetere neppure la metà. Ma da tutte queste idee passate nella mia mente, un solo pensiero ha avuto potere su tutti....

— Quale pensiero?

— Quello che mi ha fatto capire come sia difficile, per una donna giovane, vivere senza un uomo accanto. Perchè Eva è fuggita? Perchè ella doveva ingannare una sola creatura: una donna giovane. Perchè quell'uomo ha osato istigarla alla fuga? Perchè egli sapeva che si sarebbe poi trovato di fronte a una, forse a due donne incapaci di reagire, di difendersi, di offendere. Egli ben sapeva che l'unico uomo della nostra famiglia era lontano, impossibilitato a raggiungerlo: ed ha agito, e ha rubato, e ha distrutto, sapendo che contro lui si sarebbero scagliate due piccole donne, che con i loro piccoli pugni non gli avrebbero potuto far male, neppure se l'avessero picchiato con tutte le loro forze.

Thea aveva parlato tenendosi le mani su gli occhi. Ma allorchè tacque, d'improvviso lasciò cadere le braccia e mostrò il suo viso estremamente pallido.

— Ti senti male, Thea? — chiese, accorata e trepida, Donata.

— No, cara. Sono terribilmente stanca. Stanca qui, soprattutto...

E si strinse le tempie, dove sottili vene azzurre mettevano un dolce rabesco, sotto la serica morbidezza della pelle candida.

Donata le staccò, dolcemente, una mano dal viso. Si tenne quella mano tra le sue e rimasero così, le due sorelle, mute, assorte, oppresse dall'esistenza.

Fuori, la luna illuminava le vette degli alti pini, dei cipressi snelli, dei dritti pioppi. Un leggero soffio di vento bastava per sfogliare gli ultimi fiori autunnali e per staccare le prime foglie morte. E il frusciare delle foglie secche e dei petali accartocciati pareva, nel completo silenzio, un grande, malinconico sospiro.

* * *

— Io non capisco — mormorò Lelia con voce di pianto — perchè Eva debba tacere tanto! Le ho scritto tre lettere. Non ha risposto a nessuna.

Con la gola stretta da un improvviso bisogno di singhiozzare, Donata rispose:

— Eva deve essere indaffarata a vedere cose belle. Sapessi quante ve ne sono a Venezia! E sono anche certa che la nostra sorellina ha già acquistato una quantità di gingilli per te e forse una collana di filigrane per « Fior di Pesco ». Tu, quando eri piccolina, avevi una collana a margherite: margherite d'argento, con cuore giallo. Chi sa mai dove finì, quella collanina! La ricordi, Lelia?

Donata cercava di distrarre la piccola sorella, ma questa, stringendo le mascelle per non prorompere nel suo infantile pianto, rispose:

— Non ricordo nessuna margherita, io!

L'atmosfera, nella casa delle lodole, s'andava facendo irrespirabile. La forzata allegria di Donata e di Thea, le continue domande di Lelia, una certa inquietudine di Virginia, rendevano l'ambiente saturo di elettricità. Così che bastò un leggero, improvviso malessere di Donata, per mettere sottosopra la famiglia e la servitù.

Allora Thea capì che era necessario chiedere ancora una volta aiuto a Ippolito Bon.

Il giovane chiese e ottenne una licenza e partì subito per La Spezia. Col suo ingresso nella villa, i volti si rasserenarono e perfino Donata sentì il suo malessere sparire.

Ippolito Bon prese alloggio nello stesso albergo dove Fabio Dani aveva tante volte sostato. Ma la giornata la passava quasi interamente lassù, dove alcune giovani lodole l'attendevano sempre ansiosamente per chiedergli i più disparati consigli.

I primi giorni d'inverno ammantarono di languori la bella città marinara. Dalle navi, non scendevano più marinai biancovestiti, ma allegri e sani ragazzi, chiusi nella bella uniforme di panno turchino. Già qualche scuro mantello di ufficiale sfarfallava per le vie e nell'aria, pur ancor tepida, c'era odore di foglie morte. Sulla fioca monotonia del mare, alcune rondini svolazzavano ancora, incerte forse della mèta che le attendeva, o forse attratte da quel lieve tepore che i primi giorni d'inverno non riuscivano a vincere.

Quel giorno, nella vasta sala al primo piano, le fanciulle erano tutte riunite attorno a Ippolito. Il giovane ufficiale, vinta la innata timidezza, sorretto dalla presenza di Thea, raccontava una gaia vicenda di volo, quando Virginia, all'improvviso, volgendo verso di lui il suo bel viso bruno come un'oliva, domandò:

— Voi non lascerete mai più cantare Thea?

Attonito, quasi sbigottito, Ippolito rispose:

— In pubblico no, certamente...

— E per noi? — continuò Virginia.

— Oh! — fece Ippolito, ormai padrone di sè. — Mi avevate spaventato! Credevo voleste sgridarmi per aver tolto Thea dal teatro. Ma se è per cantare qui, tra noi, Thea può farlo, quando ne ha voglia.

— Thea non ne ha mai voglia... — sospirò Lelia. — E io vorrei proprio riudire quella romanza bella... che piaceva tanto a Eva.

— Quale? — chiese Thea, alzandosi e avviandosi al pianoforte.

— La romanza di quell'opera dove tutti sono tanto infelici.

— Ho capito! — rise Thea. — Tu vuoi la romanza di *Fedora*.

Accomodò lo spartito sul leggìo, trasse un accordo dalle note. Poi la voce limpida, fluida, cristallina, intonò:

« O grandi occhi lucenti di fede — O vasta fronte di me pensosa... — O schiette labbra... O riso ammaliator... ».

Lelia avvicinò la bocca all'orecchio di Virginia che le sedeva accanto e le sussurrò:

— Non è vero nulla, sai! Lui, la tradiva, era infedele, non era schietto e le labbra erano bugiarde. Così, un altro uomo lo uccise...

« Sento che qui... comincia un'altra vita, per me... ».

La bella voce pura tacque e l'incanto dolcissimo, che essa aveva portato, svanì.

Ippolito, assorto nella contemplazione di Thea, non sapeva staccare gli occhi da lei, neppure ora che il canto era finito e che la fanciulla, girando sullo sgabello a vite, aveva dato le spalle alla musica. Gli occhi dei due fidanzati si incontrarono. E Thea vide un tale sgomento in quelli di Ippolito, che, di scatto, si alzò e andò a sedergli si accanto:

— Che pensi, Ippolito?

Il giovane le afferrò le mani, le portò devotamente alle labbra, poi, sommessamente, rispose:

— Ti abbiamo chiesto troppo, Thea!

Ella non rispose: ma ricambiò la stretta delle mani e guardò fermamente, negli occhi, l'uomo che il destino le aveva assegnato. Allora, Ippolito trasse un gran respiro: e tutto il suo viso mutò espressione, per diventare solo luminoso di gioia. Ambedue silenziosi e assorti si guardavano così, quando, all'improvviso, li scosse il pianto di Lelia.

Ella piangeva forte, d'un pianto puerile, insistente, che scendeva al cuore e lo gonfiava di tenerezza e di pietà. Tutti compresero il perchè di quel pianto, ma solo Donata ebbe la forza di parlare:

— Sei sciocchina, Lelia! Tu piangi, come se Eva fosse in pericolo o fosse morta. E invece, la nostra sorellina si sta solo divertendo...

Si interruppe, avvampò. Cercò con lo sguardo aiuto, incontrò i neri occhi di Ippolito:

— Oh! — esclamò questi. — Finalmente qualcuno ha detto la verità! Eva si sta divertendo. E sai perchè, Lelia? Perchè i miei genitori hanno un bel motoscafo, non troppo veloce, ma sicuro e moderno. Imagini, Lelia, quante gite farà Eva? Lei, abile guidatrice d'automobile, guiderà facilmente anche il motoscafo. Mi pare di vederla: dritta a prua, col volante fra le mani, gli occhi fissi lontani, la bocca ridente... Tu non la imagini così, forse?

Lelia si asciugò gli occhi, togliendo di mano a Virginia il fazzoletto; scrollò le trecce, rispose, con voce alterata:

— Io la imagino cattiva e ingiusta. In otto giorni, neppure una parola a noi! Ah, non dimenticherò mai questo suo modo di fare!

— Non giudicarla tanto aspramente! — consigliò Ippolito. — Io ti assicuro che passata questa prima settimana di divertimenti, Eva ti scriverà. Scommettiamo, Lelia, che per giovedì tu avrai una sua lettera?

Il viso della bimba si illuminò: ella aveva ancora le gote umide e il naso rosso, e tuttavia quell'improvvisa gaiezza cancellò anche la traccia delle recenti lacrime.

— Che cosa si scommette, Lelia? — insistè Ippolito.

— Ma... non so... Dimmi tu...

— Ascolta: se io vinco, tu mi regali dodici cartoline illustrate, col golfo, le palme e le vie di La Spezia. Se io perdo, ti regalo un chilo di cioccolatini. Va?

— Sì, sì! trillò Lelia. — Io accetto e spero di non aver più neppure un cioccolatino da te.

— E allora, per scaramanzia, vestiti e vai subito a comperare le cartoline.

La bimba guardò Donata e Thea, interrogativamente. E poi che ebbe da esse il permesso di uscire, gridò:

— Andiamo, Virginia. Usciamo insieme. Ci mettiamo, tutt'e due, l'abito amaranto.

E rivolgendosi ancora a Ippolito:

— Tu ci dirai se questo abito ci sta bene. È nuovo. È stato confezionato a Torino: è il primo modello autentico che io porto. È un regalo di Thea, che ci ha volute vestite ugualmente, come due sorelle.

Uscirono, le due giovanissime, e appena furono soli, Ippolito disse:

— Bisogna che Eva scriva. Tutte le ricerche di

Dani sono state infruttuose. Ho scritto ancora stamane al suo ufficio, ho telefonato. Nessuno sa dove egli sia. In attesa che egli risponda, bisogna far in modo che qui giungano lettere da Venezia. La tua scrittura, Thea, somiglia assai a quella di Eva. Scrivi una lettera, io la mando in busta a Venezia e i miei genitori la spediranno qui. A essi, ho detto che Eva è lontana per cura e che questo non si vuol dire alla piccola sorella. Saranno felici di aiutarci a ingannare una bimba che, diversamente, sarebbe troppo addolorata.

— Io non so — cominciò Donata — in qual modo potremo ringraziarvi... e dimostrarvi la nostra riconoscenza...

— Imparando a darmi del tu, cognatina! — suggerì Ippolito. — Lelia sola ha imparato, finora. E a me parrà di non essere completamente ben accetto, se non mi tratterete tutte come un fratello.

Precedute da trillanti risate, riapparvero le due fanciulle. E il loro riapparire fece sbiancare Thea e Donata. Virginia era bella, flessuosa, strana, affascinante. Ma Lelia, che s'era rialzate le trecce attorno al capo, era un altra Eva. L'abito elegante e non più a taglio infantile la faceva signorina. Le forme acerbe, ma perfette, si rivelavano sotto la stoffa aderente: il piccolo cappello, portato indietro come soleva Eva, le metteva attorno al viso un'aureola. E il viso bellissimo, dolce e ridente a un tempo, era lo stesso viso dell'assente.

— Guardate — fece Virginia. — Lelia sembra Eva!

Le sorelle erano ammutolite: il loro cuore batteva forte mentre gli sguardi non sapevano staccarsi dalla fanciulla.

— Siamo belle? — chiese Lelia.

— Molto — rispose Ippolito, comprendendo che Donata e Thea non avrebbero potuto pronunciare parola. — Siete molto belle. E siete così diverse, che mi pare di non aver mai supposto due simili diversità in due belle creature.

— L'abito di Virginia è un poco più chiaro — osservò Lelia. — Quale preferisci, Donata?

La giovane donna aprì la bocca, ma non seppe parlare. Trasse a sè la fanciulla, la strinse forte al cuore e, in silenzio, la spinse dolcemente verso l'uscita.

— Non mi mandar via, Donata — mormorò Lelia. — Bisogna prima darmi molti soldi.

Thea udì, intervenne:

— Molti soldi? Per farne che, Lelia? Tu avevi, stamane, cento lire. Molte, per una bimba della tua età...

— Ma bastano, cento lire, per comperare le cartoline a Ippolito?

L'ingenua domanda ebbe il potere di far tornare il sorriso sulle labbra di Donata e di Thea.

— Bastano, bastano — disse ridendo questa ultima.

E rassicurata, Lelia, allora, dopo un rapido e collettivo saluto, se ne andò.

Sulla vetrata, si proiettò un raggio di sole. Ippolito si prese una di qua, una di là, le due sorelle:

— Andiamo — disse — andiamo fuori, sul terrazzo, a vedere le due lodole piccine.

Uscirono. In quel momento, Lelia e Virginia s'inoltravano per il viale, andando verso il cancello.

— Guarda — bisbigliò Thea — cammina anche allo stesso modo...

Le due fanciulle si tenevano a braccetto e parlavano fitto fitto, e ridevano, ed erano così intente nel loro gaio cicaleccio, che non pensarono a guardare su, verso il terrazzo, dove occhi intenti e affettuosi erano assorti nella loro contemplazione.

Seguendo un suo preciso pensiero, Thea osservò:

— Virginia è meravigliosa: vedete come il suo corpo è flessuoso? Ella cammina dritta e corretta e pure sembra che tutto, in lei, sia pronto per una danza armoniosa.

Sospirò, soggiunse:

— Come sarei lieta se Virginia e Renato si amassero!

Il pensiero di Renato la fece fremere. Ippolito, che la teneva stretta a sè, sentì quel fremito, si curvò sulla giovane creatura, le chiese, semplicemente:

— Perchè?

Ella piegò il capo di lato, così che la sua tempia si posò sulla spalla del gigantesco fidanzato. E rimase così, assorta, col pensiero lontano, verso il paese ignoto nel quale Eva s'era rifugiata.

Piano, Ippolito guidò dolcemente le sorelle verso il salotto.

— Ora — pregò, rivolgendosi a Thea — tu dovresti scrivere la lettera per Lelia. Così, io potrò spedirla questa sera stessa. Mentre scrivi, io esco e vado a sorprendere Lelia e Virginia.

Si separarono. Ippolito percorse il viale, salì sulla sua macchina che l'attendeva davanti alla casa del giardiniere, s'avviò. Giunse presto in città, si diresse lungo i portici di via Chiodo, dove era certo di trovare le due fanciulle. Le scorse, infatti, ferme davanti a una vetrina. E vide che la gente rallentava il passo, per ammirare quelle due diverse e garrule bellezze.

Ma allorchè Virginia e Lelia si staccarono dal negozio e cominciarono a passeggiare, egli non seppe celarsi. Prima a scorgerlo fu Lelia, che, subitamente, attraversò i portici e si diresse, quasi correndo, alla macchina.

— Ippolito! — chiamò.

Il giovane, già fermo, le fece, ridendo, cenno di

stare zitta, e quando ebbe le due lodole in macchina, avvertì:

— Siete ormai signorine: non bisogna chiamare i giovanotti ad alta voce.

— Ma tu non sei un giovanotto — ribattè convinta Lelia. — Tu sei mio cognato.

Stavolta, la risposta parve molto buffa anche a Virginia, che rise mostrando, oltre la incantevole fila di perfetti denti, la gola rossa e fresca.

— Dove volete andare? — domandò Ippolito, volgendosi.

— A prendere le paste per stasera — rispose Lelia.

E piegandosi un poco, per parlare quasi all'orecchio di Ippolito:

— Dovresti dirmi — bisbigliò — quali sono i dolci che ti piacciono. Donata mi ha detto di scegliere un po' dell'una e un po' dell'altra qualità. Ma se tu dici ciò che preferisci, io faccio più in fretta.

— I dolci non mi piacciono troppo, Lelia. Ma sono ghiotto di tartine. Soprattutto a quest'ora. Scendiamo.

Fermò la macchina davanti ai portici. Scesero tutt'e tre, entrarono in una grande pasticceria.

Lelia avrebbe voluto aggrapparsi al braccio di Ippolito, ma sapeva che quando un uomo è in divisa non deve avere « borsette » appese al braccio, come diceva Renato. Così, si accontentò di metterglisi a lato, per confessargli:

— Piacciono assai anche a me, le tartine dolci, con burro, acciughe e formaggio. Quante me ne lasci mangiare, Ippolito?

Il giovane abbassò il capo e guardò commosso quella creatura adorabile. Ella parlava come una bimba, aveva le stesse ingenuità, le stesse improvvise malinconie: e tuttavia, ella era ormai una signorina, Virginia, accanto a Lelia, sembrava una bambola, anche se il suo piccolo e morbido corpo aveva mosse e forme conturbanti.

— Io ti permetto di mangiarne fin che vuoi — sorrise Ippolito. — Però, smetti un minuto prima di fare indigestione.

— Va bene — rispose Lelia, sedendo fra Ippolito e Virginia.

Ma, mentre stava per affondare i denti nella quarta tartina, vide Ippolito balzare in piedi, rigido sull'attenti. E subito, una voce cordiale, alle spalle di Lelia, esclamò:

— Il nostro Bon! Di dove venite?

Lelia aveva un pezzo di tartina in bocca e un pezzo fra le mani. Le labbra erano chiuse, ma il boccone era lì, tra lingua e palato. Tuttavia ella ebbe il coraggio di volgersi e, sbigottita, vide un ufficiale che, alle maniche e al berretto, aveva una grossa greca d'oro.

— Un generale d'aviazione! — ciangottò, per via del boccone.

Inghiottì, si sentì per un attimo soffocare, poi, come riprese a respirare liberamente, s'accorse che il generale diceva:

— Mi fate posto, Bon? Non trovo nè una seggiola nè un angolo libero.

Ippolito presentò le due fanciulle, si affrettò a far portare due seggiole. Lelia, al « due », si guardò attorno e, finalmente, uscendo dal suo sbalordimento, si accorse che il generale non era solo. Con lui, vi era un giovane accademista, chiuso nella sua bella uniforme di allievo dell'Accademia di Livorno.

— Mio figlio Riccardo — presentò il generale.

Il ragazzo s'inchinò alle fanciulle, salutò con un rigido saluto Ippolito, poi sedette fra Lelia e Virginia. E ben presto i tre diventarono amici.

Mentre Ippolito parlava col generale, dicendogli del suo prossimo matrimonio, il giovane Riccardo guardava or gli occhi neri di Virginia, or le pupille turchine di Lelia. E quando i suoi occhi grigi, metallici, già severi e pensosi per la sua fresca età, incontravano le chiare iridi della giovane Lelia, sostavano, si facevano attenti, scrutatori, quasi che egli volesse leggere, in quelle pupille ridenti, un pensiero profondo. A un tratto, Virginia disse:

— Non mangiare più tartine, Lelia. Sei alla decima...

— Oh... — fece la fanciulla arrossendo. — La decima? E come ho fatto?

— Guardavi Riccardo e ingoiavi tartine, guardavi Riccardo e ingoiavi tartine... — rise Virginia. — E così, sei arrivata alla decima.

— Farò indigestione? — chiese Lelia, allarmata. — Avevo promesso a Ippolito di fermarmi un minuto prima...

— Bevi — consigliò Virginia.

Lelia ingollò un gran sorso di birra. Poi chiese a Riccardo:

— A voi, quali dolci piacciono?

— Tutti; e nessuno come me è abile nella scelta della pasta più croccante.

— Allora, venite — pregò Lelia. — Aiutatemi a scegliere i dolci per stasera.

Chiesero il permesso di allontanarsi e insieme si diressero in fondo alla pasticceria.

Consigliata da Riccardo, la giovanetta fece preparare un gran vassoio di dolci e stava per ritornare al suo posto, quando Riccardo la fermò:

— Aspettate, Lelia. Voglio offrirvi una cosa che a me piace tanto, ma che non potrò mai avere.

Parlò con la commessa, si fece consegnare una bambolina vestita da comunicanda:

Offrendola a Lelia, il ragazzo spiegò:

— Quando vedo queste bamboline, rimpiango

sempre di non avere una sorellina. Mi piacerebbe vederla vestita così e poterle offrire una bamboletta come questa. L'offro a voi.

Lelia si strinse al petto la bambola vestita di bianco, vaporosa di veli e di sete. E inconsapevolmente, mormorò:

— Sembra una piccola sposa...

— Sì — ripetè Riccardo. — Sembra una piccola sposa bionda. Bionda come voi...

E così, nell'odore di vainiglia che veniva dai dolciumi, davanti a un mare pacato, ma non triste, Lelia e Riccardo, per la prima volta nella loro vita, vennero sfiorati da quel divino sentimento che, pur non essendo ancora amore, molto gli somigliava.

Giunta a casa, la fanciulla corse incontro a Donata e, mostrandole tutta giuliva la pupattolina avvolta nei candidi veli, esclamò:

— Guarda! Me l'ha regalata Riccardo...

— Chi è mai, Riccardo? — interrogò Donata.

— È il figlio d'un generale dell'aeronautica. E quasi con veemenza, soggiunse:

— Ha diciassette anni, ha i capelli neri e gli occhi grigi. Gli piacciono le bambole vestite come questa, ed è per ciò che ne ha regalata una a me.

— Gli piacciono le bambole? — domandò, perplessa, Donata.

— Sì — affermò Lelia — gli piacciono.

Ippolito, sorridendo, mormorò, piano piano perchè solo Thea e Donata intendessero:

— Io penso che a quel ragazzo sia subito piaciuta la nostra bambola bionda...

Una commozione improvvisa gonfiò il cuore delle due sorelle. Ambedue, con lo stesso materno e amoroso sguardo, fissarono la sorellina, intenta ad accomodare il velo della sua pupattola. E la bambola, agli occhi della loro mente, si ingigantì, diventò una creatura vera, ebbe le fattezze di Lelia... O di Eva?

Quasi contemporaneamente, le due sorelle si scossero, si guardarono. E l'una lesse negli occhi dell'altra la visione recente.

— Andatevi a cambiare abito — disse Thea alle ragazze. — Tra poco, si andrà a tavola.

Sulla mensa ricca di fiori, di frutta, di confetture, brillavano le coppe. Non appena Lelia ebbe la sua, la protese, repentinamente, verso Ippolito: i cristalli si urtarono così forte che l'uno e l'altro si ruppero e il chiaro vino si rovesciò sulla mensa, bagnò i dolci e le frutta.

— Porta fortuna, porta fortuna! — gridò Virginia, esilarata più da quell'aspersione che da un lungo sorso. — È di buon augurio, tutto questo. Ippolito sarà felice prestissimo e Lelia pure. Evviva!

— Io sono già felice — rispose Lelia — e sarei felicissima se Eva fosse con noi.

Scosse la testolina, soggiunse:

— Ma Eva ci ha dimenticati tutti. Ci ha, come si dice, traditi.

— Traditi? — interruppe ridendo Ippolito. — Tu dici parole grosse, Lelia!

— Io non so come spiegarmi — continuò la fanciulla — ma è certo che io sento Eva così lontana da noi... così lontana, come se essa non dovesse più tornare. Quando era a Roma, con Thea, la sentivo ancora qui: adesso, non più...

— Bevi, bevi, Lelia! — incoraggiò Ippolito. — Bevi alla gioia di tutti. Anche a quella di Riccardo.

Subitamente, come soleva, la bimba s'illuminò: alzò la coppa, e con voce chiara, disse:

— Bevo alla gioia di tutti. Bevo alla gioia di Riccardo, che mi ha regalato una bambola, vestita da...

— ... sposa... — suggerì Virginia.

E Lelia terminò, molto seriamente:

— Vestita da sposa.

Più tardi, quando Donata entrò nella camera della sorellina, si avvide che sotto la coltre, con la testolina appoggiata sul guanciale, riposava, accanto a Lelia, anche la bambola avvolta nei veli. « Fior di Pesco », seduta sulla sua poltroncina di seta verde, con la testa bruna dolcemente reclinata su una spalla, con le belle manine ferme nel grembo, guardava, con gli obliqui occhi, il letto dove

Lelia dormiva. E nei begli occhi della piccola giapponese di porcellana, vi era la malinconia di tutte le cose perdute: di tutte le ore svanite, di tutti i ricordi vicini.

Donata guardò Lelia, poi ancora « Fior di Pesco ». Sospirò. E dopo aver lievemente baciato la sorellina, si curvò anche sulla grande bambola. Accarezzò i morbidi capelli neri, lisciò le gote di porcellana, strinse il piedino bendato. Poi, piano piano, quasi senza avvedersene, posò le labbra su quella fronte levigata e fredda.

Nella sua immensa bontà, Donata aveva voluto con quel suo gesto pietoso, consolare la bambola che tra poco sarebbe stata dimenticata. Il regno di « Fior di Pesco », ella ben lo sapeva, era decisamente tramontato in quello stesso giorno: perchè in quel giorno, una bambola piccina e bionda, vestita da sposa, era entrata nel cuore di Lelia, depostavi da due giovani, ma già forti e prepotenti mani maschili.

* * *

Un'insolita fiorita di neve s'era adagiata su La Spezia. Pareva che la città luminosa si fosse addobbata così per una festa nuziale, chè il cielo già si rasserenava, il mare splendeva e la lieve fioritura candida qua e là già svaniva. Sul gran terrazzo, nella casa delle lodole, tuttavia, la neve indugiava. Sembrava che il gelo dei cuori ivi racchiusi si propagasse anche agli elementi esterni.

Thea e Donata, con l'ultima lettera di Renato posta tra loro sulla tavola, stavano silenziose e assorte. Donata aveva allontanato da sè il lavoro al quale poco prima era intenta. Si sarebbe detto che ella temesse di toccare con le dita tremanti di timore quel lieve indumento che un giorno sarebbe stato testimonio della sua gioia. Thea spiegazzava il suo fazzoletto, lo ripiegava con gesto da sonnambula e teneva gli occhi fissi alla vetrata, dalla quale si scorgeva parte del giardino e, più lontano, il mare, tranquillo. Mai il bel giardino della villa era stato tanto squallido. Un'altissima magnolia era morta; i fiori, all'improvviso insolito gelo, erano appassiti; il bosso, pur così tenace alle intemperie, aveva perduto la compatta armonia dei suoi archi: e su tanto squallore, qua e là, indugiava la neve.

Donata allungò la mano e con gesto esitante riprese la lettera di Renato. Rilesse:

«... tra venti, venticinque giorni al più, sarò nuovamente tra voi, piccole lodole del mio cuore. Vi sposerete, Donata e Thea, nello stesso giorno: e io resterò, fratello felice, accanto a Eva e a Lelia, e... perchè no?... anche a Virginia, visto che questa creatura di gaiezza e di bontà è cara a voi come una sorella, e come tale sarà considerata da me... Vi bacio tutte: ma un bacio più grande lo mando a Thea, che mi ha dato la più grande soddisfazione della mia vita: quella di vederla, come le mie altre sorelle, inquadrata in una esistenza sana, sicura, onesta, pronta a essere sposa e madre, come tutte le donne di casa Valbruna. E un grande bacio mando pure a Eva (sebbene ella non mi scriva grandi lettere, ma si accontenti di scarabocchiare la sua firma) a questa Eva che ritrovo quale la conobbi... ».

Le parole, ora, apparivano velate, alla giovane donna che leggeva piangendo. Un singhiozzo le sfuggì e Thea scattò, suo malgrado, con violenza:

— Taci! Che vale piangere? Abbiamo tentato tutto, per evitare a Renato questo dolore. È destino che non si possa far di più. Inutile piangere. Vuoi che Lelia capisca ancor più? Vuoi che Virginia intuisca più di quanto ha già intuito? Non piangere, ti dico!

Donata, la dolce Donata così pacata nei suoi gesti, così morbida in ogni suo atteggiamento, ebbe un moto di tremenda disperazione: si addentò una mano, per soffocare i singhiozzi e forse per vincere, col dolore fisico, il dolore che le spezzava il cuore.

Thea, turbata, travolta da quella disperazione, afferrò la mano della sorella:

— Non fare così, Donata! — implorò. — Aiutiamoci, tentiamo ancora qualche cosa... Dio ci aiuterà... Intanto, intanto... si potrebbe chiamare Ippolito... Vuoi? Gli telefoniamo?

Donata strinse le mani contro il petto che si sentiva lacerare e rispose, con voce afona:

— Lascialo stare, povero ragazzo! È partito ieri, viene qui ogni settimana: non puoi pretendere troppo da lui, che deve volare, e ha bisogno di tranquillità.

— Ma se Renato gli scrive, comunicandogli il suo imminente ritorno, egli soffrirà quanto noi; è meglio avvertirlo...

Su queste ultime parole, Thea balzò in piedi. Il suo viso era tutto ombre. E gli occhi avevano perduto ogni dolcezza, quando ella soggiunse:

— Qualunque cosa avvenga, io non perdonerò mai a Eva ciò che ci ha fatto soffrire. Neppure se verrà a noi legalmente sposata con quel Dani, neppure se si butterà ai miei piedi, per implorare il perdono... Ella ha distrutto la nostra pace, ha insudiciato il nome di nostro padre, e spezzerà il cuore di nostro fratello!

Il pensiero di Renato lontano e fiducioso, di Renato che sognava le sue lodole serene e felici, le martellò nel cervello.

— Io non ne posso più... — ansimò. — Non ne posso più, perchè non mi è dato piangere, come fai tu. Io ho imparato a soffocare le lacrime, per non farmi scorgere da Lelia e da Virginia; ho così ben imparato a trattenere il pianto che ora, lo vedi?... non so più sfogarmi e mi sento soffocare, spezzare, morire.

Ella era livida e se ne stava appoggiata contro il pianoforte. Il silenzio, ora, nella vasta sala, era lugubre. Thea stette così, immobile, qualche minuto. Donata la guardava, esterrefatta. Sentiva che la sorella non era più padrona di sè e che i nervi, non più passibili di dominio, le imponevano qualche eccesso. Un gran freddo correva per le vene della giovane in attesa. E con terrore ella vide Thea staccarsi, con energia subitanea, dal pianoforte; con terrore la vide guardarsi attorno, correre alla vetrata, spalancarla.

— Thea! — chiamò Donata, raggiungendo la sorella, con un balzo. — Thea mia, che fai?

— Dammi aria, Donata, aria! O soffoco.

Dolcemente, Donata trasse indietro la sorella. Dolcemente, richiuse i vetri.

Nel cielo azzurro, su la città qua e là ammantata di bianco, passò un trimotore.

Ambedue le sorelle sollevarono lo sguardo, seguirono il volo della macchina alata. E questo piccolo fatto bastò a disperdere, momentaneamente, l'estrema violenza della tensione nervosa, così come basta la puntura d'un ago a vuotare il pallone rigonfio tra le mani del bimbo.

— Bisogna telefonare a Ippolito — balbettò Thea.

— Sì, sì: appena sarai più calma.

— Non perdiamo tempo, Donata...

— Sì...

— Che ora è? — chiese Thea.

— Le nove. A quest'ora, è al campo. Telefoneremo più tardi, Thea, quando sarà all'albergo. Ora chetati: dalla tua calma, nasce la mia. Sorridi, Thea... Ippolito dice che quando tu sorridi, anche se il cielo è coperto di nubi, splende il sole.

Thea piegò il capo, lo poggiò sulla spalla della sorella. Sorrise.

E Donata comprese, da quel sorriso, che il potere dell'amore è sconfinato. Perchè, dunque, maledire Eva? Al pensiero della sorella, ella credette che il cuore le si rompesse all'urto dell'ansietà crescente. Tuttavia reagì a quel violento dolore e, cingendo la vita di Thea, disse:

— Osserva: il mare, ora, pare che tremi. E il cielo, vedi?... è azzurro come se fosse primavera. Non può accadere nulla di male, Thea, sotto un cielo così limpido e bello! Sorridi e andiamo. Tra poco, Lelia e Virginia si desteranno. Debbono trovarci serene e liete, come sempre. Vieni, ci prepariamo insieme, nella mia camera.

Pareva che Donata avesse timore di star sola o temesse nel lasciar sola Thea. Se la trascinò nella sua camera: portò lei stessa tutto ciò che poteva occorrere alla sorella.

— Cantami qualche cosa, sottovoce — pregò Donata, togliendosi la vestaglia.

Thea sedette davanti alla pettiniera. Ella aveva le trecce sulle spalle, e le due lunghe strisce d'oro vivo le scendevano fino alle ginocchia. Cominciò, piano piano, a sfare una treccia. Poi, come Donata taceva, ella, dolcemente, cominciò a cantare:

Vissi d'arte, vissi d'amore...
non feci mai male ad anima viva...

La porta si spalancò: Lelia e Virginia (un pigiama azzurro, un pigiama scarlatto) balzarono nella camera. Ma, a un cenno di Donata, s'arrestarono e accostarono, cautamente, l'uscio e rimasero, immobili, con la schiena appoggiata alla porta. Donata, seduta sul letto, con l'abito sganciato, non osava muoversi e ascoltava, estatica, il meraviglioso canto.

Nell'ora del dolore...
perchè, perchè, Signore,
perchè me ne rimuneri così...?

L'accorato e dolce canto finì in un singhiozzo. Thea, affondata nei suoi capelli d'oro, aveva finalmente trovato sfogo al suo dolore.

Virginia e Lelia, immobili, con gli occhi lucidi, col respiro affannoso, guardavano la divina fanciulla canora. E come ella tacque, le si avvicinarono, le sollevarono i capelli, le videro il volto inondato di lacrime.

— Tu piangi davvero! — stupì Virginia.

— Sì — balbettò Thea — qualche volta, mi accadeva anche in scena...

Rise, soggiunse:

— Ed erano guai, per via del trucco, sapete!

Subito, le due vispe lodole trillarono:

— Piangevi nero, Thea? Erano dunque buffe, le tue lacrime?

La giovane si alzò: apparve chiusa nella nicchia bionda dei suoi lunghi e folti capelli.

Virginia la seguì, le fu alle spalle:

— Sembri una fata! — mormorò. — Ma una fata un po' addolorata. Oggi tu hai, nel viso, la stessa espressione accorata che aveva sempre Eva.

— Oh! — interruppe Lelia. — Ora, Eva, non ha certo più quell'espressione. Ora, ella è felice. Ci ha quasi dimenticate, la cattiva!

— Non è vero! — protestò Donata, arrossendo. — Solo ieri, ella mandò una cartolina.

— Bella cosa! — brontolò Lelia. — Una cartolina... Riccardo, in una settimana, ne ha mandate tre a me...

— Tre? — fece Virginia. — Tu sbagli: una cartolina al giorno non può far tre in una settimana...

Lelia diventò scarlatta. Abbassò il capo, ma guardò, di sotto in su, le sorelle.

— Tu, dunque, sai dire bugie? — fece Donata fingendosi molto scontenta.

— No — rispose Lelia. — Io non dico bugie: dico le cose diverse da quel che sono. E lo faccio, per non dovervi addolorare troppo nel farvi constatare che un ragazzo quasi ignoto mi ricorda più di Eva.

S'interruppe: si strinse nelle spalle, continuò:

— Eppure, Eva diceva che io le ero cara sopra ogni cosa...

Donata, per deviare il pensiero della bimba e forse il proprio, intervenne:

— Non parlare di Eva! Eva sta bene dove è, ed è felice: riparliamo di Riccardo, di questo bel tenebroso, che ti manda una cartolina al giorno, che ti regala bambole col velo bianco, che, insomma, dimostra per te una simpatia che mi preoccupa.

— Ti preoccupa? — fece Lelia, ingenuamente.

Virginia proruppe in una di quelle sue limpide e improvvise risate che mettevano gaiezza anche nel cuore più tormentato:

— Non devi preoccuparti, Donata! Un giorno o l'altro, Lelia si dovrà ben fidanzare. E chi sa che il fidanzato, ella non l'abbia già pronto...

— Tu pensi — disse Thea — che Lelia pure debba sposare un ufficiale? Sarà una famiglia in uniforme, la nostra!

— Credo di sì — fece Lelia. — Perchè, se Virginia sposa Renato ed Eva...

S'interruppe ancora una volta: la sua piccola mente, che s'apriva a poco a poco ai misteri della vita, accostò ricordi e fatti, quindi, rapidamente, la giovanetta aggiunse:

— Virginia, forse, sposerà Renato: ma Eva, sono certa, non sposerà un ufficiale.

— Che ne sai tu? — chiese aspramente Thea.

Lelia alzò gli occhi e guardò fermamente la sorella. Le sue labbra non si mossero: ma quei due puri occhi turchini dissero così tante cose, svelarono così ampi segreti, che Thea, spaventata, ebbe a pensare: « Ella sa... ».

Ma a toglierla da quell'ansia, ecco gli occhi ingenui riprendere la loro espressione gaia; ecco la cara voce, dalle intonazioni talvolta ancora infantili, risonare allegra:

— Io non so nulla. Penso senza ragione alcuna a cose che mi piacciono.

— E a te — domandò Donata, a sua volta — quali cose piacciono?

— Che so? — ribattè Lelia, scrollando la testolina. — Un giorno mi piace immaginare Thea al braccio di Ippolito: lui così bruno, lei così bionda. Un'altra volta, vedo te, Donata, al braccio di Luciano. Siete tanto belli, insieme, che è una gioia immaginarvi a braccetto, vicini, felici... Tal altra, mi piace immaginare Eva al braccio d'un signore alto, bruno, elegante. Una notte, ho sognato che ella entrava in chiesa, per sposare quest'uomo. Ed era così felice, Eva, che neppure vedeva me...

— Dunque — fece Thea con voce tremante, — tu conosci l'uomo che Eva dovrebbe sposare...

— Ma no — rise Lelia. — Io lo immagino soltanto!

Donata, passandosi le mani su i capelli fortemente ondulati, interruppe le sorelle:

— Con queste chiacchiere, stamane, non si farà colazione... Sei pronta, Thea? E voi due, maschiottini, scendete così?

Virginia e Lelia infilarono la porta.

— Lelia — disse subito Thea a Donata — conosce quell'uomo. Ne sono certa. Eva, se non fosse fuggita dal treno, con la mia inconsapevole complicità, sarebbe fuggita da casa, con la complicità di una innocente. Ciò che è avvenuto era inevitabile. Non pensiamoci, Donata: andiamo. Le bimbe, senti?... scendono già.

Trovarono, a pianterreno, Virginia e Lelia già a tavola. Erano mal pettinate e tutt'e due, sul viso, avevano uno sbaffo di cipria.

— Che novità sono queste? — protestò Donata. — Cipria? Alla vostra età? Non me ne do che un velo io stessa e voi...

Lelia e Virginia cominciarono a ridere e quest'ultima, addentando un biscotto croccante, esclamò:

— Ci siamo date un po' di cipria, per farvi credere di esserci lavate il viso: invece, non abbiamo neppure toccato l'acqua!

— Oh! — fece Donata, sinceramente sbalordita. — Siete diventate due gatte, dunque?

— Ma no, non siamo gatte: siamo due ragazze con molta fame.

E cominciarono a divorare tutto ciò che la cameriera poneva loro davanti.

Thea, con un sorriso fermo sulle labbra e il pensiero lontano, stava per portare una tartina alla bocca, quando il telefono squillò e la cameriera avvertì:

— Da Milano, signorina Thea.

Thea balzò in piedi, corse al telefono. Lelia le gridò dietro:

— Manda un bacione a Ippolito. Digli che i cioccolatini son finiti e che piacevano assai anche a Virginia...

Tranquille, le giovani donne continuarono la loro colazione. Il tinnire delle porcellane e dei cristalli, le risate di Virginia e Lelia, la mensa elegante, i bei frutti, i magnifici fiori, mettevano gaiezza nella piccola e tepida sala. Fuori, la neve era quasi tutta sparita. Ne restava qualche bioccolo ai piedi degli alberi, nelle insenature delle aiuole, dove il tepido sole invernale non giungeva. Il cielo, limpido e azzurro, pareva di cristallo; e nel golfo, dove l'aria purissima permetteva una visibilità perfetta, i piccoli paesi incantati si doravano nel sole. Dopo essersi vestita di bianco come una sposa, La Spezia offriva, all'ammirazione della gente, le sue gemme, i suoi splendori.

— Che telefonata lunga! — gridò a un tratto Lelia. — Ora vado a far « bau » nell'apparecchio. Così Ippolito si spaventa e crede che Thea sia diventata matta.

Già la bimba si alzava, quando Donata, colpita da un presentimento, la trattenne:

— Rimani. Se Thea parla a lungo, ne avrà motivo, ti sembra?

— Nemmeno un « bau » posso fare?

— Nemmeno uno.

Lelia allungò le labbra, finse di mettere il broncio. Disse:

— Se non si possono neppure spaventare i cognati, chi mai dovrò spaventare io?

Donata era diventata pallida. Si alzò: posò il tovagliolo accanto al piatto, disse, con voce che pareva dura, ed era invece resa così dallo sforzo che la giovane compiva per non tradirne il tremito:

— Rimani, Lelia. Non venire a far chiasso. Vado io a vedere che novità comunica Ippolito. Forse, egli ha qualche notizia di Renato e di Luciano.

Uscì, entrò nella stanza dov'era l'apparecchio

telefonico. Vide Thea seduta in una poltroncina, col microfono all'orecchio. Il volto della sorella era così mutato, così affinato che Donata, sbalordita, si passò una mano su gli occhi. Vedendola, Thea le fece, con la mano, cenno di avvicinarsi. E come la sorella fu vicina, ella mormorò:

— Eva...

E, nel microfono, disse:

— C'è Donata, qui. Vuoi salutarla?

— Eva... — balbettò Donata, togliendo il microfono dalle mani di Thea... — Eva, torna...

La cara voce tanto simile a quella di Lelia vibrò lontana lontana: e tuttavia, come in un sospiro, Donata potè accogliere questa risposta:

— Presto... Quando lui sarà libero. Vi bacio tutte.

— Ti vogliamo vedere... — implorò Donata.

— Presto... — ripetè la voce.

E ancora, come un sospiro, giunse l'ultimo saluto:

— Vi bacio tutte. Addio.

Poi silenzio.

— Che t'ha detto? Che le hai detto? — chiese tremando Donata.

— Tutto. Tutto ciò che abbiamo fatto per evitare a Renato l'immenso dolore da lei procurato. Ella dice che tra poche settimane sarà pronunciato il divorzio, che correrà ella stessa a portarcene la notizia... che tutto si appianerà, che saremo felici...

— E lei, lei...

— Lei è felice! — rispose Thea. — Tanto felice che non ha, neppure per un istante, pensato al nostro immenso dolore. Ha detto che tutto si appianerà, che Renato si farà una ragione, che la casa delle lodole diventerà più gaia di prima: ma a ciò che noi si soffre ora, ella non crede. E se credesse, sono certa, ci deriderebbe.

— Che fa a Milano?

— Non so. Dice che è di passaggio. E che mai telefonò, nè scrisse, per timore d'essere raggiunta. Ora, ella telefonava dalla stazione. Parte ancora per chi sa dove... Eva non ci ama più. Ha dimenticato la sua casa, le sue sorelle, il fratello che le fu dolcissimo padre, tutto ha dimenticato...

Il volto di Thea, già così tormentato, si incupì ancora più:

— E io — proseguì — vorrei poter fare altrettanto. Dimenticarla, per sempre. Ma non posso, non posso. Perchè c'è Renato, perchè c'è Lelia. Perchè c'è un nome da salvare...

Tacque. La porta s'era socchiusa. Lelia, infilando la testolina tra uscio e stipite, domandò:

— Che fate? Non tornate più?

Ma scorgendo le sorelle, improvvisamente ammutolite e immobili, spalancò l'uscio, si buttò tra le braccia di Thea e scoppiò in singhiozzi, balbettando:

— Eva! È accaduto qualche cosa ad Eva!

— Ma no, ma no! — rassicurò Thea, baciandola, stringendola. — Eva sta benissimo. Era Ippolito che... oh, c'è da ridere!... che mi telefonava per dirmi di aver acquistato l'anello di fidanzamento...

Lelia col dorso della mano si cacciò via due lacrimoni: guardò la sorella e disse:

— Ma deve portartelo solo quando ci sarà Renato! Perchè lo acquista ora?

— Così gli ho detto anch'io... — continuò Thea. — E credo d'averlo convinto.

— Mi ha fatto tanta paura, quella telefonata — esclamò Lelia, — che mi pento di non aver urlato « bau bau » nell'apparecchio!

— Ma — intervenne Donata — ti pare opportuno che una signorina importante quale tu sei, e che riceve una cartolina ogni giorno da un certo cadetto dal sonoro nome di Riccardo, ti pare opportuno, dicevo, che questa signorina strilli « bau bau » a un ufficiale che è quasi suo cognato?

Lelia sorrise, compiaciuta. Pensare a Riccardo era cosa gioiosa. Ella lo vedeva, snello e fiero: chiuso nella sua bella divisa di cadetto, col suo elegante spadino al fianco, con i suoi bottoni dorati sul petto... Bello, era, il giovane Riccardo: ma nella mente della giovanetta, egli ancora non si disegnava come può disegnarsi un uomo: tutto, per Lelia, era ancora poesia, prodigio di natura, bellezza divina. La materia, con le sue brutture, con la sua deludente prosa, non aveva ancora sfiorato la fanciulla: ed ella poteva, con la stessa gioia, parlare a Virginia, indifferentemente, di Suor Armonia e di Riccardo. Suor Armonia era tutta musicale, era tutta luce: Riccardo era tutto fierezza, tutto coraggio. Due creature nate per avere la devozione di chi le poteva avvicinare: due creature nelle quali bisognava credere.

Fu con un luminoso e dolce sorriso che ella rispose a Donata:

— Io non so se sia opportuno o no trillare «bau» a un futuro cognato. Lo chiederò a Riccardo, quando lo vedrò.

— E quando lo vedrai?

— Durante le vacanze di Natale.

— Oh, sei ben informata!

Ma Thea, che aveva bisogno di star sola con Donata, troncò il dialogo ingenuo, dicendo:

— Vai, Lelia: Virginia è sola. Termina le tue lezioni e nel pomeriggio, usciremo tutte insieme, per una gita.

— Dove si andrà? — chiese Lelia.

— Deciderai tu, o deciderà Virginia.

— E con quale macchina andremo? — domandò ancora la giovanetta.

La macchina rossa di Eva riposava nell'autori

messa. Le giovani donne non avevano più voluto far uscire quell'automobile che era stata testimone, forse, di troppe ore felici di Eva. Rispose, quindi, Thea, alla sorella:

— Faremo venire una macchina pubblica. La prenderemo in un'autorimessa e ne troveremo certo una bella e comoda.

Soddisfatta, Lelia se ne andò.

Ma quando fu su, nel salottino che aveva i mobili piccini, le seggioline da bambola e pareva pronto per accogliere pupattole, disse a Virginia:

— Io non so perchè da qualche tempo, nella nostra casa, si respiri un'aria di tristezza.

— Forse è la lontananza di Renato, di Eva, che contribuisce a darti questa sensazione...

Lelia scosse la testolina, poi, come se parlasse a se stessa, rispose:

- No, no. Renato non c'entra. Egli è partito altre volte e noi l'abbiamo atteso sempre serenamente... C'è qualche altra cosa, che non va...

Virginia prese una mano di Lelia, l'accarezzò in silenzio. E i suoi grandi occhi neri erano pieni di comprensione. Così, immobile, senza sorrisi, ella era un'altra Diversa dalla Virginia solita, più donna, più dolce più femmina. Sollevando le palpebre, Lelia la vide così ed ebbe un esclamazione gioiosa, che fugò, subitamente, l'improvvisa malinconia che l'aveva sorpresa:

— Come sei bella, così, Virginia! Quando verrà

Renato, fatti vedere con questi occhi... con questa boccuccia chiusa, seria, ferma... Egli si innamorerà subito di te, ti sposerà e staremo sempre insieme.

Ora, s'erano tutt'e due accoccolate su un lungo sgabello imbottito e ricoperto di seta rosa a fiorellini azzurri e viola. Stavano vicine vicine, come due tortorelle freddolose e si tenevano per mano. Dalle tende azzurre, la luce entrava colorendo ogni cosa di turchino.

— Tu saresti contenta se Renato mi sposasse? — fece, all'improvviso, Virginia.

— Tanto! — fu la semplice risposta. — E tu?

Virginia pensò un poco, trasse un sospiro, esclamò:

— Io? Io gli voglio già bene! Luciano me ne ha tanto parlato sempre! E qui, tutto mi dice che Renato è bello, buono, gaio... E infine...

S'interruppe: sulle gote olivastre, salì una viva fiamma, che raggiunse le radici dei nerissimi capelli e disparve.

— ... infine? — incoraggiò Lelia.

— ... infine, egli è biondo! E io, ho sempre sognato un po' di biondo, attorno a me. Quando seppi che Luciano sposava una donna bruna, ne ebbi quasi dispetto: ma allorchè egli mi disse che le sue future cognate erano biondissime, gli perdonai subito d'avere scelto una moglie nera. Nella nostra casa, siamo tutti così scuri. Fin da bimba mi abituai a veder capelli neri, occhi neri, carnagioni nere e, crescendo, ebbi un solo desiderio: avere qualcosa di biondo, accanto a me. Forse è per questo che mi sono subito tanto affezionata a te, Lelia. Perchè sei bionda come il sole, perchè hai gli occhi chiari e la pelle bianca.

— Anche Renato è biondo come me; e lui pure ha, come me, gli occhi azzurri. Soltanto, la sua pelle è un poco bruciata dal salino e dal sole. E poi, lui, ha la barba...

— Ma se la raderà ogni giorno, vero? — chiese Virginia, un po' preoccupata.

— Oh, sì! Ogni giorno.

— Che storia, quella barba! — esclamò Virginia. — Qualche volta, il mio babbo, radendosi, si lascia sfuggire parolone grosse. E la mamma lo sgrida, perchè, dice, le parole grosse finiranno col preparargli un posto nell'inferno.

— Davvero? — fece Lelia, spaventata.

— Davvero! Lo dice la mamma...

Allora, Lelia rise:

— Gran fortuna per noi non aver barba! Una probabilità in più di non andare dai folletti.

Si alzò, e sempre ridendo disse all'amica:

— Ma dovremo deciderci a lavarci il viso, Virginia! Per il bagno, è tardi, ormai. Ma il viso, che ne dici?

— Già... — convenne l'altra. — Bisognerà deciderci.

S'avviarono alla loro stanza da bagno. E poco dopo, tra il lieto scrosciare dell'acqua, s'udivano risate e strilli gai.

Chi fosse passato davanti a quell'uscio chiuso, avrebbe pensato che dentro vi stavano almeno dieci bimbe allegre o forse una nidiata di piccoli alati, pronti a spiccare il volo.

* * *

Due giorni dopo (era sabato) sul far della sera giunse, in macchina, Ippolito Bon. Era, anche lui, molto preoccupato per l'arrivo di Renato, e tuttavia esortava le sorelle ad aver fede e a sperare in un avvenimento che avrebbe evitato a Renato il dolore di apprendere tutto quanto era avvenuto.

Accanto a lui, le sorelle erano più liete, più sicure. E a lui erano rivolti sempre gli sguardi delle fanciulle. La responsabilità che Ippolito si era assunta aveva mutato il fanciullone timido in un uomo pieno di volontà. Così che egli soleva dire:

— Una volta, mi sentivo sicuro solo per aria: ora, mi pare d'esser padrone anche della terra.

Quel sabato, accorgendosi che Donata e Thea, malgrado la sua presenza e la loro volontà, non riuscivano a essere liete, egli propose una lunga gita per l'indomani.

— La mia macchina ci accoglie comodamente

tutt'e cinque. Partiamo domattina di buon'ora e arriviamo a... dite voi dove!

— A Venezia, da Eva! — esclamò subito Lelia.

— Ohimè! — fece Donata. — Tu credi ancora di poter sostenere con buon risultato l'esame di geografia! Non vuoi convincerti che per andare a Venezia, occorre lasciare il Tirreno e andare nell'Adriatico.

— Andiamoci! — ribattè, con molta naturalezza, Lelia.

— Andiamoci è una parola, piccola mia! — rise Ippolito. — E io sarei lieto di accontentarti, se non dovessi, domani sera, ripartire per Milano, dove i miei trimotori mi attendono.

— Pazienza! — sospirò Lelia. — È destino che io debba attendere chi sa quanto ancora per vedere Eva...

Ippolito stesso si sentì stringere il cuore. Quel costante ricordo di Lelia tormentava tutti. La sorella assente era sempre nel pensiero della fanciulletta, ed ella tradiva, a ogni parola, l'ansia che l'invadeva e la faceva inquieta. Forse, l'animo sensibilissimo sentiva l'incerta situazione: forse il giovine devoto cuore presagiva qualche cosa di non ben definito, di non ben chiarito, in quell'assenza.

— Tu parli sempre di Eva — continuò, scherzando, Ippolito — come se ella fosse in una clinica, malata, sofferente. E invece, essa è dai miei genitori, che se la tengono come un grande tesoro. Ecco qua, leggi. Volevo serbarvi questa lettera-sorpresa per più tardi: ma, ormai...

Trasse da una tasca una busta: tolse un foglio, lo porse a Lelia.

— Questa è la calligrafia della mia mamma.

Thea s'accorse che il leale volto di Ippolito visibilmente arrossiva Si fece presso al suo fidanzato, gli infilò un braccio nel braccio e Ippolito strinse contro il suo fianco quel braccio che tremava un poco, e così, tenendosi ben vicina la sua donna, cominciò a leggere:

« Eva sta bene ed è indaffarrata come nessun'altra creatura di Venezia. Tutti ce la contendono. Ora, hanno scoperto che ella gioca divinamente a tennis e ce la rubano. Talvolta, ella rientra solo per andarsi a coricare, chè non ce la concedono neppure per l'ora dei pasti... ».

— Vedi bene, Lelia — disse Ippolito, — che quando una signorina è tanto occupata non può certo star male. O se sta male, è perchè si è troppo divertita. Quindi, non tormentarti e lascia che Eva si diverta. Pensa a noi, e preparaci un programma, per domani. Noi, scartata Venezia che è troppo lontana, seguiremo l'itinerario che vorrai proporci. Pensaci.

— Ho già pensato — fu la pronta risposta. — Se non andiamo a Venezia, andiamo a Livorno.

— A Livorno? — stupì Ippolito. — Ma se Venezia era troppo lontana, Livorno è troppo vicino. E poi, perchè Livorno?

Una risatella di Virginia rischiarò la mente di Ippolito.

— Perbacco! — esclamò picchiandosi la fronte. — Avevo dimenticato che a Livorno c'è l'Accademia Navale!

Lelia, tranquilla, guardandolo con i suoi limpidi occhi ingenui, disse:

— Io, invece, non dimentico mai nulla. E so che i cadetti possono uscire il giovedì e la domenica soltanto. Poichè domani è domenica, io spero di poter arrivare in tempo per vedere Riccardo.

— E magari per invitarlo con noi! — aggiunse Ippolito, fingendosi molto sdegnato.

— Magari! — intervenne Virginia. — Così Donata e Thea lo conosceranno e vedranno quanto è bello e simpatico

— E va bene! — acconsentì Ippolito. — Domani, si andrà a Livorno. E andrò io, a invitare il giovane futuro ammiraglio.

La serata passò molto serenamente. La presenza di Ippolito dava a tutte le giovani donne un senso di sicurezza che le rendeva quasi felici. Inoltre, il giovane sapeva essere allegro in modo così amabile, che anche Donata e Thea finivano sempre per coricarsi, dopo una serata passata con lui, col sorriso sulle labbra.

Infatti, quando, alle ventitrè, Ippolito si congedò, le giovani donne si ritirarono nelle loro camere e s'addormentarono in pace. Lelia pensò a Livorno e a Riccardo, prima di chiudere gli occhi; Virginia pensò intensamente a Renato, di cui Ippolito le aveva mostrato alcune interessanti e belle istantanee; Thea posò la testa bionda sul guanciale, ripensando al lungo bacio che il giovane le aveva rubato prima di lasciarla, e Donata s'abbandonò al sonno, ripetendosi tutte le belle frasi che Ippolito aveva avuto per Luciano Cori.

La casa delle lodole dormiva.

* * *

In una bella villa romana, una povera donna, che era stata moglie fedele d'un uomo che non aveva saputo (o potuto) aiutarla a salire, piangeva nella sua camera nuziale, dove, ella ben lo sapeva, il marito non sarebbe mai più entrato.

Ginetta aveva saputo, quel giorno, che il divorzio era stato pronunciato. Glielo aveva comunicato l'avvocato di suo marito ed ella, che pareva rassegnata alla sua sorte, ora, piangeva desolatamente sulla sua infelicità.

Un gran manto di stelle vegliava su La Spezia. Un cielo stellato, senza la più piccola ombra di nubi, si curvava su Roma eterna. Pareva una notte di primavera.

Ma nel paese presso il confine, la notte era rigida; il tetto fortemente inclinato d'una bella villa era coperto di neve, e neve scendeva ancora dal cielo gonfio di nubı e di gelo.

Eva, avvolta in una vestaglia di velluto turchino, con le trecce sciolte sulle spalle, ora scaldava un piedino alla gran fiamma del camino, ora posava le manine su gli elementi del termosifone.

— Coricati, amore — le disse, per la terza volta, Fabio Dani.

— Non posso, Fabio, non posso. — La felicità è così grande, che non mi è dato contenerla.

Ella era luminosa: ed era bellissima. D'una bellezza che era, tuttavia. ben diversa da quella che fino a poco tempo prima l'aveva adornata.

Eva era sbocciata, in poco tempo, come sboccia una rosa ai primi raggi caldi del sole primaverile. Le acerbe forme della fanciulla s'erano mutate e il corpo giovanissimo era tutto un'armonia di linee plastiche e sinuose. Anche il volto non era più quello di prima. Su i tratti finissimi e dolcemente infantili, la gioia, o forse la sbocciata femminilità, avevano messo una bellezza nuova, meno pura, meno intatta, meno dolce: ma più viva, più completa, più carnale. Eva era una superba creatura d'amore: il suo corpo, che sotto la vestaglia era nudo, si rivelava, felino e caldo, in ogni movimento. I suoi occhi, intensamente azzurri, avevano fiamme cupe, e i capelli, così simili a quelli di Thea e di Lelia, avevano, ora, una tinta più calda, più viva, che quelli delle sorelle. Più giovane di Thea, ella sembrava, ora, di lei più donna.

Accanto a lei, seguendola in ogni suo passo, come se egli non l'uomo fosse, ma l'ombra di questa creatura ardente e divina, Fabio Dani la guardava incantato. L'amore che egli aveva sentito per Eva, fin dal primo giorno del loro incontro, s'era, nel possesso, ingigantito. Vivendo con la giovane donna, egli aveva potuto conoscerne, a fondo, l'animo, il cuore. La creatura finissima, dotata di cultura non comune, dava gioia anche allo spirito dell uomo. Fabio Dani aveva la sensazione di cominciare a vivere la sua vita, solo ora. E alla notizia dell'ottenuto divorzio, immerso nella sua felicità, come in un bagno di luce, non aveva avuto neppure un pensiero per la creatura che, incolpevole, egli abbandonava per sempre.

— Chetati, Eva! — implorò. — Chetati e coricati. Tu starai male, se continuerai ad agitarti così...

Eva gli buttò le braccia al collo, si strinse a lui, posò, sulla spalla di Fabio, la sua testa bionda.

— Sono felice! Non è possibile essere più felici di così... Tutto si rasserena. Domani, tornerò nella casa delle lodole, le mie sorelle mi perdoneranno. Renato, quando arriverà, saprà che sei libero e mi darà il permesso di sposarti... Lelia... oh, Lelia, che trilli, che grida festose avrà per la sua Eva!

Sollevò la testa, si staccò da Fabio, ma gli prese le mani, le strinse al suo cuore, pregò:

— Tu lo dirai, è vero, a Lelia, che io l'ho sempre ricordata? Glielo dirai un giorno, quando ella, forse, saprà tutto di me?

— Glielo dirai tu, Eva, se avrai bisogno di giustificarti... Ma io sento che con l'ottenuto divorzio, tutto si appianerà da sè, senza che tu debba mai umiliarti, di fronte a nessuno.

Disse queste ultime parole, fieramente, con un'ombra fosca negli occhi, quasi che egli si preparasse già a difendere, da qualunque offesa eventuale, la sua donna.

Eva gli vide negli occhi quella fiamma orgogliosa e generosa a un tempo. Svincolò le sue manine dalle mani dell'uomo.

— Tu — disse, passandogli le sottili dita nei capelli — sei come una leonessa. Guai, se ti toccano il tuo cucciolo! È così?

Fabio, sorridendo, assentì. Poi, per tentare di calmare Eva, disse, in fretta:

— Domattina partiremo. Con la macchina, senza sostare, arriveremo a La Spezia in otto ore o poco più. Ma se tu volessi telefonare la bella notizia, potremmo partire più tranquillamente...

— No, no! Voglio giungere con te, alla mia casa e con te comunicare la nostra gioia. Ho sempre pensato a questo, Fabio, dalla notte in cui sono fuggita dal treno. Se telefonassi, se telegrafassi, metterebbero ancora in dubbio le nostre parole. Se giungiamo insieme, con i nostri documenti, con la nostra libertà, non dubiteranno più, perdoneranno subito, saremo subito tutti felici.

Fabio circondò con le braccia il bel corpo fremente e impaziente.

— Sei felice solo ora, Eva? Ieri, lo eri meno? — domandò, timoroso.

— Non lo ero meno: lo ero in modo diverso.

Egli, impetuosamente, cominciò a baciarla, su tutto il viso, sentendola, sotto le labbra, fresca e solida come un bel frutto còlto di primo mattino.

— Eva, Eva mia per sempre, dimmi che cosa posso darti, per ricordare questo giorno! Tutto ciò che io ho, è tuo, lo sai: ma vorrei che tu mi chiedessi qualche cosa, ora, subito... Una cosa che io possa concederti, per rendere ancor più completa la tua, la mia felicità...

Eva diede un piccolo grido di gioia, congiunse le mani, pregò:

— Concedimi di partire subito. Domattina, sveglierò io le mie lodole; domattina, baciando Donata, Thea e Lelia, annuncerò a tutte la mia conquistata felicità. Partiamo, Fabio, partiamo subito...

Fabio Dani restò un poco silenzioso e assorto. Egli non sapeva negare nulla a Eva e tuttavia sentiva che quella partenza notturna era inutile. La neve continuava a cadere, il suolo ne era coperto, gli alberi ne erano carichi. Tentò dissuadere la giovane, dicendo:

— Sei pallida... l'emozione ti ha stancata come una fatica. Da tre ore tu hai appreso la grande notizia e da tre ore non hai pace. Io vorrei che tu riposassi, ora. Domani, partiremo: saremo più calmi tutt'e due...

— Ma come puoi ragionare tanto, Fabio? — chiese con voce tremante di pianto la donna. — Io brucio di ansia... Io ho udito la povera voce disperata di Thea; io devo portare la serenità alle mie sorelle, senza esitare più... mi capisci? O non ti sei reso conto ancora di tutto il male che abbiamo fatto, noi due?

Ella, ora, era fra le braccia di Fabio. Ed egli sentiva quel corpo stupendo tremargli contro il petto. Si strinse a sè Eva, poi le cercò il volto e la baciò sulle gote. Le sue labbra incontrarono una lacrima tiepida e salata. Quel pianto, che nasceva nell'immensa felicità di Eva, lo straziò. Il pensiero che quella donna non aveva esitato un istante a fuggire per appartenergli, il ricordo di tutto quanto di meraviglioso e di puro ella aveva sacrificato per lui, il ricordo di Thea severa e disperata, di Renato offeso e sdegnato, tutto ciò che apparteneva a un recente passato e a un presente tormentoso, fecero crollare le ultime esitazioni. Strinse nelle sue mani amorose la bella testa che pareva racchiusa in un casco ardente, baciò quella bocca che tremava di angoscia e di gioia e disse:

— Sia come tu vuoi, Eva. Andiamo.

Suonò: apparve un cameriere:

— Fate preparare la macchina. L'autista, però, rimane.

— Guiderai tu, sempre? Non ti stancherai? — domandò Eva, raggiando subitamente di felicità.

— Non mi stancherò, amore.

— Grazie! — gli gridò Eva, avviandosi alla sua camera. — Grazie!

Ma come fu nell'altra stanza, chiamò:

— Fabio, vieni, aiutami...

Egli la raggiunse.

— Mentre io mi vesto — pregò la donna — tu raccogli i piccoli doni che ho radunato per le mie sorelle. Non dimenticare il braccialetto per Lelia. Nè il fermaglio per Thea. E... e tu credi che Donata accetterà volentieri, da noi, la coroncina di perle, per il suo velo nuziale? E alla bruna Virginia, sei certo che starà bene quella collana di monetine d'oro? Hai trovato tutto, Fabio? Metti ogni cosa nella valigia... sì, la mia, quella che mi portai via, quella notte, dal treno... Ritorna a casa, la mia valigia... E vi torno anch'io, con te!

Poi, ridendo, arrovesciando la testa, per riunire le trecce e girarle attorno al capo, esclamò, con grazia provocante:

— E a casa resterò, senza di te, fino al giorno del matrimonio. Sì, sì, ora mi piacerà star separata da te, in attesa di diventare la signora Dani...

Fabio impallidì mortalmente e la voce di Eva si spense, insieme alla risata. Il pensiero dell'altra « signora Dani », di Ginetta, li ammutolì. E ambedue, senza confessarselo, pensarono a quella povera creatura umile e buona, ormai destinata alla solitudine, ormai condannata a vivere dell'unica gioia che il ricco assegno del perduto marito le assicurava: la gola.

E dopo tanti anni, agli occhi della mente, riapparve a Dani la Ginetta di allora: quella che era stata una sartina felice e spensierata, che aveva cantato l'amore come una cicala, che tutto, all'amore, aveva donato, senza nulla chiedere e che, avendo tutto ottenuto, s'era, nell'amore di un solo uomo, dimenticata. Che aveva mai chiesto, a lui, per anni e anni, Ginetta? Nulla! Ella accettava con riconoscenza ciò che le veniva offerto. Mai, ella aveva domandato: e quando aveva denaro, pensava subito ad aiutare la madre, i parenti, tutti quei piccoli e innocui vampiri che gridavano senza far chiasso, ma con umile orgoglio, la inattesa fortuna che aveva incontrato Ginetta.

Fabio Dani si passò le dita su gli occhi, come per fugare un'imagine di piccola donna giovanissima, che gli cantava, vicino vicino, una canzone d'amore. Ella vestiva quasi poveramente: ma l'abito stava bene su quel corpo acerbo e giovane... E c'era un mormorìo d'acqua, un gorgheggiare di piccole onde irrequiete... Che era? Un fiume? Il Ticino, forse? Quel Ticino che accoglieva, con tanta indulgenza, le snelle barchette di innamorati? Un po' di sole, un po' d'amore, un mormorare di onde irrequiete... Ginetta.

— A che pensi, Fabio?

Egli si scosse:

— Penso — rispose — a un passato che mi pare di aver visto, non di aver vissuto. A un passato che non è mio e che, tuttavia, mi preme il cuore.

Eva, chiusa nella pelliccia bionda, elegante e stupenda, gli era davanti. Un piccolo feltro color d'oro, girava, con la sua ala rialzata, attorno alle trecce, ne assecondava la morbida curva. Un profumo sottile e penetrante circondava la donna, saturava, a poco a poco, l'aria.

— Eva mia! Eva bella!

Le labbra di Fabio ardevano. E il viso era improvvisamente mutato. Il passato, veduto e vissuto, era alle sue spalle. Davanti a lui stava Eva: la donna creata per la sua gioia e per la sua felicità completa, la donna che gli avrebbe dato dei figli, che avrebbe perpetuato il nome dei Dani.

Non sognava, dunque? Eva era proprio lì, circondata e glorificata da quella poesia che le veniva dai patimenti subìti per amor suo.

S'avvicinò a lei, per baciarla ancora. Ella lo trattenne con un gesto grazioso e gentile.

— Andiamo...

E poi, quasi a giustificare quell'implorazione che per Fabio era un ordine:

— Come ti sono grata, di questo! Tu mi concedi la gioia di poter comunicare qualche ora prima, alle mie sorelle, la mia vittoria. Tu mi concedi di presentarti a esse come fidanzato, senza più farmi arrossire... perchè io sono fiera di appartenerti, perchè tu sei il mio amore, ma anche il mio orgoglio...

Afferrò la sua borsetta, prese i guanti e come il cameriere entrava, portando la pelliccia di Dani, ella gli bisbigliò, vezzosa:

— E io, che sono, per te?

A bocca chiusa, guardandola negli occhi, egli sillabò:

— Tutto.

La macchina attendeva davanti alla pensilina. Eva vi entrò leggermente, prese posto. Fabio Dani diede qualche ordine al cameriere, sedette al volante.

La cameriera era accorsa, portando un manicottino di gomma, colmo d'acqua calda, per le manine della sua signora. Il pensiero gentile commosse Eva, che, sporta la mano dal finestrino, posò per un istante le sue dita sottili sulla spalla, un poco curvata in avanti, della giovane camerista.

— Grazie, Annina — le disse, sorridendo.

— Buon viaggio, signora...

— Grazie, a rivederci...

Fabio sfrenò la macchina, partì. Il cancello si chiuse; la villa d'amore, ammantata di bianco, disparve. Nella vasta camera, dove la luce era ancora accesa, aleggiava il buon profumo che Eva portava dappertutto.

Sulla spalliera d'una poltrona, la vestaglia di velluto azzurro, ancora tepida, si afflosciava. Un capello biondo, lunghissimo, si attorcigliava su una manica e brillava, nella luce, come un filo d'oro.

La lunga macchina nera andava piano, nella neve che talvolta doveva fendere. La notte era buia. Ma Eva sapeva che oltre quei monti alti e ammantati, oltre quella vallata solenne e misteriosa, si adagiava la sua bella città, dove, certo, avrebbe trovato il sole.

* * *

Lelia si destò senza bisogno d'esser chiamata. Scese dal letto e bussò, subito, alla porta di Virginia.

— Sono le sette, Virginia! Alzati. Dobbiamo andare a Livorno...

La voce assonnata dell'amica rispose:

— Entra; ma lasciami svegliare bene. Tu parla, se vuoi. Io ti ascolto: ma lascia che i miei occhi dormano ancora un poco... fuori, è buio...

Allora Lelia uscì dalla camera e andò a bussare leggermente alla porta di Thea. Nessuno rispose. Thea dormiva. E anche Donata dormiva. In pigiama, felice di fare sbalordire la cuoca Veronica, Lelia scese a pianterreno, mise la testolina dentro la cucina.

Veronica, già tutta lustra e bianca, manipolava qualche cosa attorno al forno.

— Che preparate, Veronica? — chiese Lelia, ridendo.

— Oh! — esclamò la cuoca. — Scusate... Mi avete fatto paura! Ma così, avrete freddo. Che fate, signorina, in piedi, a quest'ora?

— Credevo fosse più tardi. Mi sono alzata subito, perchè, oggi, sapete, si va a Livorno.

Anche la cameriera, apparsa in cucina, restò sbalordita vedendo la giovane signorina inginocchiata su una seggiola e intenta a osservare i cuoricini di pasta frolla che uscivano dagli stampi sveltamente adoperati da Veronica. Risalì, la cameriera, portò giù una vestaglia di Lelia, gliela infilò.

— Vi porto una tazza di latte in salottino, signorina? — chiese. — Potete bere tranquillamente, mentre vi preparo il bagno.

— Aspettate — pregò Lelia. — La signorina Virginia vuol dormire ancora un poco, e il rumore dell'acqua le darebbe noia. Portate il latte di là: più tardi, tornerò su, e sveglierò tutte.

Entrò, gioiosa, nel salottino. Fece aprire le persiane. Le stelle impallidivano nel cielo sereno, che prometteva una giornata di sole. Lelia non aveva mai visto sorgere il sole. Con la tazza fumante fra le mani, reggendola come sogliono fare i bambini cui è sempre troppo grande la tazza e troppo il peso, ella sorseggiava, guardando il cielo, che si schiariva a poco a poco. Pareva, agli occhi della giovanetta, che non il sole stesse per apparire, ma la luna, chè tutto, attorno, s'andava facendo d'un candore plenilunare. Tutta la marina s'andava illuminando, le cose si precisavano e si delineavano, mutando colore e aspetto. Ma, all'improvviso, Lelia esclamò sorpresa:

— C'è il fuoco!

Poi sorrise. Il sole, di color sanguigno, aveva

dato il suo primo bacio alla marina, al golfo, alle piccole baie falcate e protese nel mare.

Ella guardava estatica il miracolo che davanti a lei si rivelava, quando il telefono, nella stanza attigua, trillò. Gioiosamente ella posò la tazza sulla tavola, corse di là, trillando:

— Questo è Ippolito che vuol anticipare la partenza e dà l'ordine di svegliarci. Sollevò il microfono, e senza esitare e ridendo, gridò:

— Son già sveglia, Ippolito! Stai attento, non ti spaventare: ti faccio *bau!*

Ma subito, il piccolo viso impallidì, le manine tremarono, tutto il corpo cominciò a vibrare come se fosse stato a contatto d'una corrente elettrica.

— Io sono Lelia Valbruna... Sì, questa è casa Valbruna... Che dite? Ospedale di...?

Gocce di sudore apparvero sulla bianca fronte della fanciulla: il suo piccolo viso s'era irrigidito ed era così immobile che pareva scolpito nel marmo.

Una voce maschile parlava sempre; e Lelia, ammutolita, ascoltava. All'improvviso, ella ebbe uno scatto, si eresse, si protese, perse ogni immobilità, ogni espressione infantile. Diventò, per terrore o per miracolo, donna: e fu la donna, con voce mutata, ferma, sicura che ripetè:

— Ospedale di Genova. Sì, subito.

Posò il microfono. Volle muoversi. I piedini erano fermi, pesavano e l'incedere le tornava così difficile che, istintivamente, Lelia si curvò a guardare dove mai posava. Strinse i denti, i pugni, fece uno sforzo sovrumano, riuscì a staccare i piedi dal suolo, a muoverli. E s'incamminò. Fu alla scala: silenzio. Tutto dormiva ancora. Salì, aggrappandosi alla ringhiera. S'avviò decisa alla porta di Thea, girò la maniglia, entrò.

La sorella si era appena svegliata e sorrideva al primo sole, guardandolo di tra le cortine abbassate.

Balzò a sedere sul letto, Thea, allorchè la piccola sorella le apparve.

— Che c'è? Che accade?

— Non gridare, Thea. Vestiti, in fretta, più in fretta che puoi...

S'appoggiò alla spalliera del letto, tentò di restare ritta: le gambe si piegavano. Scivolò a terra pian piano, si afflosciò, fu un mucchietto di stoffa e di capelli.

Thea batteva i denti.

— Lelia, parla... Lelia, mi fai morire...

Lelia alzò la testina, guardò la sorella, balbettò:

— Eva... è all'ospedale di Genova. Bisogna andare subito: muore...

E s'arrovesciò sul tappeto, svenuta.

Con la forza della disperazione, Thea riuscì a raggiungere la porta: entrò nella camera di Donata. senza parlare, chè non poteva; l'afferrò, la trascinò fuori, ordinandole con gli occhi di stare zitta. La portò nella sua camera, le mostrò Lelia svenuta.

— Io vado — disse, continuando a battere i denti. — Chiamo Ippolito, vado con lui, subito. Tu rimani e taci. E fai tacere Lelia. Di' che è caduta, che ha battuto il capo...

Infilò un abito, la pelliccia, afferrò la sorella, le ordinò:

— Calma, sai: o qui si impazzisce tutti.

Scese, chiamò Ippolito al telefono. Gli disse soltanto:

— Vieni, subito.

Pochi momenti dopo, Ippolito era davanti al cancello di Villa Valbruna. Thea, che l'attendeva fremendo, balzò in macchina, disse, con voce che pareva un pianto:

— Corri all'ospedale di Genova. Eva muore.

Che lungo, eterno, tremendo cammino! Le curve, le salite, le discese, le svolte, si succedevano continuamente, non finivano mai. Teso nello sforzo di guidare senza perdere un secondo, Ippolito, con i lineamenti contratti, guardava davanti a sè. Sentiva, accanto, Thea, che tremava e che gli comunicava il suo tremito.

— Non è nulla, vedrai... — le diceva, ogni tanto, per evitare che la sua creatura morisse di dolore e di ansia. — Hanno esagerato, per non farci perdere tempo...

Ma il tremito continuava ed egli vedeva, girandosi un poco, il profilo martoriato della povera creatura. Ella soffriva così palesemente, che Ippolito ne riceveva, di riflesso, la stessa tremenda pena.

A un tratto, Thea, schiuse la bocca convulva, si strinse le tempie, mormorò:

— Dio mio, che dolore!

E tenendosi le mani strette al capo, aggiunse subito:

— Dove siamo? Fra quanto arriveremo?

— Venti minuti ancora, Thea. Sii calma...

— Non ne posso più... Aiutami, Ippolito...

Il giovane frenò, di colpo.

— Che hai? Che ti senti? — le mormorò, stringendosela accanto. — Vuoi scendere e fare due passi? Forse, ti rinfranchi un poco...

Ella negò col capo, impetuosamente.

— Andiamo, Ippolito. Corri, corri...

La macchina, nel dorato sole invernale, riprese la sua corsa folle.

Poco dopo, Ippolito disse, traendo un sospiro:

— Genova!

Ancora qualche minuto: poi furono davanti all'ospedale. Ippolito ordinò a Thea di attendere un istante. Ella, a quell'ordine che veniva da un Ippolito improvvisamente diventato severo e autoritario, non seppe ribellarsi.

Il giovane ufficiale s'allontanò, tornò poco dopo.

— Vieni — disse a Thea, dolcemente sostenendola.

Thea guardò negli occhi il compagno diletto che l'aiutava a camminare. E sommessamente domandò:

— È morta?

— Vieni...

Nella camera, allungata in un letto bianco, stava Eva, immobile. La fronte, bendata, era celata allo sguardo. Il corpo era nascosto dal lenzuolo.

Un medico diceva, sommessamente a Ippolito:

— L'incidente è avvenuto a pochi chilometri dalla città. La macchina, per chi sa quale causa, è andata improvvisamente a sbattere contro un albero; di lì, è precipitata dalla scarpata.

Ippolito chiese qualche cosa, sottovoce: il medico rispose:

— Purtroppo, no... La frattura è gravissima. Il signore, invece, si salverà. Egli ha avuto, diciamo così, la fortuna di battere solo il torace: e un paio di costole rotte si aggiustano rapidamente.

Thea, rigida, stava ai piedi del letto. Gli occhi suoi erano sbarrati. E quando li distolse dalla sorella e li fissò sul medico, questi ebbe così paura di quello sguardo folle che, senza pensare, si avvicinò a Thea e prendendola per mano la portò, con molta dolcezza, di fianco alla sorella ferita.

— Parlatele, signora. Tentate...

Thea, come un automa, si curvò sulla infelice fanciulla:

— Eva! — chiamò. — Piccola Eva nostra...

Sotto il lenzuolo, un braccio si mosse, a fatica. Il medico liberò il braccio, lo mise sulla coltre, quasi quella parte di corpo fosse staccata e agisse, solo per volontà altrui.

— Parlate, signora, parlate... Essa vi ode...

— Eva! Mi vedi? Mi conosci? Sono Thea...

I grandi occhi turchini, a fatica, oh, con quanta fatica, si dischiusero: le labbra, così bianche e tese da sembrare una cicatrice profonda nel volto cereo, si mossero. E un'implorazione uscì da esse:

— A casa...

— Sì, Eva, a casa, subito...

Thea si eresse, s'avvicinò al medico, disse:

— Voglio portarla a casa.

L'uomo, abituato a vedere dolori d'ogni sorta, abituato a udire grida, imprecazioni e invocazioni, si sentì stringere il cuore davanti a quel viso disperato. Esitò un istante, poi rispose:

— Come volete... Do subito gli ordini...

Fece un cenno a Ippolito, perchè lo seguisse. S allontanò con lui.

— Può morire per la strada — gli disse appena furono discosti da Thea. — Comunque, io faccio preparare l'auto-ambulanza...

* * *

Il cancello di Villa Valbruna si spalancò, per lasciar entrare Eva adagiata sulla barella.

La cameretta della fanciulla si aprì: sul letto dove Eva aveva sognato, sofferto e pianto, il corpo tormentato si posò ancora una volta. Le palpebre di Eva si sollevarono per un istante: forse ella riconobbe i volti amati, le cose note e care, poichè un sorriso doloroso e felice a un tempo si distese sulle sue labbra bianche. Poi, piano piano, il sorriso si fermò e gli occhi si chiusero.

Erano passati, dal ritorno di Eva, pochi minuti. Il sole, fuori, aveva una luce crudele.

* * *

Un marconigramma attraversò lo spazio, raggiunse una bella e possente nave che tornava in patria.

Nel quadrato di poppa, gli ufficiali stavano attorno a Renato che, pazzo di dolore, rileggeva per la centesima volta la tremenda notizia: « Eva gravissima causa incidente di macchina... ».

Già la divina e infelice lodola dormiva accanto ai suoi genitori, quando un altro marconigramma raggiunse la *Trento:* « Condizioni di Eva disperate... ».

Le desolate sorelle, nel loro immenso dolore, nel loro lutto troppo grave, trovavano ancora la forza di mentire, per preparare a poco a poco colui che tornava alla tragedia ormai conclusa.

Luciano Cori diede ordine al marconista di portare a lui il terzo telegramma che sarebbe certamente giunto. E quando Renato vide l'amico entrare nella sua cabina, durante la notte, non disse nulla. Si buttò sul piccolo letto, affondò la bocca nel guanciale, vi soffocò l'urlo di dolore che gli prorompeva dal petto.

Sul mare placido, nella gran notte stellata, la *Trento* navigava veloce e solenne, verso la terra dove Eva ormai riposava in pace.

* * *

— ... E sarà bene, Donata, mettere qualche cosa di bianco attorno al baveretto di Lelia. Almeno, Renato non sarà accolto da un lutto troppo pesante...

Le due sorelle, chiuse nei loro abiti neri, sedevano una di fronte all'altra, nella camera di Eva, quella camera che esse si ostinavano ad abitare affinchè il fratello, tornando, avesse la sensazione che Eva era rimasta lì, fino al suo ultimo giorno.

Thea, tutta chiusa nell'abito nero, pareva una Madonna bionda in gramaglie: Donata, da quella tinta abbrunata, sorgeva, col suo viso bianco di dea pacata, come una statua di alabastro. Lelia, invece, dal suo vestito nero, sorgeva mutata. Il tremendo dolore, l'ansia di capire ciò che di oscuro e di misterioso vi era nella morte della sorella diletta, avevano mutato quel visetto dolce e ridente, quelle mossettine ançora aggraziate, come quelle d'un piccolo gatto. Pareva, Lelia, più alta, più donna. E lo era, in verità. Il vestito nero delineava un corpo ormai sbocciato: la tinta scura dava risalto ai tratti rosati e bellissimi, e metteva in luce le belle trecce d'oro. Ella era, così, il ritratto vivente di Eva. E le sorelle non potevano guardarla senza tremare, senza penare. Talvolta, Donata sbagliava e la chiamava Eva. Ippolito stesso si smarriva in quel viso che le ricordava troppo un viso ormai composto nella pace della morte. Lelia stessa, guardandosi nello specchio, mormorava: — Sembro Eva... — e lacrime grosse, lacrime che ella non poteva mai trattenere, le scendevano lungo le gote, al pensiero di colei che non c'era più.

Straziante, era stato il dolore per Donata e Thea: ma disperato era stato ed era il dolore di Lelia. Ella aveva vissuto più delle altre sorelle accanto a Eva: ella aveva avuto, da Eva, il più grande bene.

— Tu sei la più cara a me... Di te sola mi fido...

In te sola spero... — Quante volte Eva aveva detto queste parole alla piccola Lelia!

Ed ora, Eva dormiva in pace e la cara voce non avrebbe più nè implorato, nè narrato fiabe, nè pregato aiuto.

Così come nella casa delle lodole non sarebbero mai più risonate le risatelle argentine delle fanciulle liete.

Virginia stessa era mutata: ella aveva subito amato Eva: l'aveva forse amata anche per quel che di malinconico, di rassegnato, di dolce, era nella fanciulla. L'aveva vista partire lieta e sorridente: l'aveva saputa lontana e felice e l'aveva vista tornare, dopo un'assenza strana, adagiata su una barella, con il capo bendato, gli occhi già spenti e tutte le forze svanite.

A Lelia e Virginia era stato detto che Eva, per fare un'improvvisata alle sorelle, aveva noleggiata una macchina con l'intenzione di sorprendere a La Spezia le sorelle, quando esse, certo, non l'attendevano. Forse poco abituata alla manovra d'una macchina ignota, Eva aveva avuto l'incidente che le era costato la vita.

Lelia sentiva che in tutta questa tragedia c'era qualche cosa che a lei doveva restare celato: nelle lunghe notti di pianto, un uomo bruno, col viso tormentato, le riappariva, e accanto a questo viso ella vedeva sorgere, aureolato di luce, quello di Eva. Tuttavia, ella non chiedeva nulla. Pareva che la donna, improvvisamente sbocciata dalla bimba, non volesse saper nulla, per poter conservare, puro, intatto, splendente, il ricordo della sorella diletta. S'era accorta, la giovanetta, che Donata e Thea cadevano in continue contraddizioni: tuttavia, ella non le correggeva, ma taceva e si imponeva di pensare ad Eva nel modo che il suo cuore desiderava.

Quel giorno (Renato sarebbe tornato fra una settimana) Lelia, passando nel corridoio, aveva udito pronunciare il suo nome: e aveva sostato, credendo che le sorelle la desiderassero. Aveva così udito Thea mormorare:

— ... un baveretto bianco a Lelia...

E poco dopo, Donata aveva soggiunto:

— Bisognerà far molta attenzione con la corrispondenza. Le lettere di Dani sono troppo chiare: nessuno potrebbe più nascondere nulla a Renato se ne capitasse una sola in mano a lui...

E la voce di Thea, alterata dall'angoscia, aveva soggiunto:

— Il dolore di quell'uomo è così tragico e immenso, che io non so neppure odiarlo...

Dopo un attimo di silenzio, Lelia aveva udito la dolce Donata sospirare:

— Come si potrebbe odiare, l'uomo che Eva aveva posto in cima a ogni suo pensiero?

Un singhiozzo era giunto alla fanciulla immobile nel corridoio:

— Ora lei dorme in pace e lui vive disperato, solo, atrocemente solo... Il suo conforto è scrivere a noi, che siamo le sorelle di Eva. Egli non ha più altro nella vita... Ed è invecchiato, mutato, pietoso... Egli attende di poter lasciare l'ospedale per tornare nella villa dove visse con Eva, e là restare, per sempre... Tutto è finito per lui...

— Anche per Eva... — aveva mormorato l'altra voce.

— Sì,... ma diversamente...

Poi, il silenzio, solo interrotto da qualche singhiozzo e da qualche sospiro, aveva invaso la camera. E Lelia, mesta e assorta, s'era allontanata.

Nella camera di Eva, Donata e Thea cucivano, attorno agli abiti neri di Lelia, freschi colletti di pizzo bianco. Su i volti delle due donne, poveri volti sciupati dal dolore, era scesa, ora, un'ombra di rassegnazione. Esse avevano stabilito ogni cosa. Renato avrebbe saputo che Eva, provando una macchina nuova, aveva avuto il mortale incidente. Renato avrebbe saputo che la sorella era morta nel suo lettino e che, serenamente, s'era staccata dalla terra per raggiungere i genitori. E avrebbe anche saputo, Renato, affinchè egli potesse pensare con commozione alla giovane sorella perduta, che Eva avrebbe potuto sposare Dani, perchè questi aveva ottenuta la sua libertà.

Il pensiero che la sorella sarebbe diventata moglie di Dani dava ad esse l'illusione che Eva non fosse morta in peccato. Tuttavia, Thea, talvolta, anche quel giorno, non potè far a meno di esclamare:

— Oh, se la piccola adorata avesse atteso la sua ora nella nostra casa! Se avesse avuto pazienza, come ella sarebbe felice, oggi!

Anche Donata pensava a tutto ciò: ma taceva, ma non rimproverava: qualunque errore di Eva era stato assolto, ormai, nel suo cuore. E nella sua infinita bontà, ella giungeva a giustificare la sorella d'ogni sua leggerezza.

Thea non sapeva rassegnarsi: ella pensava costantemente alla conseguenza fatale che la disubbidienza di Eva aveva provocato. Quando, chiamata da un'invocazione di Dani, era andata all'ospedale e da lui aveva saputo ogni cosa, ella non aveva avuto che un pensiero: « Se avesse atteso... se avesse ascoltato le nostre preghiere... ».

E sempre, rievocando la sorella, Thea si ripeteva la stessa frase, che contribuiva ad aumentarle l'angoscia ormai perenne nel suo cuore.

Su Eva, pallida e immobile, con le sue trecce allungate sul petto, con la sua fronte bendata, con la sua bocca atteggiata a un mesto sorriso, aveva pianto anche Ippolito Bon: egli aveva giurato, alla piccola morta, di far in modo che mai nessuno sapesse come era vissuta negli ultimi mesi e come s'era troncata la sua vita.

Ora, la creatura d'amore aveva concluso il suo ciclo terreno. Renato stava per tornare.

Il mare s'adagiava immenso, tranquillo, tutto azzurro: sembrava una gran coltre nuziale, in attesa della sposa. Una sposa ammantata d'acciaio, irta di cannoni, popolata da fieri e saldi marinai: una sposa che veniva di lontano, che aveva portato nelle acque straniere il saldo nome della sua terra e tornava ora, più bella, più fiera, più battagliera, nelle acque amate, sotto il cielo amico.

* * *

Ippolito Bon, che guidava la macchina, disse:

— Sono venuto io solo, a riceverti. Ho voluto io così, per non costringere quelle povere lodole a essere troppo forti, davanti alla folla.

Renato, seduto accanto all'amico, si volse, e a Cori domandò:

— Hai tolto, dal baule, quella scatola che avevo acquistato per Eva?

Nel pronunciare il nome della sorella, la voce gli tremò. Poi, forzando una serenità che non poteva avere, spiegò a Ippolito:

— Avevo messo, in un cofanetto, alcuni fiori di loto... Ne avevamo parlato ridendo, con Lelia... Ora, l'inutile dono porterebbe un altra malinconia lassù... L'ho lasciato a bordo...

S'interruppe: alla svolta, Villa Valbruna era apparsa, all'improvviso. Renato guardò la sua casa; poi, con voce accorata, osservò:

— Manca qualche cosa... Che mai?... Oh, ecco! Non c'è più l'altissima e vecchia magnolia!

Strinse le mascelle. Fissò lo sguardo davanti a sè, forse senza nulla vedere.

Il cancello era spalancato: la macchina entrò. E Renato, attonito, guardò la figuretta di donna che avanzava nel viale: alta, sottile e tornita con le trecce bionde attorno al capo, con un baveretto di pizzo bianco sull'abito nero. Con gli occhi sbarrati, egli guardò quella creatura: il suo viso sbiancò, le labbra illividite, mormoravano:

— Lelia... Tu sei Lelia e sembri Eva!

Ora, la giovanetta gli stava tra le braccia e gli piangeva sulla spalla. Egli cercò, sul dorso della sorella, le lunghe trecce: non c'erano più: Lelia le portava a raggera, come Eva, e come Eva ella gli stava cheta fra le braccia e sarebbe parsa immobile, se i singulti non avessero scosso quel corpo giovine e fresco.

Sul viso bruciato dal sole e dal salino, scendevano lacrime che l'ufficiale tentava invano di trattenere.

Tenendosi Lelia accanto, Renato entrò nella sua casa: in quella che era stata la più bella, la più lieta, la più spensierata casa del mondo.

Donata e Thea gli andarono incontro. E quando

le ebbe baciate, egli scorse, appoggiata a un mobile, con gli immensi occhi spalancati, con le belle e tremanti manine strette una nell'altra, una creatura bruna come un'oliva...

Andò incontro alla giovane: tese le mani, disse, con voce chiara:

— Tu sei la compagna devota delle mie sorelle. So che cosa hai fatto per loro, nei momenti di dolore. Permetti che io ti baci, piccola sorella nuova?

Sulle guance olivastre di Virginia, era salito un rossore ardente: ella guardava estatica l'uomo alto che le stava davanti. E così immersa era nella sua contemplazione da non avvedersi del fratello Luciano, che era ansioso di abbracciarla.

Esitando, Virginia tese e offrì le mani. Renato strinse nelle sue quelle manine che parevano due ninnoli: poi, dolcemente devotamente, si prese la fanciulla tra le braccia e la baciò in fronte.

Poco dopo, in silenzio, l'ufficiale si diresse alla sua camera: ma quando si trovò presso l'uscio della cameretta di Eva, sostò. Posò la mano sulla maniglia, socchiuse, esitando, quasi temesse di vedere, in quella stanza, il ricordo della morte recente.

— Entra — incoraggiò Thea. — Tutto è come ella ha lasciato... Entra, Renato. Ti parrà di ritrovarla... viva.

D'impeto, Renato spalancò la porta.

Le persiane erano spalancate: dalla porta-finestra che immetteva sul terrazzo, entrava il sole che, filtrando dalle seriche tende rosa, dava una festosa luce all'ambiente. Un fascio di rose, nel gran vaso posto a terra, presso il tavolinetto, profumava l'aria tepida. Un paio di scarpine di antilope grigia stava in un canto: una vestaglia rossa era appesa all'attaccapanni. Un libro era sul cassettone e dentro, per segnare il punto dove la lettrice era giunta, vi era un tagliacarte che, all'estremità, aveva una testa di cagnolino Sulla toletta, la scatola d'argento per la cipria aveva il coperchio un poco sollevato, e il nastro azzurro del piumino sfuggiva dall'apertura. Si sarebbe detto che la padrona di quella camera si fosse sveltamente incipriata e fosse poi uscita, dimenticando di chiudere perfettamente la scatola.

Il letto, con la sua coltre di seta azzurra, a grandi fiori rosa, era ben disteso; e il cuscinetto di velluto, sul quale Eva soleva posare la testolina, quando, durante il giorno, si sdraiava per poco, era lì e portava l'impronta di quel capino d'oro. Tutto era vivo, nella camera di Eva: tutto era pronto a ricevere colei che non sarebbe più tornata.

Renato trasse un gran sospiro. Riaccostò piano piano l'uscio, quasi temendo di far rumore; poi, guardando le sorelle, mormorò:

— Grazie... Voi mi fate pensare che ella sia

uscita e tra poco debba ritornare. Dio vi benedica, per questo vostro pensiero.

Entrò nella sua camera. Un grande ritratto di Eva gli sorrideva subito. Ella era lì, in un quadro a olio, di grandezza naturale. Era vestita di azzurro, era bionda e luminosa, rideva mostrando i bei denti bianchi tra le labbra rosse e vive. Ella era lì, e sembrava la felicità fatta donna.

E tanta gioia spirava da quel viso, tanta potenza di vita era in tutta quella femminea figura, che Renato, senza avvedersene, senza rendersene conto, mormorò:

— Tu sei felice, sorellina cara!

Ricordò, subito, d'aver avuto, all'inizio del suo lungo viaggio, una istantanea di Eva: certo, da quella, era stato tolto il bel ritratto. E fu così grato alle sorelle, per il pensiero generoso e gentile, da sentire prepotente il bisogno di averle lì subito, accanto a Eva, e di ringraziarle davanti alla ridente sorella.

Un picchio discreto all'uscio lo fece sobbalzare.

— Avanti!

E Lelia entrò.

— Cara! — esclamò il giovane.

— Ti occorre qualche cosa, Renato? Posso restare con te?

— Sì, Lelia: rimani... E lasciati guardare. Ti sei fatta una signorina; in pochi mesi sei diventata un'altra.

Lelia sorrise. Egli vide, per un attimo, su quel visetto, la stessa espressione infantile che Lelia aveva prima che lui partisse: poi la deliziosa, fuggevole espressione sparì e Lelia tornò a essere la fanciulla nuova: quella che era tanto simile a Eva e portava, sul bel viso dolce e pensoso, un'ombra di mestizia.

— Dimmi di te, Lelia! Come va il latino? Ti fa sempre disperare?

La fanciulla abbozzò un gesto che voleva dire: « Non deviare il pensiero tuo, non obbligare il mio a deviare. Parliamo di altre cose... ».

E infatti, Lelia stessa, invece di rispondere, chiese, a sua volta:

— Hai osservato Virginia? Hai visto quanto è bella, piccola e gentile? Io le voglio assai bene. E sarei contenta, immensamente contenta, se ella diventasse qualche cosa di più d'un'amica, per me, per noi... Sì, Renato, lo so: io ti parlo di questo quando tu hai ben altro nel cuore e nella mente. Ma anche lei, sai, anche Eva nostra, pensava a Virginia più vicina a noi... Eva, quando Virginia arrivò, fu la prima a riceverla: e Virginia subito s'incantò davanti al viso di Madonnina della nostra cara...

— Ma perchè — interruppe, stupito, Renato — tu, proprio tu, vieni a parlarmi d'una cosa tanto importante ora, mentre io sono appena rientrato nella casa dalla quale è uscita per sempre una mia sorella?

Ma s'arrestò, sbalordito. Aprì le braccia, si strinse al cuore Lelia.

— Piccola, piccola creatura buona! Tu hai pensato a questo, per non darmi la possibilità di pensare troppo a lei... Tu sei la mia piccola fata di allora! Come avevi, allora, il potere di rasserenarmi con una tua frase scherzosa, ecco, trovi ora la via, diversa, ma stupenda, per alleviarmi la gran pena che mi opprime. Tu mi vuoi far pensare a una bella creatura viva, giovane, buona, perchè io non pensi troppo all'altra che, pur essendo bella e giovane, è morta. Lelia cara...

La fanciulla sorrideva. E Renato, da quel sorriso, traeva tregua al suo tormento. Disse a Lelia, scostandosi da lei:

— Prima che avvenisse la troppo grave sciagura, e leggendo le tue belle lettere, mi ero più volte soffermato col pensiero su Virginia. Tu me ne parlavi con tanta gioia, con tanto entusiasmo! Dopo la nostra sciagura, puoi immaginare, Lelia, non ho avuto che un pensiero: quello di Eva perduta. E perduta, mentre io navigavo sotto un cielo straniero, in terra lontana, impossibilitato a partire, negato alla triste gioia di poterla una volta ancora salutare.

Tentò di sorridere, continuò:

— Ma ora, ci penserò... E chi sa! Forse Virginia, se io non le dispiacerò, diventerà più che amica per te, per le tue sorelle... per me!

— Grazie — rispose Lelia. — Grazie anche per lei. Sai che m'ha detto, poco fa? Posso dirtelo?

— Dimmelo, cara!

— « Io non imaginavo che fosse tanto bello! ».

— Così, ha detto?

— Così: poi s'è guardata nello specchio, s'è fattá una boccaccia e ha mormorato: « Sono troppo nera, non potrò mai piacergli... ».

Ci fu, nella camera, un attimo di silenzio. Quindi Renato osservò:

— Pare una bambola, Virginia. E deve essere tanto buona.

Lelia, incoraggiata, cominciò a parlare dell'amica diletta. E quando s'accorse che sul volto di Renato andava sparendo quella maschera di preoccupante e atroce dolore, guardò il ritratto della sorella e dentro di sè disse:

« Perchè egli non soffra, io lo distraggo: ma tu, Eva, sai e senti che la tua Lelia ti è sempre vicina ».

Una raffica di vento impetuoso fece vibrare i vetri.

— Tramontana... — mormorò Lelia.

E rabbrividì, pensando che Eva detestava il vento.

Renato, che forse aveva avuto lo stesso pensiero, disse, con voce alterata:

— Nel baule, ho una pupattola divertente. Se tiri un nastro che ha sul dorso, mostra i denti nella risata; se le premi la nuca, dice una parola in giapponese, una parola contorta e buffa, che significa: « Fior di Sole ». Mi auguro che « Fior di Pesco » e « Fior di Sole » diventino amiche.

Il vento, cessata la raffica improvvisa, continuava a soffiare non più violento nè interrotto, ma fioco e continuo, quasi dolce. E pareva un lamento che gravava d'angoscia l'anima di Lelia. A un tratto, ella s'avvicinò a Renato, che stava seduto in una poltrona, prese posto su un bracciolo, passò un braccio attorno al collo del fratello, domandò:

— Senti? Pare che pianga...

— Chi? — interrogò Renato, sobbalzando.

— Il vento... — rispose, seria, Lelia.

E senza l'accenno d'un sorriso, come se ella fosse posseduta dalla superstizione che stava per annunciare, soggiunse:

— Quando il vento soffia così, dicono che le streghe succhiano i bimbi... Quante sciocchezze mi hanno raccontato le bambinaie, quando ero piccina!

— Ma tu non vi hai mai creduto, è vero?

— Forse no: ma è certo che questo vento che pare un lamento mi fa sempre male...

Uno squillo di campana avvertì che la cena era pronta.

— Oh! — fece Lelia. — E ancora debbo vestirmi. Faccio ritardare di dieci minuti, Renato; permetti?

— Ma sì, Lelia!

Ella uscì: poco dopo, sentì i passi delle sorelle, attutiti dal tappeto, scalpicciare nel corridoio.

Al secondo richiamo della campana, egli aprì la porta della sua camera, uscì. Non seppe resistere, passando davanti alla camera di Eva, alla tentazione di aprire l'uscio. Come prima, scostò dolcemente un battente. Poi, d'impeto, spalancò completamente.

Qualcuno aveva tirato le tende rosa: dalla grande finestra entrava la radiosa luce della luna che, su l'anello dell'orizzonte, splendeva enorme, quasi piena, nel cielo sereno. L'atmosfera, spazzata dal vento, era limpidissima.

Renato, senza accendere la luce, s'inoltrò, si avvicinò ai vetri, posò la fronte contro il cristallo. Sconforto, disperazione, s'impadronirono di lui. Una voce gentile, che un poco tremava, chiamò:

— Signor tenente...

Si volse: vide, illuminata dalla luce che veniva dal corridoio, una figuretta di donna, inquadrata nel rettangolo della porta: andò verso quella figuretta, le si avvicinò, la prese per mano, disse:

— Mi devi chiamare per nome, Virginia...

Uscì, si chiuse l'uscio alle spalle.

Nel corridoio, guardò attentamente la giovane che gli camminava a lato, e che aveva un passo così leggero, da sembrare che sfiorasse appena il tappeto.

Virginia indossava un lungo abito color rosa pallidissimo. Nei capelli neri, aveva un fermaglio d'oro; attorno al collo, una strana collana di piccole monete d'oro.

— È un dono di Eva — disse la fanciulla. — Mi è caro, più d'ogni cosa preziosa.

Renato curvò l'alta persona, per chinarsi a scrutare quegli occhi neri e immensi. Li vide lucidi di lacrime.

— Sei buona, Virginia... — mormorò, infilando nel suo il braccio della giovane.

Ella non rispose: guardò, incantata, la propria mano che posava sul braccio di Renato e continuò a camminare, leggera leggera.

Nella sala da pranzo, tutti, in piedi, attendevano Renato e Virginia. Nessuna delle sorelle indossava l'abito nero. I volti erano tristi, le voci tacevano, ma tutte, di comune accordo, avevano voluto togliere almeno l'ombra del nero dall'ombra grave che la morte aveva gettato sulla loro casa.

Lontana, nel golfo, la *Trento*, tutta illuminata, dormiva, sotto la splendente luna.

* * *

Le nozze di Thea e Ippolito e quelle di Donata e Cori, furono fissate per la primavera. Renato stesso decise di non far attendere oltre la felicità alle sue sorelle. E quando questa data venne fissata, Virginia, un giorno, disse a Lelia:

— Ormai, io posso ripartire. Donata e Thea saranno presto felici, tu ti fidanzerai tra poco con Riccardo e io... io me ne tornerò dai miei.

Un tremito era nella giovine voce solitamente colma di gaiezza. Lelia si sentì stringere il cuore e, guardando l'amica negli occhi, domandò:

— Tu gli vuoi tanto bene, è vero?

— Tanto — rispose schiettamente Virginia.

— Tanto. Ma Renato pensa a te, non vuole rubarti nemmeno un poco d'affetto...

Lelia sorrise. Accarezzò i capelli neri dell'amica e gaiamente disse:

— Lascia fare a me, zingarella cara!

E Virginia, che aveva il pianto in gola, che non si decideva mai a partire, e aveva tuttavia le valige aperte nel suo spogliatoio, ricacciò il pianto, richiuse le valige, le mise in un angolo e attese, fidente.

* * *

Giunse aprile e La Spezia si ammantò di splendori. Lelia, nel giardino, aiutata da Riccardo che era venuto a salutarla passando dalla città, legava i rami delle rose, drizzava le delicate verbene, coglieva qualche peonia scarlatta. Riccardo, che era ormai all'ultimo anno d'accademia, osservava la fanciulla con sguardo di uomo e, porgendole un fiore, o aiutandola a potare una pianta, la guardava intensamente. Finalmente, la frase che gli opprimeva il cuore di gioia, gli uscì dalle labbra:

— Quando verrò a chiedere la tua mano, che cosa risponderai, Lelia?

Erano, i due giovanissimi, presso il cancello che dava sulla via. Oltre le sbarre, la natura prorompeva in tutta la sua pomposa bellezza.

Lelia guardò quelle sbarre chiuse, che il sole faceva sembrare di durissimo acciaio. Pensò a Eva: pensò a Eva perduta che non avrebbe assistito alla gioia di Lelia sua. Si diresse, quasi inconsapevolmente, verso quel cancello, vi appoggiò le mani, strinse attorno a una sbarra le dita, come fanno le donne che sostano davanti ai cimiteri chiusi. E così, assorta, ella guardò lontano. Il mare era d'un delicatissimo azzurro e un prossimo ginestro, con le sue giallodorate corolle, faceva vivo e piacevole contrasto con quel turchino che si stendeva laggiù.

— Che cosa guardi? — chiese Riccardo, accostandosi a lei e mettendo come lei le dita attorno alle sbarre. — Guardi le ginestre? Se mi sposerai, Lelia, ne farò cogliere canestri e canestri, e te ne farò infiorare la via, sulla quale passerai... Perchè noi ci sposeremo al mio paese: un piccolo paese abruzzese, dove non abbiamo più nessuno, dove torniamo una volta l'anno, il babbo e io; dove c'è una bella casetta che mia madre adorava. Vi andremo insieme, Lelia: e tu sarai la reginetta di quel paese, così come lo era la mia mamma.

Passò, sulla cima degli olivi, un soffio che parve un sospiro. Lelia poggiò la fronte alle sbarre e rispose:

— Sarò tanto felice, Riccardo, di entrare nella casa dove sei nato. Soltanto, vorrei che alla mia felicità, potesse assistere Eva, Eva che...

— Non pensare. Eva è in pace — interruppe Riccardo. — Noi siamo tanto giovani, dobbiamo pensare alla nostra vita futura. Ci sposeremo, saremo uno dell'altro e se nella nostra casa entrerà una bambina nostra, la chiameremo Eva.

La giovinezza parlava nel cuore di Riccardo. L'esuberanza del maschio al suo primo affetto lo faceva essere forse troppo dimentico del dolore che tormentava Lelia. E la fanciulla, quasi con risentimento, proruppe:

— Tu non dovrai pretendere che io dimentichi subito mia sorella e pensi soltanto a noi! La morte di Eva non mi dà pace, perchè è giunta così improvvisa, così...

Le parole si fermarono sulle sue labbra improvvisamente sbiancate. E le sue manine si afferrarono alle sbarre, convulsamente, come in una sera lontana, quando un uomo, apparendo dall'ombra, ed entrando nella luce lunare, le era sorto davanti.

Lo stesso uomo di allora, col viso più tormentato, con i capelli più bianchi, con le rughe più fitte e profonde, ma con i medesimi occhi dolci e fieri, passava poco lontano dal cancello.

E nel suo passo affaticato di uomo stanco o malato, ci fu un attimo di esitazione, come se l'uomo volesse decisamente fermarsi. Ma poi, gli occhi fieri e dolci avevano scorto Riccardo e il passante aveva continuato il suo cammino.

Senza curiosità, senza interesse, Riccardo guardò l'uomo che proseguiva e s'inoltrava nella via che girava attorno alla villa. E quando l'uomo fu scomparso, il giovane disse:

— Quel signore forse non sa che proseguendo può ridiscendere in città dalla via opposta. Guarda, Lelia: ha lasciato laggiù, presso il muricciolo, la sua macchina. E che bella macchina!

Lelia guardò, e le sue mani, che sempre erano aggrappate alle sbarre, strinsero il ferro con tale violenza che la giovanetta sentì, nettamente, i tendini sottili tendersi all'estremo.

La macchina ferma laggiù era in tutto simile a quella che stava ora nella rimessa, a quella macchina rossa, scoperta, velocissima, che Eva aveva tanto amato e tanto magistralmente pilotato.

— Un poco — osservò Riccardo — un poco somiglia alla vostra macchina, quella che è laggiù, ferma.

Lelia volse il capo a sinistra, dalla parte dove l'uomo era andato, poi, sorridendo, rispose:

— Vai a vedere quale marca ha, quella macchina rossa. E scommettiamo...

— Che? — fece Riccardo, aprendo il cancello.

— Se la marca è uguale alla nostra, io ti scriverò per prima; se non è uguale, scriverai tu...

Riccardo, che teneva il berretto in mano, se lo calcò in testa e partì di corsa verso la macchina rossa che sostava laggiù.

E Lelia, quasi fosse chiamata, guardò in viso Fabio Dani che era riapparso.

— Lelia... — balbettò l'uomo.

Ella non rispose. Fissò le pupille turchine in quelle dell'uomo e restò così, immobile, viva solo nel cuore, che batteva batteva sino a farle male.

— Come siete uguale a Eva! Lasciate che vi guardi... Poi me ne andrò... Siete lei che torna... lei che non è mai partita... Eva!

Lelia, sempre nella stessa posizione, fissi gli occhi nel volto dell'uomo, capiva una sola cosa: l'immenso amore che l'ignoto aveva avuto per Eva: l'immenso amore che ancora ardeva in quel cuore di uomo con le tempie bianche, con le rughe nel viso sofferente, con la disperazione nei begli occhi sinceri. E provava, per l'uomo, riconoscenza, pietà, affetto. Senza pensare, staccò una manina dalle sbarre. La tese a Dani. E poi che l'uomo esitava, ella si staccò tutta dal cancello, uscì sulla via e quando fu di fronte all'uomo che aveva amato Eva, affidandogli la sua mano pura, mormorò:

— Non dimenticatela mai. Ella vi voleva tanto bene.

Dani afferrò quella manina, la strinse, e forse l'avrebbe portata alle labbra, per baciarla come si bacia una cosa santa, quando la voce di Riccardo lo scosse:

— Lelia! È la stessa marca, la stessa macchina. Ho vinto io; io aspetto, da te, dunque...

Aveva raggiunto, correndo, i due. Ed ora sostava, perplesso, vedendo l'atteggiamento di Dani.

Lelia, disse, sorridendo:

— Il signore mi aveva già detto che avevo vinto. Fui tanto ardita da chiederglielo, vedendolo ripassare. Grazie, signore, buon giorno!

Dani s'allontanò, piano: la sua bella e distinta persona pareva oppressa da un immenso peso. Diffidente, Riccardo lo guardò, mentre si allontanava; poi, cedendo il passo a Lelia, perchè ella entrasse nel giardino, osservò:

— È certo un signore perbene; ma non ripetere mai più ciò che hai fatto ora. Talvolta, sotto le sembianze di persone perbene, si nascondono delinquenti pericolosi...

Accostò le sbarre, diede il paletto:

— Io penso — mormorò — che sarà bene avvertire il giardiniere perchè chiuda a chiave...

Lelia scosse la testolina d'oro, e avviandosi a lato di Riccardo verso casa, rispose:

— Non serve a nulla, chiudere a chiave... Se una persona vuole entrare in un giardino o un'altra vuole fuggirne, nessuna serratura potrà vietare o l'una o l'altra cosa.

Poi, nell'improvvisa luce che s'era fatta nel suo cervello, ella vide Eva accanto all'uomo. Le parve anche di udire una risata felice... oh, quanto felice!... della sorella perduta. Ebbe, da quell'illusione, il giovine animo rasserenato e, inconsapevolmente, sorrise.

— Sei contenta, Lelia?

— Sì...

— Ma tra un'ora, io partirò, non ci vedremo chi sa per quanto tempo... Come puoi essere lieta, tu?

— Io sono lieta per un'altra cosa, Riccardo. Per una cosa che ti dirò, quando saremo sposati...

Furtivamente il giovane afferrò una mano di Lelia, furtivamente la baciò.

— Più di due anni, dovrò aspettare... — bisbigliò il giovane. — Ma non importa! Due anni, per chi avrà sempre cose belle da dirsi, passano in fretta. È vero, Lelia?

Ella assentì. E alzò le braccia per salutare Virginia che veniva incontro a loro.

* * *

Non fu troppo difficile convincere Renato a sposare Virginia. Egli, che considerava necessario dedicare tutto il suo affetto a Lelia, fino che ella si fosse sposata, sorrise, quando la sorellina gli disse:

— Sarà più bello, per me, vivere con voi due, che con te solo. Thea parte per Milano col suo Ippolito; Donata ha già la sua villetta pronta presso il mare e vi andrà, per essere in eterno felice col suo Luciano... Noi due soli, Renato, che faremo, qui, nella casa vuota?

E accucciandosi sulle ginocchia del fratello e facendosi a lui vicina, per poter nascondere il rossore che le ardeva sul viso delicato, continuò:

— Io, poi, sarei una cattiva compagna. Perchè, lo sai, il mio bene, ora, non è più tutto per te... C'è anche Riccardo...

— Eh, lo so! — sospirò, senza malinconia, Renato.

— Vedi, dunque, che è proprio necessario trovare, per te, da un'altra parte, il pezzetto di affetto che io non posso più darti.

E come Renato si scostò per guardarla in viso, gioì, di improvvisa gioia. Egli aveva scorto, sul visetto della sorella, la stessa espressione birichina, vivace, dolce e gaia, che non Eva, ma Lelia aveva sempre avuto e che solo la morte di Eva aveva cancellato.

La pace tornava. Forse, col tempo, anche le mura della casa delle lodole avrebbero riudito l'allegro cinguettìo d'un'epoca lontana e felice.

Renato si strinse Lelia fra le braccia e, calcando troppo sulle parole, disse:

— Andiamo, bambolina. Accompagnami tu a fare la domanda ufficiale a Virginia. Vorrei che questa sera, quando saremo tutti riuniti, noi si fosse già ufficialmente fidanzati da qualche ora. Ti piace, questo?

Lelia si staccò dal fratello; fu, per un attimo, seria e assorta, poi cominciò a ridere e a scuotere il capino, come se fosse un puledro in vena di allegria. Le trecce si allentarono, si svolsero, scesero sulle spalle in due lunghi rivi d'oro.

— Lelia! Lelia! — esclamò Renato, felice. — Tu torni piccola, tu torni la nostra bimba...

Ma la fanciulla, volando su i piedini, non gli diede tempo di dire altro, chè fu subito oltre la soglia. E Renato, palpitando, l'udì gridare:

— Virginia, vieni... Virginia, c'è il tuo fidanzato... Oh, dove sei, dunque, cognatina?

Renato attese, in piedi, immobile. Udì i passi veloci di Lelia, percepì i passettini ritrosi, timorosi di Virginia. Poi vide le due fanciulle apparire. Lelia trascinava Virginia come se fosse un cagnolino ritroso; teneva, con due mani, una mano della bruna giovanetta che puntava i piedi e non voleva avanzare.

— Oh! — gridò Lelia, abbandonando la mano dell'amica. — Ma devo dunque sudare per darti la felicità?

Cadde, sbuffando, sopra una poltrona; vi si abbandonò, con le braccia ciondoloni, finse d'asciugarsi la fronte, poi, rivolgendosi a Renato, ordinò:

— Ma fai qualche passo anche tu. Se lei sta lì impalata e tu fai da contropalo, non vi incontrerete mai!

Virginia, per la prima, si mosse: ella era raggiante; si sarebbe detto che in lei si fosse accesa una fiamma di gioia e dalla pelle olivastra ne scaturissero i riverberi.

Anche Renato si mosse. E quando furono uno davanti all'altro, si arrestarono.

— Avanti... avanti... Fate come Thea e Ippolito, come Donata e Luciano...

Virginia, con un piccolo grido di vittoria, si slanciò in avanti, come Lelia consigliava. E trovò due forti braccia maschili, pronte ad accoglierla.

Lelia battè le mani, si alzò, gridò:

— Siete due splendori!

E scappò via e richiuse la porta piano piano.

Percorse, correndo, il corridoio, entrò nella camera di Renato. Chiuse l'uscio a chiave. E con volto mutato, col volto triste di Eva, andò a mettersi davanti al grande quadro nel quale la sorella perduta, bionda e bella, rideva di gioia.

Dolcemente, Lelia si inginocchiò e guardò su, verso la sorella:

— Eva — mormorò — Eva della tua Lelia, io so ora che l'amore rende felici...

Congiunse le manine e continuando a guardare la sorella, proprio sulla bocca rossa dove nasceva uno schietto sorriso, continuò:

— Se tu sei stata felice, Eva perdona a chi, per amore, un poco ti dimentica.

S'interruppe; col dorso della mano si tolse via dalla guancia una grossa lacrima. Continuò:

— Se avrò una bimba, la chiamerò come te. Se avrò tanti bambini, insegnerò a ognuno di essi una di quelle fiabe che tu mi narravi quando eri felice di quell'altra felicità. Quella che non ti aveva mai fatta piangere, quella che ti rendeva solo un poco più grande di me. Non essere in collera con me, Eva, se ora, andando incontro a Virginia e Renato, io riderò e sarò lieta. Tu capisci, è vero, Eva?

I petali d'una grande rosa, cadendo da un alto vaso posto ai piedi del quadro, si posarono frusciando attorno alla giovinetta inginocchiata.

Lelia si curvò, raccolse i petali, li contò. Erano venti. Quanti sarebbero stati gli anni di Eva, se ella fosse ancora vissuta. Con i petali freschi e odorosi raccolti nel cavo delle palme riunite, Lelia uscì dalla camera, attraversò il corridoio, la vasta sala; uscì sul terrazzo.

Una brezza leggera, che portava odore di mare e di fiori, avvolse la fanciulla. Ella si protese fuori dalla balaustrata, allungò le braccia, offrì i petali alla brezza.

A uno a uno, essi abbandonarono le mani di Lelia, volteggiarono nell'aria, esitarono, scesero, disparvero, dopo essere stati nella gloria del sole e del sereno per breve tempo, così come era stata la vita di Eva.

... Un piccolo alato, intento a fabbricare il proprio nido, scorse un petalo ondulare nell'aria. Lo seguì con l'occhio attento. E come lo vide poggiarsi al suolo, si precipitò su di esso, lo afferrò nel becco e se lo portò sulla vetta d'un albero, dove, tra fronde e rami, si sarebbe presto ripetuto il dolce miracolo della natura.

Supplemento n. 58 al periodico Tascabili Sonzogno
Registr. Tribunale di Milano n. 102 del 7/2/1989
Direttore responsabile: Ornella Robbiati
Finito di stampare nel mese di luglio 2004 presso
il Nuovo Istituto Italiano d'Arti Grafiche - Bergamo
Printed in Italy

ISBN 88-454-1757-3